图书在版编目(CIP)数据

朴而不俗　直而不拙 / 刘心武著 . 一武汉：武汉大学出版社，2020.11
ISBN 978-7-307-15290-8

Ⅰ. 朴…　Ⅱ. 刘…　Ⅲ.《红楼梦》研究－文集　Ⅳ. I207.411-53

中国版本图书馆 CIP 数据核字 (2019) 第 295156 号

责任编辑：黄朝昉　牟 丹　责任校对：孟令玲　版式设计：清 水

出版发行：**武汉大学出版社**（430072　武昌　珞珈山）
（电子邮箱：cbs22@whu.edu.cn　网址：www.wdp.com.cn）
印刷：三河市祥达印刷包装有限公司
开本：710×1000　1/16　印张：22　字数：250 千字
版次：2020 年 11 月第 1 版　2020 年 11 月第 1 次印刷
ISBN 978-7-307-15290-8　定价：48.00 元

朴而不俗 直而不拙

刘心武说红楼哲理

刘心武——著

序　言

我的《红楼梦》研究，主要采取两个方法，一个是原型研究，一个是文本细读。

我的原型研究，反响强烈，支持的有，反对的声音也很高。我从来不觉得自己一定是对的，只不过因为热爱《红楼梦》，特别是想从《红楼梦》中学艺，故而研究它。现在民间红学很活跃，有的研究者，在提出自己的见解时，喜欢宣称前人的“红学大厦轰然倒塌”，我的想法不同，红学应该是一个开放的学术共享空间，在其中大可以你盖你的大厦，我盖我的摩天高楼，或者仅仅是筑些亭台厅榭，搞点园林小品，都大可各不相犯，甚至仅仅是造个蓬牖茅椽，设个瓦灶绳床，岂不也自得其乐？为什么自己一发言，就一定要别人的研究“轰然倒塌”，非令红学园地“只此一家”呢？当然，可以争鸣，也应该鼓励争鸣，但争鸣应该是平等平和的，在研究《红楼梦》这件事情上，“卧榻之侧，岂容他人酣睡”“必欲除之而后快”的态度是不对的。

原型研究，并不是把书里的角色，一一找出历史上的人物，然后画上等号。原型研究的目的，是考察作者如何从生活真实出发，去提炼升华出艺术形象。《红楼梦》这部书很独特，作者一开篇就告诉读者，他一方面要“真事隐”，一方面却又要“假语存”。就是说，要读懂他这部书，你光看表面故事是不行的，你还要悟出他在虚构中究竟保存了哪些真实的人和事。这部书的作者，当他所虚构的故事逻辑与生活中曾有过的真事相冲突时，他有时不惜违背虚构故事本身的逻辑，去故意嵌入他想保存的真事，这样的写法，中外古今，真是独一份。因此，研究他笔下的虚构里嵌入了哪些真事，他塑造的诸多艺术形象在真实的生活中应该是怎样的存在，就很有必要，这有助于我们把这部书读懂、读通。

这本书里的文章，当然体现了我自得其乐的原型研究的心得。但这还不是主要的。“红楼心语”这一辑，我试图跟读者一起，去探究作者笔下所揭示的社会与人性之深层肌理。

我研究《红楼梦》的另一方法，就是文本细读。比如关于贾迎春，以往的论者几乎都忽略了她“独在花阴下用针穿茉莉花”的文句。我通过文本细读，加以揭橥，呼吁读者关注这一弱女子在宇宙中的生命尊严，颇获得一些共鸣赞许。这本书里的“红楼拾珠”“红楼眼神”两辑，更是文本细读的切实收获。

书名所取的“朴而不俗　直而不拙”，是《红楼梦》第二十七回里，贾探春说的话，她央求宝玉帮她再从庙会上寻求些优秀的民间工艺品，朴而不俗，就是虽然简单纯粹，却决不粗陋恶俗；直而不拙，就是造型上直截了当，却决不显得蠢气笨拙。这是很高的创作境界，也是很雅的审美趣味。用这八个字做书名，意在与读者共勉，努力达到这样的创作与审美高度。在周汝昌先生根据十几个古本比照选句形成的精校本里，周先生取的八个字前四字一样，后四字却是“真而不作”，意思是那种工艺品追求仿真效果，但决不做作。我对周汇本是尊重且多方采纳的，但考虑到一般读者所熟悉的，还是一百二十回的通行本,因此在这本书里也就采用了通行本里“直而不拙”的写法。

2019 年 9 月 29 日　温榆斋

目　录

红楼心语

红 楼 拾 珠

红楼眼神

红楼心语

观花修竹能几时？

1

“观花修竹”，后面还有四个字“酌酒吟诗”。这是《红楼梦》第一回，写到甄士隐这个人物，介绍他的生存状态时，出现的语汇。

书里说甄士隐的身份是“乡宦”。查《现代汉语词典》，没有“乡宦”的词条，查《辞海》，连增补本也查了，也没有这个词条，但是点击网页，却有一系列涉及“乡宦”两个字的信息出现，多半是古典小说或者相关评论里的内容，也包括《红楼梦》里关于甄士隐的文字。那么，乡宦是一种什么身份呢？

从书里描写看来，甄士隐住在姑苏阊门外十里街仁清巷葫芦庙隔壁，从空间位置上说，不在城里，但也还不是乡野，用今天的话来说，是居住在“城乡接合部”，城里人认为那里已经是“郊区”，真正的农村里的农夫可能又会认为那里是“街市”。从社会族群的归属来说，甄士隐一定是当过官，但书里看不到他还在继续当官的迹象，显然他已经用不着上班理事了，过的是闲居的生活，但是他的年龄呢，说是“如今年纪半百，膝下无儿，只有一女，乳名英莲，年方三岁”，也不能算很老，脂砚斋说曹雪芹的写法是“不出荣国大族，先写乡宦小家”，后来写到荣国府，贾政出场，那员外郎贾政的形象，似乎比第一回的甄士隐还要略老些，每天去上班，案牍劳烦，有时还要出长差，虽然住在豪华的大宅院里，但真正能够跟亲人一起享受闲适的机会很少，在大观园建成后去验收时，看到稻香村的景象，说了句“未免勾起我归农之意”，过去有的论家就说他虚伪，我倒觉得贾政那样说，起码是“一时的真诚”。

甄士隐年纪不过是刚及半百，何以就可以有官宦的身份，而又不必去打理官宦的事务？他“每日只以观花修竹、酌酒吟诗为乐”，成为“神仙一流人品”，“家中虽无甚富贵，然本地便也推他为望族了”，书里没有更多的交代，我们无法知道他没到退休的年龄，怎么就挂冠而居，看来不大像是被贬斥的，即使是被罢了官，用今天官场的行话来说，也是“软着陆”，权力是没有了，尊严还在，自己“禀性恬淡，不以功名为念”，主动取边缘生存的姿态，倒也优哉游哉，自得其乐。

2

甄士隐在整部《红楼梦》里，只是个起引子作用的人物，他和贾雨村，具有象征意义，即“真事隐，假语存”，实际上也就是作者告诉读者，他是从生活原型出发，来写这部书，“至若离合悲欢，兴衰际遇，则又追踪摄迹，不敢稍加穿凿，徒为供人之目而反失其真传也”。

在故事正式开始前的“楔子”里，曹雪芹还有这样的说法：“今之人，贫者，日为衣食所累；富者，又怀不足之心。”那时的社会，呈葫芦形态，两头大，之间小。所谓两头大，不是两头一边大，富者那一头，好比接近葫芦嘴的那个小鼓肚，四大家族，宁国府、荣国府二府，都属于其中的一部分，这个社会族群的基本心态，就是贪得无厌，第七十二回贾琏对王熙凤说：“这会子再发个三二百万的财就好了！”听听这口气，胃口有多大！贫者那一头呢，好比葫芦底部的那个大鼓肚，书里写到的王狗儿家，算是较穷的了，其实比起那些社会最底层的更大量的生命存在，还是强许多。王狗儿的岳母刘姥姥毕竟还能挖掘出跟葫芦那头的富贵鼓肚里的人际关系来，破着脸跑到荣国府里去“打秋风”，凭借装傻充愣、插科打诨竟然满载而归，这是葫芦底下那个大鼓肚里的更多人家不可能有的幸运。曹雪芹写《红楼梦》，他主要是写葫芦嘴下边那个小鼓肚里的故事，葫芦底部大鼓肚的事情写得很少，但是，他的了不起之处，就在于通过写贵族家庭的荣辱兴衰，让读者对那个时代的整个“葫芦”的形态，通过阅读中的想象和补充，都能了然于心。

甄士隐出场的时候，既不在葫芦的小鼓肚里，也不在葫芦的大鼓肚里，而是在两个鼓肚之间的那个细颈当中。具体而言，也就是非贫非富，今天把这种人叫作中产阶级，这个社会族群在漫长的中国历史进程中，始终似有若无，是“两头大中间小”的那个“小中间”。

直到 20 世纪后二十年以降，这个“葫芦颈”才开始拉长、变粗，但也只是跟过去比，长了一点粗了一点，跟两头比，就还是显得势单力薄、幼稚脆弱。

中产阶级最可自慰处是衣食无忧。说甄士隐是乡宦，他有没有定期发放的宦银？看来是没有，如果有，他后来也就不一定非去依靠岳丈。但他有带夹道的住宅，书房外有小花园，至少有两个使唤丫头和一名男仆、一个小童，生活可谓小康。他的经济来源，应该是当官宦时积攒了一些俸禄，后来置了点田庄，从中取租。

在那样一个时代，中产阶级是一个变动最大的社会族群。葫芦上头小鼓肚里的一些人，会因为种种原因，从那个小鼓肚里坠落到葫芦颈里来，比如书里的柳湘莲，就是破落世家的飘零子弟，从生存状态上看，他比甄士隐更暧昧，具有游动、冒险的浪漫特征，但从经济生活小康和政治上的边缘化上看，他可以与甄士隐划归到中产阶级一类中。葫芦底下的大鼓肚里，也会有一些人通过这样那样的办法，使自己从大鼓肚上升到葫芦颈中，刘姥姥的努力使王狗儿家达到小康是一个例子，像醉金刚倪二，虽说是市井无赖、泼皮之流，但是经济上逐渐增加着积累，可以在一定程度上不受主流政治约束自由生活，其实也是补充入中产阶级的一员。

中产阶级的成员，有安分、不安分之别。甄士隐属于安分者，他满足已达到的经济状态和生活格局，过着享受琐屑生活乐趣的雅致而悠闲的生活。书里写到他抱着爱女到街门前看那过会的热闹。过会，曹雪芹没有展开描写，但那种乡俗直到 20 世纪仍活跃在中国民间。鲁迅先生写过一篇《五猖会》，记录他目击的景况：“开首是一个孩子骑马先来，称为‘塘报’，过了许久，‘高照’到了，长竹竿揭起一条很长的旗，一个汗流浃背的胖大汉用两手托着；他高兴的时候，就肯将竿头放在头顶或牙齿上，甚至于用鼻尖。其次是所谓‘高跷’‘抬阁’‘马头’了……”“却只见十几个人抬着一个金脸或蓝脸红脸的神像匆匆地跑过去……”过会，虽然多半有迷信的成分，比如祈雨，但那华丽的游行方式，却构成了俗世的共享欢乐。

据周汝昌先生考证，曹雪芹出生于雍正二年闰四月二十六日芒种节。《红楼梦》第一回写一僧一道要把幻化为通灵宝玉的女娲补天剩余石拿到太虚幻境警幻仙姑那里，让警幻仙姑将它夹带到“一干风流孽鬼”当中，让它下凡历劫，实际就是让贾宝玉落草时，嘴里衔上它，因此贾宝玉和通灵宝玉在人世间的“凡龄”，总是一致的。书里写到甄士隐梦中见到一僧一道，还与通灵宝玉有一面之缘，还跟到了太虚幻境的大牌坊下，但就在这时，“忽听得一声霹雳，有若山崩地陷”，从梦中惊醒，他大叫一声，“定睛一看，只见烈日炎炎，芭蕉冉冉”，可见是久旱景象，接下去写他抱着英莲看过会的热闹，那过会的内容，应该就是祈雨。而曹雪芹诞生时，恰逢久旱后降下倾盆大雨，金陵一带旱情得到缓解，这也是他父亲给他取名为“霑”的缘由。细读《红楼梦》里第一回的文字，就觉得周先生的论述很有道理，这一回暗写了贾宝玉的降生，元妃省亲那年贾宝玉十三岁，往回推十三年，就是甄士隐抱着女儿在门前看过会的这一年。

3

甄士隐的中产阶级生活，被曹雪芹写得很生动，也很透彻。

中产阶级的居住条件，比贫者要好，但跟宁、荣两府那样的贵族阶级比起来，就不仅是寒酸，而且，有一个最鲜明的差别，那就是无法享受“隔离带”的保护。

《红楼梦》里的宁、荣二府，之间是有小巷隔开的，但那小巷也属于他们的私产，外人不得擅入，他们也可以根据生活需求加以改造利用。府第有高大的围墙，门禁森严。书里写刘姥姥一闯荣国府，“来至荣府大门石狮子前，只见簇簇轿马……蹭到角门前，只见几个挺胸叠肚指手画脚的人，坐在大板凳上，说东谈西呢。”刘姥姥上前低声下气地去求他们往里通报，那些人连撵逐她的兴致都没有，“都不瞅睬”，诓她到一边去傻等，要不是内中一个老年人发了点善心，支使她绕到后门去寻机会，那刘姥姥就是等到太阳落山，也难迈进府门。把贵族阶级跟贫民阻隔开的不仅有建筑格局上的空间距离，更有由下属仆人所形成的人际距离和心理距离。

中产阶级就难以那么居住了。甄士隐虽然有还比较宽敞的居住空间，但隔壁就是葫芦庙，以及其他邻居。甄士隐本人对这样的居住条件非常适应，他会抱着女儿到门外看过会。贾赦、贾政和贾珍，会出现在府第门外，抱着或牵着自己的孩子，看街上的热闹吗？贾母在大观园探春住的秋爽斋里，忽然听到鼓乐声，以为那是街上传来的哪家娶媳妇的热闹，围随她身边的人们就都笑着跟她解释，平头百姓住的那些街巷离得很远，就是有人娶媳妇，哪里听得见？那鼓乐声，是从府里梨香院那边传过来的，是他们家的小戏班子的女孩子们，在演练呢。社会上的富人，其富贵程度越高，住宅越高级，那么跟社会平民的空间距离就越大，情感和心理距离也越远，这是一种规律性现象。

不仅是进入自己的官衙和住宅，会有一个隔离带，就是出行时，贵族人物也有保护性屏障。贾雨村发达后，以新太爷身份重回故地，甄家在门前买线的丫头早被喝道声吓回家门，“隐在门内看时，只见军牢快手，一对一对的过去，俄而大轿抬着一个乌帽猩袍的官府过去。”

有些中产阶级的人士，为自己还不够富贵羞愧，主要就羞愧在财不够巨大，宅不能独立，行不能气粗上。

甄士隐却属于深谙“小康胜大富”的中产阶级成员，他不但会抱着女儿出门去看过会的热闹，而且，还会踏着月光，去隔壁葫芦庙，邀淹蹇寄居在那里的穷儒贾雨村到自己书房里共酌节酒，欢度中秋。

4

麦当劳快餐店的“巨无霸”汉堡包，两个面包片当中的内容，相当丰富，这里不去讨论其究竟有无营养价值，只是作为一个比喻，可以形象地知道，当今一些发达国家，社会的构成，已经很像那个模样，就是中产阶级已经坐大，成为社会中最主要，也最丰富多彩、多滋多味的一种构成。但是，《红楼梦》所描写的那个社会，像甄士隐那样的中产阶级，就很难拿肉末火烧里的肉末来比喻，实际上拿任何一种带夹馅的食物比拟都不恰当。甄士隐那样的人物在那个社会里，即便他主观上再想超脱，也还是逃不出“受夹板气”的总体处境。

书里写了甄士隐两次约请贾雨村到书房小酌，中秋节已经是第二次，第一次就在抱女儿看过会之后，那还是白天很长的夏日里。“来至书房中，小童献茶，方谈得三五句话，忽家人飞报：严老爷来拜！”这位严老爷是不速之客。按说甄士隐已无官职，无涉公务，可以不必接待这种未预先约定的客人，但是，“家人飞报”，一个“飞”字，打破了平日甄宅的宁静，要么是那来客身份非同小可，家人早已知晓，要么是虽然以前没来过，但未入宅门便排场来头吓坏了家人，显然，这是来自社会葫芦那上鼓肚的一员，尽管甄士隐已经无职赋闲，也依然不能不立即接待。甄士隐不得不把贾雨村晾在一边，且去应付，谁知那严老爷哪里是那么好打发的，甄士隐竟不得不留饭招待，连过书房来招呼一下贾雨村的工夫也抽不出来，贾雨村只好从夹道中出门，自回葫芦庙去了。

原来我读“严老爷来拜”这一细节，只觉得是为了展开甄家丫头娇杏隔窗望见贾雨村，与贾雨村缔结出一段姻缘的情节，后来看到带脂砚斋批语的本子，发现在“严老爷来拜”旁边批着:“炎也。炎既来，火将至矣！”才知道曹雪芹下笔更有深远的寓意。原来这位“严老爷”是不祥之兆，先是甄英莲被人拐走，后来葫芦庙炸供，导致火灾，“接二连三、牵五挂四，将一流街烧得如火焰山一般”，甄家被烧成了一片瓦砾场。曹雪芹在谐音字上，没选择“言老爷”“阎老爷”而偏选了“风刀霜剑严相逼”的“严”字构成“严老爷”的称谓，从创作心理上说，我以为，他是想凸显甄士隐欲隐难隐的严峻处境——他主观上要疏离上层，而上层却会在必要时挟目的“来拜”，并令他难以脱身。这也是许多中产阶级的共同处境，上层对他们的“惠顾”往往并非什么幸事，而是不祥的阴影。

但是，对于中产阶级来说，最易给予他们致命打击的是，来自下层的刑事犯罪。

5

贾府里的巧姐儿，在家败之前，是不会被人拐走的。巧姐是生活在一个被严密封闭的贵族大宅院里，社会上的刑事犯罪分子很难混进那个门禁森严的空间里去。第二十九回写贾府女眷几乎是倾巢而出，随贾母去清虚观打醮，巧姐也被带去，你看那描写，有多少奴仆围随，到了道观，族长贾珍亲去坐镇指挥，一群族中子弟到场各司其职，哪有闲杂人等混入的缝隙。一个剪灯花的小道士回避得晚了点，不慎撞到了凤姐身上，被凤姐一巴掌打翻在地，吓得浑身乱战，而仆人们的“拿！拿！拿！打！打！打！”的喊声响成一片。

不是说上层社会绝对不会遭到刑事犯罪袭击，就连皇帝偶尔也会遭到那种袭击，清朝的嘉庆皇帝就在神武门外遭到过城市贫民的行刺。但跟社会的中产阶级比较起来，贵族阶级由于居住和行动都有足够的屏蔽与保卫，遭逢民间刑事犯罪袭击的概率当然很低，而贫袭贫的概率也不高，社会刑事犯罪的主要目标是中产阶级。因为中产阶级从空间上来说离他们最近，从被屏蔽和被保护的程度上来说，比贵族阶级差很多，而油水呢，却很值得一掠。像甄士隐，元宵佳节，女儿要看社火灯花，他和夫人都麻痹了，没有细想就轻率地让仆人霍启抱出去看，哪想到半路上霍启要去小解，便将英莲放在一家门槛上坐着，就在那么一小会儿工夫里，拐子就把甄英莲偷抱走了。

社会的刑事犯罪，有的是偶然性、随机性的，“人穷志短”“迫于无奈”，一般小偷小摸、小窃小盗多属这类；有的则是职业性的，拐走甄英莲的，即属此类。后来葫芦庙还俗当了官衙门子的前和尚，跟贾雨村汇报说：“这一种拐子单管拐偷五六岁的儿女，养在一个僻静之处，到十一二岁，度其容貌，带至他乡转卖。”甄英莲五岁被拐，到冯渊和薛蟠争买时，已经被圈养了七八年，十二三岁了。人口贩卖，在当今世界还是颇为盛行的刑事犯罪活动，我们国家也不例外。像元宵灯会这类的俗世共享性社会狂欢，现在有称为“嘉年华会”的，一般贵族阶级是很少参与的，《红楼梦》里详细描写了贾府的年节活动，他们是在自己的府第里开宴筵、看表演、放烟火、猜灯谜的，属于封闭性活动，非常安全，而贵族府第门外街市上的年节活动，属于开放式，则是以中产阶级为主体，许多底层百姓也积极投入的，而刑事犯罪分子就很容易混迹其中，霍启那样的单身仆人抱持小女孩游逛，早成他们锁定的目标之一。在有预谋、有技巧，而且往往是有组织、有网络的刑事犯罪分子的威胁下生存，中产阶级真的是安全系数很低，非常的脆弱。

6

曹雪芹所生活、写作的时代，大体是清朝的雍、乾时期。康熙朝曹家的荣华富贵，对于曹雪芹来说，主要是听家里大人“说古”，第五回写贾宝玉在太虚幻境进入薄命司，看到存有“金陵十二钗”簿册的橱柜，不禁脱口道：“常听人说，金陵极大，怎么才十二个女子？”“常听人说”，口气可思。第十六回写凤姐说：“可恨我小几岁年纪，若早生二三十年，如今这些老人家也不薄我没见世面了。说起当年太祖皇帝仿舜巡的故事，比一部书还热闹！”可见小说里年轻一辈的人物原型，凤姐原型也好，宝玉原型也好，都没赶上康熙朝的盛世。

康、雍、乾三朝，因为雍正在位只有十三年，而他前后两位皇帝共在位达一百二十年，因此被后人简称为康乾盛世。

这三朝，特别是从康熙朝后期，直到乾隆朝初期，统治集团内部的权力斗争十分激烈，先是康熙和自己选立的皇储之间发生越来越明显的摩擦冲突，有两立两废太子的大风大浪；然后是康熙的八阿哥、九阿哥、十四阿哥、四阿哥等为继承皇位而进行的暗中较量，结果是四阿哥取胜，成为雍正皇帝；雍正当政以后，不得不花大力气来继续扑灭皇族内部的反叛力量，但他仍是一个暴死的下场；乾隆继位后，努力去抚平皇族内部的政治伤痕，却仍然在乾隆四年出现了弘晳逆案。皇族内部的权力斗争会波及依附于各派政治力量的贵族官僚，包括内务府的包衣世家，曹雪芹家就是因为接连被牵扯进去，而终于"树倒猢狲散""家亡人散各奔腾"的。但是，统治集团内部的这些权力斗争，对世俗生活，对社会上一般的小康人家，也就是对中产阶级的直接影响，并不那么大。

尽管这三朝大兴文字狱，实施非常严厉的思想管制和文化专制，但是也并没有堵住所有的宣泄渠道，俗世的文化消费依然相当丰富多彩，戏曲和曲艺都在走向繁荣，《红楼梦》《儒林外史》《聊斋志异》都被创作了出来，并且终于流传到了今天。

这是中国国力大提升的时期。康熙元年，人丁户口为一千九百二十万余，地五百三十一万余顷，征银二千五百七十六万余两；到康熙六十一年，人丁户口达到二千五百三十余万，外加享受"永不加赋"政策的滋生人丁四十五万，可耕地增加到八百五十一万余顷，征银达二千九百四十七万余两；雍正暴死前一年，即雍正十二年的统计数字显示，人丁户口达到了二千六百四十一万余，"永不加赋"的滋生人丁则有九十三万余，耕地面积达到八百九十万余顷，征银数是二千九百九十万余两。到乾隆二十年，那是乙亥年，在那一年之前，甲戌本的脂砚斋重评《石头记》已经整理出来，其中有不连贯的十六回一直保存到了今天，在乾隆二十年我们可以查到这样的统计数据：

人口（不是户口）达到了一亿八千五百六十一万余，各省仓储米谷总数三千二百九十六万余石。可以说，那一百来年里，中国的GDP在飞速增长。那期间国家版图也得到展拓和稳定。

历史的宏阔脚步，对家族、个人命运往往是忽略不计的。曹家的兴衰荣辱，以及那个历史时期里青春花朵的陨落、理想的破灭、道德的沦丧、主流文化的空洞、自由心灵的窒息，都成为一些需要另外讨论的问题，总体而言，不止一位历史学家会正襟危坐地告诉我们，就国力的提升而言，那是中华盛世。

《红楼梦》，有的论家认为是一部阶级斗争的教科书。作为证据之一，第一回里写到火灾后的甄士隐只好和妻子商议，且到田庄上去安生，以下的这些句子曾被反复地引用："偏值近年水旱不收，鼠盗蜂起，无非抢田夺地、鼠窃狗偷、民不安生，因此官兵剿捕，难以安身。"似乎曹雪芹是在写农民起义对统治集团的冲击。其实，康、雍、乾三朝，特别是曹雪芹生活和写作的那几十年里，是农民起义相对比较少的时期，当然阶级矛盾是一种恒久的存在，贫苦民众的小规模的反抗是持续不断的，但大规模成气候的农民起义，那阶段里就是很少，甚至可以说基本上没有，也是历史的真实。

那是一个诡谲的时代。在那样的社会状况下，像甄士隐那样的中产阶级人物，毁灭他和他家庭的因素，既不一定是卷入上层权力斗争，也不一定是受到农民起义军的冲击或胁迫，最主要的生存威胁，是"鼠盗蜂起"，那主要是尚无明确政治目的，只为谋取一己利益的零星反抗行为，说白了，其中一大部分就是刑事犯罪活动。当然，天灾往往也会掺和到人祸里，甄士隐先是爱女被窃，紧接着就遭遇回禄，人财两空，而更可怕的是，遭遇到人性的黑暗。他投奔到岳丈家，不但没有获得人间的温暖与慰藉，他把自己所存积蓄完全交给了岳丈，岳丈却对他“半哄半赚，些须与他些薄田朽屋……每见面时，便说些现成话”，导致甄士隐“贫病交攻，竟渐渐的露出了那下世的光景来”，最后在听到疯癫道人的《好了歌》后，大彻大悟，当即说出一大串《好了歌注》，说完竟将道人肩上褡裢抢过去背着，随那道人飘飘而去，不知所终。

曹雪芹把甄士隐岳丈命名为封肃，谐“风俗”的音，甄士隐原来居住的地方十里街仁清巷，谐的“势利”“人情”的音，这谐音里有作者很沉痛的心曲。那个时代国力的增强，只体现在版图的拓展与经济的提升上，而没有相应的文化进步，用今天的话来说就是没有精神文明的建设，人心都往坏处发展，势利眼、暴富心、嫌贫爱富、妒才嫉能、逆向淘汰、宵小猖獗。

曹雪芹没有去写农民起义，整部《红楼梦》里也许只有第十五回里写到的二丫头算得上是个贫下中农。他开篇写了位甄士隐，从中产阶级人物的脆弱入手，去展开温柔富贵乡里的生死歌哭。

7

中产阶级人物，多有慈善助人之心。甄士隐知道贾雨村淹蹇小庙，未能北上求取功名，是因为没有凑够路费，就主动提及：“愚虽不才，义利二字却还识得，且喜明岁正当大比，兄宜作速入都，春闱一战，方不负兄之所学也。其盘费余事，弟自代为处置，亦不枉兄之谬识矣。”说完当即命令小童进去，速封五十两白银并两套冬衣。“小童进去”，当然不会是自己取银取衣，银子和衣服应该都是甄夫人封氏取出来的，书中特别点明甄士隐“嫡妻封氏，情性贤淑，深明礼义”，丈夫慷慨助人，她不仅绝无嗔怨，还积极配合。

荣国府的王熙凤也帮助过刘姥姥，后来由于刘姥姥讨得了贾母的欢心，第二次离开荣国府时不仅得到了赠银，还带回了满车的东西。刘姥姥是个感恩知报的人，根据前八十回里的一再暗示，我们可以知道八十回以后，当贾府遭难倾塌，巧姐被狠舅奸兄欺凌，几乎就要永堕娼门的关口，得到刘姥姥一家援救，后来得以和板儿成亲，虽然丧失了贵族小姐的身份与荣华富贵的生活，比起惨死的母亲和贾府诸多人物那或打、或杀、或卖的下场，到底还能喘息苟活，度其余生。

甄士隐帮助贾雨村，并不希求回报。他为贾雨村选择了一个吉日，并且还打算为贾雨村写两封推荐信，带去京城有利其发展，但是贾雨村接受帮助时只略谢一语，得到银子、冬衣后，号称“读书人不在黄道黑道，总以事理为要”，三更从甄家告辞，五鼓就上路奔其仕途前程去了。

第四回写贾雨村补授了金陵应天府，审理的第一桩案子就涉及被拐子拐走的甄英莲。这一回的文字在似乎平静的叙述中，格外地令读者惊心动魄。门子告诉他当官必须知道“护官符”，他因此“乱判葫芦案”，任由薛蟠占有甄英莲，并给贾政和王子腾写信，告知“令甥之事已完，不必过虑”，以为进一步攀附的资本。这一回里有一句写薛蟠内心见识的话，会像鼓槌敲击，甚至锥子扎下般令读者心悸血流：“自为花上几个臭铜，没有不了的。”有权就有钱，有钱可买权，权钱结合，腐权臭钱，所向披靡，谁可禁治？

所以革命家会特别重视第四回，会认为这一回是全书的总纲。

读这一回，我不仅感受到那个时代、那种制度的本质性黑暗，更感受到人性深处的阴鸷。当贾雨村知道那被两家争买，闹出人命的女孩子，就是甄士隐的女儿英莲时，我觉得他除了吃惊，应该多少有些知恩图报的念头，就算甄士隐已经失踪了，应该还可以找到甄夫人，找到英莲的外祖父外祖母，尽量让这个恩人的女儿摆脱噩运，他可以在既不得罪薛蟠，又让英莲回家二者之间，去寻求一个变通的办法，即使到头来他考虑来考虑去，还是不得不照顾薛蟠的利益，他内心里总该有一些，哪怕是几丝愧疚和不安吧？但是，一丝一毫也没有！

贾雨村被曹雪芹刻画成一个“奸雄”，他为满足贾赦的私欲，陷害石呆子，把石呆子收藏的古董折扇抄没献上，连贾琏那样的浪荡公子都看不过去，他的忘恩负义、势利阴险、心狠手辣、毫无操守，是那个时代“弄潮儿”良心泯灭的真实写照。

中产阶级的甄士隐无私地帮助了落魄的贾雨村，使其得以跃入上层社会，成为超中产的政治暴发户，但是，当甄士隐自己从中产阶级堕入贫困窘迫的境地，当他的女儿被拐子养大卖给富人家作侍妾，当他的夫人先失女再失夫陷入绝望孤独，而贾雨村在知道这些，并且握有相当权柄，如果想报恩行善不是没有办法的情况下，却选择了冷酷与背叛。这是甄士隐的悲剧，也是整个中产阶级的悲剧。个人的行善无助于社会的改进，更无法剔除阴鸷灵魂中恶的存在。

8

曹雪芹没有更多地去展现中产阶级的生活，在前八十回的第四回以后，就没有甄士隐的故事了。当然，八十回内有些角色，似乎还勉强可以归入中产阶级范畴，比如秦钟、柳香莲、倪二、贾芸、贾芹、贾璜及其璜大奶奶、冷子兴，已经摆脱了贫困状态的袭人哥哥花自芳一家，得到经济援助后生活大有改善的王狗儿一家，等等，但无论从经济上的小康程度和人格上的独立意识来衡量，他们都离现代社会的中产阶级还很远很远，基本上全是夹在贵族与赤贫者之间的一些暧昧的存在。

中产阶级的不能壮大成熟，社会贫富两极的悬殊越来越大，社会的稳定就主要靠皇权的威严和统治者对社会矛盾的一再调适，也就是所谓的“恩威并施”，来取得效果。称“康乾盛世”，也就说明在那期间效果确实不错，就是雍正，在忙于收拾政敌的时候，也非常认真地出台一系列平息贫富矛盾以求社会稳定的政令措施：雍正二年，二月，禁里长、甲首招揽代纳钱粮；五月，禁官弁剥削运丁；十一月，免陕西康熙五十七年至六十年地丁钱粮；十二月，免江南水灾区额赋。再看雍正十三年，他八月暴死前的作为：正月，命禁私盐不得株连，并不许禁捕挑负四十斤之老少、男妇；六月，禁松潘各镇私敛番民；七月，命州、县查灾杂费动用公帑，不得摊派于民。这些政令措施很明显有制止官员贪污腐化、鱼肉贫民和予民实惠、休养生息的特点。

但是，人类社会的发展，终于证明靠皇权专制和皇帝及其统治集团的自我调节，是无法使大地上建立起真正公平合理而又人道健康的生活的。

曹雪芹是两百多年前的人，他不可能用我们今天习用的那些观念来思考和诠释问题，何况他撰写的《红楼梦》是一部小说，不是社会学（更不是政治学）著作，但是，我们今天按“接受美学”的原理来读《红楼梦》，却也可以从中获得启发。

曹雪芹通过贾宝玉之口，宣布“世法平等”。《金刚经》里有“是法平等”的说法，曹雪芹是故意把“是法平等”写成“世法平等”的，就像他故意把“好事多磨”写成“好事多魔”一样，有他深刻的用心。

只有让社会的中产阶级壮大起来，使社会上的大富与大贫都成为“一小撮”，才能够大体说是一个平等的社会。经济上的平等会带来政治上的以协商和契约为内涵的社会民主。

面对贫富苦乐不均的社会，激烈的社会革命，以暴力改变现实，一旦出现，天然合理，却多半又会以暴易暴，派生出新的问题和危机，最好的办法还是坚持改良，和平渐进，而改良的第一步，是实现均富。

曹雪芹在《红楼梦》里，表达出了他的均富理念。

9

十几年前，那样的文章颇多，就是从《红楼梦》里探春理家的情节里，揭示出经济承包的做法，早在大观园里就存在了。探春理家，李纨、薛宝钗襄助，她们首先强化管理，比王熙凤的做派更细密，惹得里外仆众抱怨：“刚刚的倒了一个‘巡海夜叉’，又添了三个‘镇山太岁’。”曹雪芹的高明，就在于不是一味站在探春一边看问题，他提示读者，管理者固然有他们的道理，但被管理者的感受，也是决定事态发展的一个重要方面。

薛宝钗协助李纨、探春理家，先说了一句“天下没有不可用的东西”，可谓至理名言。她们从赖大家那里获得启发，原来一个破荷叶、一根枯草根子，都是值钱的，赖家的花园子比贾府大观园小许多，但就靠着把一切东西皆转化为金钱的经营方式，除了自家戴花、吃笋等不用外买节约出许多开销，还可将多余东西外卖出二百两银子来。天下东西皆可用。宝钗接着说:“既可用,便值钱。”探春算起账来,越算越兴奋,于是三人就计议了一番,在大观园实行兴利剔弊的新政,实施承包责任制,以提升大观园的 GDP 值。

承包的前提,是将个人责任与个人利益紧密联系在一起,说破了,也就是首先承认人皆有私心,人性中皆有恶,因此顺其心性,加以驾驭,“使之以权,动之以利”,因为所承包的事项关系到自身收益,所以会尽心尽力,一定会努力地降低成本,减少浪费,提升技术,珍惜收益,一个一个的承包者皆是如此,则大局一定繁荣,用宝钗的话说,就是光一年下来的生产总值,就“善哉,三年之内无饥馑矣”。

但承包的做法,是挥动了一把双刃剑,一边的剑刃用于提高生产积极性很锋利,一边的剑刃却很可能因为没能辖制住人性恶,而使获利者的私心膨胀,伤及他人,形成不和谐的人际龃龉,甚至滚动为一场危机。曹雪芹的厉害,就在于他不仅写出了“敏探春”“时宝钗”她们的“新政”之合理的一面与繁荣的效果,也用了很多笔墨写出了因为没有真正建立起公平分配机制,所形成的大大小小的风波,仅从看角门的留杩子盖头(杩子就是马桶)的小幺儿与柳家的口角,就可以知道承包制使大观园底层仆役的人际关系比以往更紧张了,一个个两眼就像那鬣鸡似的,眼里除了金钱利益,哪里还有半点温情礼让?

薛宝钗是个头脑极清醒的人,所谓“时宝钗”,用今天的话来说就是“摩登宝钗”,就是既能游泳于新潮,又能体谅现实的因循力量,总是设法在发展与传统之间寻求良性的平衡。她一方面肯定岗位责任制，一方面又提出了“均富”的构想，这构想又细化为：一、大观园里的项目承包者，既享受税收方面的优惠，不用往府里的账房交钱，但他们也就不能再从账房那里领取相关的银子或用品，比如原来他们服侍园里的主子及大丫头们，要领的头油、胭粉、香、纸，或者是笤帚、撮簸、掸子，还有喂各处禽鸟、鹿、兔的粮食，等等，此后都由他们从承包收益里置办；二、承包者置办供应品外的剩余，归他们“粘补自家”；三、除“粘补自家”外，还须拿出若干贯钱来，大家凑齐，散与那些未承包项目的婆子们。薛宝钗在阐释这一构想时，一再强调“虽是兴利节用为纲，然……失了大体统也不像”“凡有些余利的，一概入了官中，那时里外怨声载道，岂不失了你们这样人家的大体？”她特别展开说明，为什么要分利与那些并没有参与承包的最下层的仆役：“他们虽不料理这些，却日夜也是在园中照看当差之人，关门闭户，起早睡晚，大雨大雪，姑娘们出入，抬轿子，撑船，拉冰床，一应粗糙活计，都是他们的差使，一年在园里辛苦到头，这园内既有出息，也是分内该粘带些的。”

薛宝钗的“大体统”，当然是指贾府的稳定，起码是表面上的繁荣与和谐。过去人们读这回文字，兴趣热点多在“承包”的思路上，对与之配套的“均富”构想重视不够。我们的现实社会，实行“承包”已经颇久了，甚至有人已形成了“改革即承包”的简单思维定式。实际上“承包”不是万能的，有的领域有的项目是不应该承包给私人的，而实行承包也不能只保障直接承包者的利益，而忽略了没能力、没兴趣、没必要参与承包的一般社会成员，特别是社会弱势族群的利益。薛宝钗的“均富”构想，虽然很不彻底，而且在她所处的那样一种社会里，也不可能真正兑现，但是对我们今人来说，还是很有参考价值的，特别是她能考虑到如何让大观园里抬轿、撑船、拉冰床的做“粗糙活计”的苦瓠子们，也能“粘带些”体制改革的利益，以保持社会不至于因“失了大体统”，而“不像个样子”，这一思路，无论如何还是发人深省的。

10

回过头来说甄士隐。他那观花修竹、酌酒吟诗的神仙般的中产阶级生活为什么不能持续，很轻易地就被击打得粉碎？就是因为他生不逢时，没赶上今天中国的大转型、大变革。

写到这里，忽然想起已故前辈吴祖光先生。吴先生生于 1917 年，2003 年驾鹤西去，他穿越了 20 世纪，跨到了 21 世纪，晚年的吴先生，最喜欢挥毫书写的四个字就是“生正逢时”。

以宏阔的历史眼光看待我们所处的时空，个人的荣辱悲欢都卑微渺小。

两百多年前曹雪芹呕心沥血写成的《红楼梦》，尽管有如古希腊那尊《米洛斯的维纳斯》般残缺，其凄美的艺术魅力和超前的人文思想穿越时代，将霹雳闪电般的启蒙光亮一直照射到今天。

观花修竹能几时？对于当今中国的中产阶级来说，焦虑虽然依然存在，却已经渐渐不再那么脆弱。

以适合于自己个人处境、性格的方式，参与社会变革，以理性驾驭感情，争取社会公平、公正、公决的实现，推动建立和完善全民共享的社会保障体系，以和平渐进的步伐使居者有其屋，病者有其医，老者有所养，少者有所学。

在这样的前提下，过好自己的“小日子”，观花修竹、酌酒吟诗，长远地享受心灵净化的如歌生涯，该是可持续性的了吧？

2005 年 12 月 12 日　绿叶居

独在花阴下穿茉莉花

1

我特别喜欢曹雪芹的叙述方式，有的人把小说家如何进行叙述，叫作“文本策略”或“叙述策略”，你读古本《红楼梦》——现在咱们能看到的古抄本，这部书的书名都称《石头记》，但乾隆朝，跟曹雪芹同时代的一些人，说起这本书，却已经称作《红楼梦》——特别是甲戌本的楔子和第一回，那些句子流动得那么自然，但是，细追究，那是第一人称，还是第三人称呀？却不那么好区分。

红迷朋友们都会注意到，第六回开头，把第五回的情节收束住以后，曹雪芹往下写，就有这样一段话：“按荣府中一宅人合算起来，人口虽不多，从上至下也有三四百丁；虽事不多，一天也有一二十件，竟如乱麻一般，并无个头绪可作纲领。正寻思从那一件事自那一人写起方妙，恰好忽从千里之外、芥豆之微，小小一个人家，因与荣府有些瓜葛，这日正往荣府中来，因此便就这一家说来，倒还是头绪……”于是，我们紧跟着就看到了“刘姥姥一进荣国府”的生花妙文。曹雪芹真有意思，他把自己的叙述策略的形成，爽性直接告诉读者。

我自己研究《红楼梦》，动机之一，就是跟他学习用方块字写小说，当然也不是仅仅学技巧，学文本策略，更重要的，是体味他那悲天悯人的博大情怀。

我阅读、研究《红楼梦》，心得真是不少。但这回究竟从哪里说起？学一下曹雪芹写第六回的办法，就是那天忽有一白领女士来访，她是受我一亲戚之托，从外地出差回来，顺便给我带来一盒藏雪莲，说是可以改善我的身体状况。道谢后，留她茶话，她对《刘心武揭秘〈红楼梦〉》讲座很关注，书也读过，就问我，关于迎春，能不能再作些分析？这令我颇为惊诧，因为一般红迷朋友，迷这个，迷那个，很少特别关注迎春这个角色的。我就问她：“怎么会对迎春感兴趣？”

那女士，让我叫她阿婵，她微微低下头，多少有些羞涩地说：“我觉得，自己跟迎春一样的懦弱。像我这样的家庭、学历背景，又从事这份白领职业，可以说，比那些民工，不知强了多少倍，比您在《当代》杂志发表过的《泼妇鸡丁》《站冰》里头那些底层人物，甚至算得是人在福中了，可是，我还是常常心里发慌、发怵……”我说了句：“时代完全不同了哇。”她抬起头，问：“那么，性格即命运，这话，难道不是贯穿于各个时代吗？”当时，我被她问住，一时无语。

我们又聊了些别的，她告别，我送出，转身离去前，她还跟我说："反正，希望能再分析分析迎春。"

阿婵的建议，一直响在我的耳边，关于迎春的思绪，也就在我脑海中旋转不已。是啊，何不多琢磨琢磨迎春这个形象呢？《朴而不俗　直而不拙》就以话说迎春为开篇，不也很有意思吗？

2

直到父母包办，被嫁给中山狼以前，迎春应该算是幸福的。

迎春的出身，我在《刘心武揭秘〈红楼梦〉》第二部里，提出了自己的判断。在《刘心武揭秘〈红楼梦〉》第一部里，我曾指出，邢夫人是贾赦续娶的填房，有读者来信跟我讨论，他说，邢夫人没有生育，并不一定就是填房，因为贾琏和迎春可能都是妾生的。通行本上，说迎春是姨娘所生，但是，在甲戌本上，明确写着她"乃赦老爹前妻所生"。通过对第七十三回里，邢夫人数落迎春的一番话的细致分析，我的判断是，贾赦先有一正妻，生贾琏后死去；贾赦一个"跟前人"，又生下了迎春，但这个"跟前人"后来比贾政的"跟前人"赵姨娘"强十倍"，迎春完全可以比探春腰杆硬，可见，迎春的生母一度被扶正，在那种情况下，说迎春"乃赦老爹前妻所生"当然就说得通了；但是，这个填房夫人竟然又死了，于是才又娶来邢夫人为正妻，而邢夫人没有生育，自称"一生干净"。因为贾母喜欢女孩，迎春打小就被贾政接到荣国府来"养为己女"（至少两个古本上有这样的交代），一直在贾母身边生活，大观园建成以后，宝玉和众小姐奉元春旨意入住园内，书里交代迎春住在紫菱洲的缀锦楼。

第三回写黛玉进府，只带了一个自幼奶娘王嬷嬷，一个一团孩气的小丫头雪雁，贾母疼爱她，就把自己身边一个二等丫头鹦哥给了黛玉，后来这个丫头被唤作紫鹃；书里写道，除此以外，贾母的安排是“外亦如迎春等例，每人除自幼乳母外，另有四个教引嬷嬷，除贴身掌管钗钏盥沐两个丫鬟外，另有五六个洒扫房屋来往使役的小丫鬟”，可见对迎春的奴婢配备数量，已成了荣国府里小姐待遇的一个标准，这个标准是非常高的。我们从书里的交代又可以知道，迎春这些小姐，每月的零花钱标准，是二两银子，第三十九回，刘姥姥感叹荣国府吃一顿螃蟹就费去二十多两银子，“阿弥陀佛！这一顿的钱够我们庄家人过一年了！”那么，光是迎春等小姐一个人每月的零花钱，就够刘姥姥那样的庄户人家过一个月的丰足日子了。逢年过节，迎春等小姐还会得到宫中赏赐，参加节庆活动的时候，家里还给她们准备好一些昂贵的饰物，比如头上要戴攒珠累丝金凤。

迎春没有探春那样的，因是庶出而形成的心理阴影，这当然是因为她的生母后来比探春的生母强了十倍，冷子兴演说荣国府，说她“乃赦老爹前妻所出”，人们既然这样看待她，她也就没有遭遇到探春那样的一些尴尬事。

第二十三回，写贾政夫妇召见众公子、小姐，宝玉去得最晚，“一见他进来，唯有探春、惜春、贾环站了起来”，为什么迎春仍然坐着？因为她年龄比宝玉大，是堂姐，根据那个时代那种宗法社会的伦常秩序，迎春即使性格懦弱，也无须站起来，并且不能站起来，荣国府的日常生活是按封建礼法组织起来的，在这个前提下，迎春不用自己争取，该享受到的礼遇她全能享受到。

迎春在那个社会里，是侯门小姐，亲父袭着一等将军爵位，养父在朝廷里担任有职有权的官吏，过着衣来伸手、饭来张口的悠闲生活，她没为社会生产出任何价值，却每天消耗着劳动者的血汗，这样一个生命，有什么好为她惋叹的呢？

阿婵又来做客。我们就讨论这个问题。

阿婵说，迎春属于社会强势集团里的弱势人物啊！

在这一点上，我们达成了共识：社会各族群各阶层，固然有强势与弱势之分，但在所谓强势族群和阶层里，也有其边缘人物，他们相对而言，可以说成是强势中的弱势。

阿婵说，她常有那样的联想，就是自己跟迎春有某些类似之处。从她自身的状况而言，在当前的社会里，属于职业不错、收入颇丰的中产阶级，她有时会接触到快递公司的快递员、快餐厅和超市的服务员、开出租车的“的哥”“的姐”、物业公司的保安和绿化工，等等，想想那些人的状况，她知足，但是，她却不能“常乐”，甚至于，常常陷于忧郁。她说她的心理状态，还算好的，她的一位同事，同龄的“白领丽人”，就已经患上了抑郁症，虽然已经投入了治疗，但效果不佳。阿婵说很怕自己也跌入抑郁症的坑穴。

我理解，阿婵他们那一代都市人，之所以忧郁，甚至抑郁，主要是社会的竞争机制，给予他们心理上很大的压力。阿婵在和我讨论中，常提及我近年的小说，她说我那发表在 2004 年《当代》的《站冰》，里面的几个底层人物，或者被历史的记忆所困扰，或者面对现实的阴暗面可以用比较粗糙的方式应对，但是，像她这样的“都市白领一族”，历史于他们而言淡如烟云，现实的刺激呢，却敏感得要命，虽然坐在星巴克咖啡馆品一杯卡布奇诺，翻阅着一份时尚杂志，似乎是在轻松地阅读关于妮可·基德曼私人生活的一篇报道，其实，心里塞满的是苦杏仁，血管里流淌的是黄连汁。为什么他们往往是扔开那精美的时尚画报，而如痴如醉地翻阅朱德庸的《关于上班这件事》？个中缘由，不必点破道明。

阿婵向我建议，今后无妨写写“当代迎春”的生活。她说，你写底层，哪位底层的人士能读到你的小说？当然，把底层写给中产阶级看，也有一定意义，但是，中产阶级自己也接触底层，何劳你向其展示底层的生存状态？要说唤起同情与关注，那么，也不需通过小说来触动良知。那么，你竟是写给上层看？那就更会希望落空，大概看到你写底层人物小说的上层，比看到你那小说的底层人物，还要少，甚至于接近于零。你不如多写写中产阶级，读小说相对还多些的这个社会族群，让他们从亲切的文学场景里，去获得些启迪为好。

阿婵跟我来往不久，就能这样坦城建言，令我感动。不过她对题材的褒贬，我还不能马上认同，容当思考后细论。我对她说，听了你这些话，我对你为什么对迎春这个角色感兴趣，有了更深一层的理解。咱们就细说迎春。

3

迎春在荣国府里，说她是强势群体（主子）里的弱势个体（懦小姐），当然说得通，曹雪芹实际上也是这样来给她定位的。

荣国府里的主子之间，有明争，有暗斗。邢夫人虽然不住在荣国府里，但是她每天要从自己的住处到荣国府来，给贾母请安。邢夫人跟王夫人的暗中较劲，书里写得不少。贾政王夫人把贾琏夫妇请到荣国府来管家，按说，对贾赦邢夫人而言，是一桩体现家族和睦、弟兄互助的美事，但实际上出现的事态，却是贾政不问家事，王夫人把大权完全给予了凤姐，贾琏成了个被凤姐辖制的配角甚至傀儡。邢夫人怎能甘心自己作为长房长媳而毫无发言权、控制权的局面，她就常常通过给凤姐出难题，来扫王夫人的脸面。绣春囊事件，由邢夫人把那囊封起来交付王夫人而引发，邢夫人实际上就是对王夫人发难，你不是荣国府正牌诰命夫人吗，看看你当的什么家！看看你那内侄女拿权使势，把大观园弄成了什么样儿！

对迎春，邢夫人何尝有什么感情，本来那也不是她“身上吊下来的”（这是她自己使用的语言），但是，她也还是把迎春当作一张牌，必要的时候，也会算进赌注里。第七十一回，写贾母八旬大寿，来了贵客南安太妃，南安太妃提出来要见宝玉和小姐们，贾母随口吩咐，让凤姐去叫宝玉、黛玉、宝钗、湘云，“再只叫你三妹妹陪着来吧”，这显然是对迎春和惜春的轻视，两位小姐自己倒无所谓，“邢夫人自为要鸳鸯之后讨了没意思，后来见贾母越发冷淡了他，凤姐的体面反胜自己；且前日南安太妃来了，要见他姊妹，贾母又只令探春出来，迎春竟似有如无，自己心内早已怨忿不乐”。于是抓住荣国府两个值夜班的婆子说了“各家门，另家户”的话后，凤姐决定对其处罚一事，便“嫌隙人有心生嫌隙”，在贾母的寿诞庆典还没落幕的时候，当着众多的人，以所谓替婆子求情的幌子，给凤姐一个大没脸，当然也是“敲山镇虎”，给王夫人一点颜色看。

在贾氏家族中，即使身为千金小姐，生存也有艰难的一面，心气稍高，压力感就会越重。探春“才自精明志自高”，但是“生于末世”，又是庶出，她就常常因此不快乐，甚至于气恼、愤慨。探春在心理上，升腾点定得颇高，“我但凡是个男人，可以出得去，我必早走了，立一番事业，那时自有我一番道理”，而承受点又非常之敏感，“我们这样人家人多，外头看着我们不知千金万金小姐，何等快乐，殊不知我们这里说不出来的烦难，更利害！”“我但凡有气性，早一头碰死了！”“咱们到是一家子亲骨肉呢，一个个不像乌眼鸡，恨不得你吃了我，我吃了你！”探春的性格，决定了她是抗争型、颖脱型生存。

迎春跟探春恰成鲜明对比。她在心理上，没有为自己设定什么升腾点。元宵节猜灯谜，只有她和贾环没猜对，因此没得到元春赏赐，她“自为顽笑小事，并不介意”；大家打牙牌，她说错牌令被罚，笑饮一口酒，全无心理阴影。她不仅满足于自己的生活现状，就是那应有的生活品质被外部因素所干扰导致降低，她也得过且过。她是知足型、将就型生存。邢夫人的侄女儿邢岫烟被派住到迎春处后，本来也每月发二两银子，邢夫人却让邢岫烟拿出一两银子给其父母，这样，邢岫烟的零花钱就不够用了，在缀锦楼里闹出许多或明或暗的纠纷，迎春呢，对之不闻不问；这倒也罢了，毕竟那是表妹的事情。可是，后来事态发展到她的乳母把她的攒珠累丝金凤偷拿去当掉，作为赌资，并且在荣国府里成为仆人中的大赌头之一，被查出来以后，乳母的儿媳不仅不去赎出那攒珠累丝金凤，还大摇大摆走进内室，催促迎春去贾母跟前为其婆婆求情宽免。这情景被探春等看到，探春就敏感得不行，首先认为这是违背了封建大家族的基本法规，“还是他原是天外的人，不知道理？还是谁主使他如此，先把二姐姐制伏，然后就要治我和四姑娘了？”“物伤其类”“唇亡齿寒”“我自然有些惊心”，但是迎春依然麻木不仁，她宣布她的处世法则是：“问我，我也没什么法子。他们的不是，自作自受，我也不能讨情，我也不去苛责就是了。至于私自拿去的东西，送来我收下，不送来我也不要了。太太们要问，我可以隐瞒遮饰过去，是他的造化，若瞒不住，我也没法，没有个为他们反欺枉太太们的理，少不得直说。你们若说我好性儿，没个决断，竟有好主意可以八面周全，不使太太们生气，任凭你们处治，我总不知道。”于是，她就继续读《太上感应篇》，真个的心平气和。具有革命性、叛逆性的黛玉，就批判她是“虎狼屯于阶陛尚谈因果”。

阿婵听我分析到这里，就问:“您认为曹雪芹是在批判迎春吗？”她说她自己，真的很像迎春，比如对公司里的一些积弊，对与公司有关系的某些政府职能部门里的某些“公仆”的腐败，以及公司同事之间的一些恩怨纠纷，她就采取了迎春式的态度和应对方式：坏的事我不卷入，但我也无力量无信心去杜绝它；“太阳下面无罕事”，就是辞了这里，到了另一处，甚至国外，“天下乌鸦一般黑”，哪位老板不是为利润而雇佣你的？哪家公司能真正跟宁国府门前那两个狮子似的干净？哪里的同事间能没有明争暗斗？哪个政府里全无腐败？联合国还存在“石油换食品”的腐败案呢！而且，现在的她，贷款买了房子，每月必须挣钱供房，目前又正在驾校考本，准备贷款买车，挣钱的压力很大，又哪里经得起折腾变化？眼下所在这家公司，好的一面坏的一面都是常态，自己靠自己的一份能力，可以挣到够用的钱，比上不足，比下有余，也就无妨迎春式地得过且过，当一个善良的懦小姐足矣！

我就对阿婵说，你能看透，目前世界上任何一处地方，无论什么种族，什么文化传统，什么社会制度，哪一个具体的社会细胞，都没有达到理想的状态，都没成为化作了现实的乌托邦，这是好的。这就可以不必焦躁，不必试图以爆破性的、一次性解决的、激进的方式，来改变世界。我们所面对的种种社会阴暗、种种实际问题，实际上，最深处都是人性的诡谲。我们活着，必须直面人性，不仅要直面人性的光亮与善良，更要直面人性的阴暗与诡谲。

我认为，曹雪芹他写这些人物，写“金陵十二钗”，很难说他一定是在歌颂谁批判谁，他写出了人生存的艰难，每一个人的性格跟别的人都不一样，像迎春和探春，反差多么大啊，但是，无所谓探春就对，迎春就错，也不能说迎春就值得同情，探春只值得叹息。

我对阿婵说，我很理解她的具体处境，以及她的处世策略，像她这样的中产阶级人士多起来以后，贷款所形成的社会链条关系，以及物质生活的优化，是社会生活的稳定剂，这样的人士很难再采取激进革命的方式来改变社会，因为那样的话，首先遭到毁灭的，就是他们自己的小康生活。迎春般的性格，以及迎春式的“我自己绝不坏，我也不故意纵容坏，但是坏的偏要坏，我也没有办法”的生活哲学，也就在这个中产阶级里获得了存活的空间。

但是，我们今天来读《红楼梦》，来研究迎春这个角色，除了承认这样的生命存在的某种合理性，也确实还需要从其悲剧命运里汲取教训。

4

我对阿婵说，你虽然自比迎春，但是，迎春在出嫁以前，她内心里，没有什么挣扎，而你呢，尽管采取了迎春式的生存方式，内心里却时时泛出苦涩，所以，迎春懦弱而并不忧郁，你呢，却在孤立无援的感觉中，常以自责而痛苦。

阿婵承认，是这样一种情况。

曹雪芹写迎春，以拨动纷乱如麻的算盘象征她的不幸，那就是她始终不能掌握自己的命运，任凭命运的巨手，随意拨弄她脆弱的生命。第二十二回，大家作灯谜诗，她那首的谜底就是算盘。第三十七回结海棠诗社，她和惜春诗才逊色，自身也没多大的诗兴，众人明知，也就给她和惜春各戴一顶高帽，算是副社长，迎春负责限韵。当时大家要咏白海棠花——不是木本的海棠树的那个海棠，是栽在花盆里的草本海棠花——大家让迎春限韵，她就说："依我说，也不必随一人出题限韵，竟是拈阄公道。"后来，她果然以拈阄的方式，也就是一切托付给随机性、偶然性，先从书架上随便抽一本书，随手一揭，是一首七律，于是就确定大家写七律；再让一个小丫头随口说一个字，那丫头正倚门而立，说了个"门"，这就选定了"十三元"的韵，再让小丫头从韵牌匣子"十三元"那一屉里，随手抽出四块，是"盆""魂""痕""昏"四块，于是，她的限韵任务，就完成了。

曹雪芹的《红楼梦》，几乎是使用每一个细节、每一次人物的话语，来无休止地象征人物的性格与命运。脂砚斋在批语里多次告诉读者，"草蛇灰线，伏延千里"，是曹雪芹最擅长的技巧。有的当代读者不习惯这一叙述策略，当我指出这一点，并一再举例时，就总是疑惑，是吗？可能吗？那曹雪芹写得累不累啊？您让我这么去读，我累不累啊？您怕累，您可以不这么去读，但是，我越研究，就越相信，那就是曹雪芹呕心沥血所在，也是他慨叹"都云作者痴，谁解其中味"的缘由。他写下的这个文本不是那种直露的文本，或者是仅仅有些个含蓄之处而已，他就是埋伏下了无数的玄机，要我们去一一破解，深入内里，去进入"解味"的境界。

爱尔兰的那位乔伊斯，他的那部《尤利西斯》，据介绍，就是大象征套着小象征，每章一个隐喻，合起来则又是一个大隐喻；句子表面一层意思，内里却又暗含一层，甚至数层意思。可惜我不懂英文，只好读中文译本，译本当然大失原味，却也能模模糊糊意会到原作的玄妙，很是佩服。不少的读者都说，看人家乔伊斯，还有美国的那个福克纳，嗬，那文本多了不起啊！读起来费力吗？那才叫高级啊！当然高级。但是，为什么一到读我们自己老祖宗的《红楼梦》，却又总觉得未必有那么玄妙，不相信曹雪芹——他在世可比乔伊斯、福克纳早太多了——能做到文本里有多重寓意呢？

说到这里，不由得再多岔出去说两句。有的国人，一听《红楼梦》就烦，对有一些人研究红学，很反感。他们的意见，一是"《红楼梦》能当饭吃吗？"觉得社会现实中有那么多迫切需要解决的问题存在，如官员腐败、矿难如麻、下岗失业、欠薪赖账、失学失医……读《红楼梦》、研究《红楼梦》，岂非"吃饱了撑的？"另一个说法，就是"一部《红楼梦》养活了这么些人，实在可笑，可悲！"持这种看法的人，他的心情，我是理解的，但是，我不能同意他们的观点和态度。一个社会应该是一种复合式的存在，在任何时候，都不能要求社会上的每一个人，以同样的方式，投入社会的中心课题。比如苏联在卫国战争时期，许多文学艺术家都参军去前线抗敌，但是斯大林那样一位政治家，现在有不少论著对他批评得很厉害，却在那样的时刻，花很大的资金，把莫斯科电影制片厂搬迁到后方的阿拉木图，而且，也并不让迁去的电影艺术家全拍结合现实的抗敌片，他就批准拨出很大的一笔资金，让著名的电影导演爱森斯坦去拍摄古装文艺片《伊凡雷帝》。你可以批评斯大林这样不对那样不好，但是，他就懂得，一个民族除了最切近的事业，还有延续其文化传统的长远事业，即使是敌人已经打了进来，在全民抗敌的形势下，让爱森斯坦那样的电影艺术家仍去沉浸在古典文化传统里，去自由发挥其艺术想象力，去拍摄并没有隐喻抗击外敌内容的俄罗斯古代宫廷故事，甚至是必不可少的一项安排，因为这实际上也就是向人类宣布，苏联的伟大，不仅在于能够战胜来敌，解决切近的问题，而且，更在于它有久远的传统，以及延续那传统的能力！在我国抗日战争时期，也有类似的例子，国民政府一方面以军队抗击日本，一方面花大力气把故宫博物院的主要藏品，许多的国宝，迁运到后方秘藏，以免被日本飞机轰炸掉；又组织几所著名大学，迁往云南，在昆明成立西南联合大学，大学里当然有浓烈抗战的气氛，但该研究的古典文化还要研究，还要传授。如果说，那时候的斯大林和蒋介石，尚且懂得在解决社会切近问题时，不能不特别地保持对非直接致用的古典传统和文化事业的尊重与保护，我们今天的人们，难道认识水平，还能落后于他们吗？

2000 年我曾应英中文化协会和伦敦大学的邀请，到英国伦敦进行了两次关于《红楼梦》的讲座。英国也有它许多的社会问题，社会各阶级各阶层各利益集团之间，也都时时刻刻存在摩擦冲突，在街上会看到示威游行的队伍，在报纸上会看到刚发生的灾难和银行抢劫案，但是，一位英国教授告诉我，从英国女王到街头流浪汉，从银行总裁到银行劫匪，从流水线上的工人到摇滚明星，在莎士比亚及其戏剧是否伟大这样一个问题上，没有分歧，因为莎士比亚用英语写出的戏剧，是他们所有英国人的骄傲，是他们母语的胜利，对莎士比亚及其戏剧的尊重甚至敬畏，是他们在相互冲突中各方都能达成的共识。在英国，人们对有些剧团没完没了地演莎剧，对层出不穷的研究莎士比亚的论著，对有的人一辈子靠莎士比亚吃饭，不但毫不惊异，绝无讽词，而是觉得那是最自然不过的事情，“如果没有莎士比亚，没有对莎士比亚的研究，英国还成其为英国吗？”这是那位伦敦大学教授的原话，他会汉语，这就是他用标准的中国普通话说给我听的。

因此，我要再一次说，世界上每个民族，无论它现在处在什么状况中，它的成员，都不能只是去解决最切近的问题，都还应该对支撑其族群生存的文化根基做加固与弘扬的工作，当然，在社会成员中应该有分工，那么，被分派，或者自愿投入对其民族文化传统的研究、承传工作的人士，理应得到理解、尊重与支持。世界上一个民族，一个国家，以其母语结晶出的文学作品为其民族骄傲，把那作家和那代表作当成民族和国家的“名片”，例子真是太多了，除了上面已举出的莎士比亚，那么，随便再举些例子，如印度的迦梨陀娑及其戏剧，阿拉伯世界的《天方夜谭》，意大利的但丁及其《神曲》，西班牙的塞万提斯及其《唐·吉诃德》，法国的巴尔扎克及其《人间喜剧》，德国的歌德及其《浮世德》，俄罗斯的列夫·托尔斯泰及其《战争与和平》，日本的紫式部及其《源氏物语》，朝鲜的《春香传》，丹麦的安徒生及其童话，美国的马克·吐温及其幽默小说，捷克的卡夫卡及其《变形记》……

而我们中国，古典文化里的叙事作品，我以为，能作为民族和国家“名片”的，就是曹雪芹和《红楼梦》。

解决社会的实际问题，是治病；研究《红楼梦》，推广《红楼梦》，则有利于铸造国人的灵魂。

再回到我们原来的话题：《红楼梦》里的迎春，她是一个完全放弃了自主性的懦弱女性，结果，她就被她那昏聩的父亲，等于拿她去抵债，嫁给了孙绍祖，落入了“中山狼”口中。

5

阿婵注意到，我在谈论迎春的时候，说了很刻薄的话，就是说迎春养尊处优，没为社会创造财富，却终日消耗着劳动人民以血汗创造的事物。阿婵对我说，您太苛责了，难道宝玉和黛玉就为社会创造出财富来了吗？人们对他们俩，不都赞美有加吗？

确实，这样来评说大观园里的儿女们，太苛刻了。“金陵十二钗”们，即使贵为小姐，在那样一个皇权与神权、夫权结合的社会里，她们的性别，就已经决定了她们的“薄命”。大门不许随便出，二门也不许随意迈，像迎春这样的生命，不是她自己选择了那样的生活方式，是那样的生活方式桎梏了她。探春虽然有自主性，也只能保持一种向往：“我但凡是个男人……”她对外部世界的信息，也少得可怜，她发现外边有一些直而不拙、朴而不俗的民间工艺品，就央求宝玉帮她买些来欣赏；她一度代凤姐管理府务，展示出了自己的裁决能力与组织才干，管理工作也是一种增进社会财富的奉献。宝玉和黛玉虽然没有做任何生产物质财富的事情，但是他们“生产”出了新的思想，并通过自己的诗文加以了体现，书里说了，他们的一些诗作被传抄到了府外，向社会上渗透，这也是很有意义的。

对迎春，确实不必那样苛责。她没有为社会生产出东西，物质的精神的都没有，但是，她毕竟也没有直接参与对劳动人民的剥削与压迫，她不能对自己的那样一种生命状态负责，而那样的一种社会制度，具体来说，就是婚姻制度，却应该为她如花美眷的生命陨落，负全责。

平心而论，光从外在的条件上看，贾赦为迎春选的夫婿，也并不差。那孙绍祖袭着指挥之职，生得相貌魁梧，体格健壮，弓马娴熟，应酬权变，年未满三十，且又家资饶富，并且还将提升官职，他此前又并未有正室，迎春过去并非填房，怎见得就一定是个悲剧？

“竟是拈阄的好”，迎春把命运被动地交付给了偶然性、随机性，万没想到，命运给她抓的阄，竟是一个下下阄！

第五回“金陵十二钗”册页里，关于她的那一页画着个恶狼追扑她，判词是“子系中山狼，得志便猖狂；金闺花柳质，一载赴黄粱”。中山狼是忘恩负义的代名词，那么，究竟孙绍祖怎么对贾赦忘恩负义了？从前八十回里，我们看不明白。有学者指出，现存的八十回，最后一回也并非曹雪芹的手笔，从第八十回最后的交代里，我们可以知道孙绍祖家曾放在贾赦那里五千两银子，贾赦一直没还给孙家，所以孙绍祖对迎春说，你等于是那注银子折变来的。但这样的交代，只能说是贾赦欠银不还，拿女儿变相抵债可耻，却不能说明孙绍祖忘恩负义呀！从现在我们得到的信息，只能说孙绍祖是一匹色狼，此人肯定是性欲亢进，欲壑难填，家里的媳妇、丫头几乎淫遍，对迎春没有丝毫的人格尊重，完全是皮肤滥淫，“觑着那，侯门艳质同蒲柳；作践的，公府千金似下流”，迎春的死因，是孙绍祖的性虐待与性放纵。

迎春是值得怜惜的，她是那个时代作为女性，在那种婚姻制度下的牺牲品。

但是，有意思的是，曹雪芹偏写了迎春的大丫头，司棋，是一个性格泼辣，富于进攻性的生命存在。她为了争取大观园内厨房的控制权，使尽了心机。柳嫂子掌握厨房，这不符合她的心意，她让小丫头莲花儿去给柳嫂子出难题，要柳嫂子给她炖一碗嫩嫩的鸡蛋，柳嫂子抱怨了一番，莲花儿回去一学舌，司棋大怒，“伺候迎春饭罢，带了小丫头们走来……便命小丫头们动手，‘凡箱柜所有的蔬菜，只管丢出来喂狗，大家赚不成！’小丫头们巴不得一声，七手八脚抢上去，一顿乱翻乱掷的……”。这时候迎春在缀锦楼里做什么呢？午睡，还是看《太上感应篇》？她哪里知道，在她这懦小姐身边的一群大小丫头，竟是那么强悍，打砸抢抄，全挂子武艺，把平日心理上行为上的压抑，火山喷发般地宣泄了一番。这就说明，即使在大观园那样的世外桃源般的空间里，作为个体生命，仍可以找到张扬生命力的理由与方式。

司棋率众亲征厨房，大搞打砸抢的行为，不值得恭维，但是，在那样一个禁锢森严的空间里，司棋居然就敢把自己青梅竹马的恋人潘又安，通过贿赂看门的将其招进园来，放胆享受情爱，这一行为，确实令人佩服。抄检大观园，事情败露，“凤姐见司棋低头不语，也并无畏惧惭愧之意”。司棋当然也曾希望迎春对她死保赦下，但迎春哪有那样的能力和魄力？不知司棋被撵出去之后，迎春是否多少有一些思想活动？恐怕她是永远也理解不了司棋。司棋对其情爱与生命的自主虽然仍以悲剧告终，但总算尝到了一些自由支配感情和行为的甜蜜，这份自主性的甜蜜，却是迎春终其一生，所没有尝到过的。

我对阿婵说，同情迎春，但要以她为戒，那就是不能丧失自己对生命的自主性。

阿婵点头。她对我说，这正是一方面她觉得自己很像迎春，甚至采取了某些迎春式的生活态度与处世方式；一方面又很痛苦，很忧郁，时时发怵，自责自愧，总想从那状态里自拔的根本原因。

我就对阿婵说，我信奉中庸之道。对社会，一定要有责任心，要竭尽微薄的力量，推进它的公平度，但是，最好采取渐进改良的方式，一步步，一环环地，去通过做实事，来往前拱；对自己，也是这样，性格是无法改变的，不要太苛刻地自责自悔自惭自否，自己可能成不了社会改革家，多半还是在随波逐流，但是，在社会的潮流中，自己毕竟还算一票，如自己做不到，可以用有形无形的方式，把自己那一票，那体现神圣自主性的一票，投向能够做到改进社会的力量一边。

6

吟菊花诗，这是《红楼梦》第三十八回里的重要情节。在作诗之前，书里有一段描写，非常优美："林黛玉……自令人掇了一个绣墩倚栏杆坐着，拿着钓竿钓鱼。宝钗手里拿着一枝桂花玩了一回，俯在窗槛上掐了桂蕊掷向水面，引的游鱼浮上来唼喋。……探春和李纨、惜春立在垂柳阴中看鸥鹭。迎春又独在花阴下拿着花针穿茉莉花。"

我对阿婵说，我每当读到这里，读到关于迎春那一句，特别是沉吟那"独在"两字，心中就会涌出一种莫可名状的感慨……

阿婵说，知道，你那《刘心武揭秘〈红楼梦〉》第二部里，不就强调了这一句吗？迎春在她生命的那一瞬，总算有了自主选择，她不是随李纨、探春、惜春她们去看鸥鹭，她有自己小小的乐趣，她独在花阴下穿茉莉花！这确实是她那个生命最具有尊严和美感的一段时间，给你的书画插图的画家，根据这一句，画出了非常有韵味的新派绣像图……

独在花阴下穿茉莉花，这可以成为一种生命尊严的象征。大地上应该有公平的社会，有容纳弱势族群和懦弱个体的温暖空间，有更多的怜悯与宽容，有更多的供普通生命选择的可能……

讨论《红楼梦》，议论迎春，到了这个份儿上，是我和阿婵都没有想到的。我们忽然都沉默了，各自朝窗外望去。窗外是深秋明净的蓝天，那上面仿佛有无形的字、无形的画、无声的乐音，正缓缓沁入我们的心臆。

2005 年 11 月 15 日完稿于绿叶居中

夹缝里的人生

1

林黛玉初到荣国府，先去见外祖母。书里交代得很清楚，荣国府中轴线上的主建筑群，正房挂着皇帝赐的金匾，以及一副谦称“同乡世教弟勋袭东安郡王穆莳拜手书”的银联（实际是书中“义忠亲王老千岁”所题），那是贾政和王夫人居住的空间。贾母则住在这组中轴线主建筑的西边的一处院落，林黛玉的轿子是从西角门抬进府里的，走了一射之地，下这轿子后，再换另一乘轿子，又抬了一段以后，才到达贾母院落的垂花门前，林黛玉再下轿，众婆子围随，进垂花门，两边是抄手游廊，当中是穿堂，转过穿堂的大插屏，现出三间厅，厅后方是正房大院，正房五间，皆是雕梁画栋，两边以穿山游廊连接厢房。

贾母的院落相当气派，住房面积很大，房架很高。五间正房里有套间，套间里有暖阁，还有碧纱橱，所以不但她自己住得很舒服，还可以把最喜爱的孙辈宝玉、黛玉都留在同一个大空间里居住，史湘云来了也常跟她住在一起。第四十回刘姥姥这样表述她对贾母住房的印象："人人都说大家子住大房。昨儿见了老太太正房，配上大箱大柜大桌子大床，果然威武。那柜子比我们那一间房子还高。怪道后院子里有个梯子，我想并不上房晒东西，预备个梯子做什么？后来我想起来，定是为开顶柜收放东西……"

贾母的院落与贾政王夫人的院落之间，是一条南北向的宽夹道，两院各有角门与夹道相通。这夹道的南边，是倒座三间小小的抱厦厅，北边呢，立着一个粉油大影壁，后有一半大门，小小一所房舍，那是贾琏、王熙凤的住所。王熙凤可谓荣国府的 CEO，但她辈分低，居住空间当然也就只好小一些，但第六回，曹雪芹透过一进荣国府的刘姥姥的眼光感受，把那空间里的景象描写得很细腻，凸显着豪门贵族的荣华奢靡。

附带说一下，书里对荣国府内部建筑格局的交代，是随着情节的推移，不断将其细化的。比如，林黛玉入府，进西角门走了"一射之地"，"一射"就是武夫用力拉弓射箭，那支箭飞过的距离，怎么说也有五十米以上，那么，在贾母院门以外，那么大的一片空间，难道都是旷地吗？看到后面，我们就知道，在荣国府西南的那个位置，以及相对应的东南一带，还有供下人住的群房，金钏被撵出去以后，就暂时被发落在那里，结果她无法承受羞辱感，就投入那东南角的水井"烈死"。第三十九回写刘姥姥二进荣国府，正"信口开河"讲"若玉小姐抽柴"的故事，结果外面人吵嚷起来，原来是府里南院马棚"走了水"，也就是发生了火灾，贾母扶了人出至廊上来瞧，"只见东南上火光犹亮"，当然那火很快被扑灭，这就进一步证实，贾母院东南边，还有一片级别比较低的建筑群，而贾母正房的房基很高，站在廊上，能望见那边的火光。

到第四十三回，写"闲取乐偶攒金庆寿"，给凤姐过生日，交代说贾母院里新盖了个大花厅，在里面坐席听戏。可见贾母的院落非常宏阔，估计盖了新花厅，仍有足够栽花种树的露地存在。

书里不少情节，集中发生在贾母、王夫人和王熙凤生活的这三个居住空间里。

值得提醒读者注意的是，设定为贾母长子，并袭了一等将军爵位的贾赦，却并不住在荣国府里，不就近侍候自己的生母，这很奇怪。书里很清楚地交代，邢夫人带黛玉去他们那边，是要先出荣国府西角门，坐一辆翠幄青绸车，路过荣国府正门，另入一黑油大门，才能抵达。"黛玉度其房屋院宇，必是荣府中花园隔断过来的，进入三层仪门，果见正房厢庑游廊，悉见小巧别致，不似方才那边轩峻壮丽"，这也很奇怪，书里未说贾母两个儿子分了家，为什么袭爵的大儿子却把荣国府中轴线的正房大院，让给并没有爵位的弟弟去住？既然两兄弟居所挨着，为什么不在隔墙上开门相通，互相来往竟需要先出大门乘轿坐车，再进对方大门？我在《刘心武揭秘〈红楼梦〉》一书里，对此有所分析，这里从略。

书里（指曹雪芹留下的八十回）直接写到发生在贾赦邢夫人那个院落里的事情，只有两次，除了第三回，还有第二十四回，写宝玉奉贾母之命去探望生病的伯父，在那里见到了黑眉乌嘴的贾琮。

至于宁国府，书里有些篇幅写到那边的事情，在具体的屋宇园林的描写上，或极度夸张（如对秦可卿卧室），或比较含混（如从王熙凤眼中看出的《园中秋景令》），尤其是在各个建筑物的平面关系上，缺乏明确的交代。第七十五回写到贾珍在天香楼下箭道内立了鹄子，早饭后约请一些公子哥儿来"习射"，那箭道的形状应该与夹道类似。

当然，从第十七、十八回以后，书里的大量情节，就都发生在为元春省亲所建造的大观园里了。

曹雪芹写这部书，估计他对发生在荣国府里的故事空间的设计，一是有原型依据，二是他会绘制出一幅从原型出发而加以艺术想象的屋宇园林示意图，怪道他笔下的空间转换基本上流畅自如，前后接榫，滴水不漏。大体而言，他对大观园的描写想象的成分多，显得非常夸张，属于浪漫性质的文笔，而对于荣国府原有建筑群的描写，则非常写实，甚至有些个回忆录的味道。

现在我要特别地研究一下，在曹雪芹笔下，除了发生在荣国府那些大大小小的院落里的故事，他还写了哪些发生在建筑群之间的夹道里的事情？

2

荣国府里不止一个夹道。除了上节写到的那个位于贾母院和王夫人院之间的南北向夹道，第四回就写到，薛姨妈一家来了，被安排住进府里东北角一处叫梨香院的房舍，"原来这梨香院即当日荣公暮年养静之所，小小巧巧，约有十余间房屋，前厅后舍齐全，另有一门通街……西南有一角门，通一夹道，出夹道便是王夫人正房的东边了。”这夹道应该也是南北向的。后来因修建大观园，预备迎驾元妃省亲，梨香院又腾出来给贾蔷管理的十二官戏班子使用，薛姨妈一家就又挪到了府里更东北边的一处院落里居住。

第七回写王夫人陪房周瑞家的欲找王夫人回话，谁知王夫人不在上房，到梨香院找她妹妹说话去了，周瑞家的便转出东角门至荣国府东院，通过夹道，往东北边的梨香院去。所谓陪房，就是一房人，夫妻连带儿女，被当作陪嫁物，随富豪家的小姐，一起嫁到了其夫君家，在那边继续服役。周瑞家的，是周瑞的媳妇，因为得到王夫人信任，王熙凤一辈的，都唤她周姐姐，算是有头有脸有一定权势的仆妇，但不管怎么说，到头来，她的身份，还是一个地道的奴才，是一个夹缝里求生存的卑微生命。

第七回写周瑞家的奉薛姨妈之命，去给众位小姐、媳妇送宫花，把她送花的路线，写得非常细致。她出了梨香院，先携花来到王夫人正房后头，当时迎春、探春、惜春三位小姐分住在王夫人房后三间小抱厦内，贾母命李纨陪伴照管，周瑞家的把花分别送给迎、探、惜后，“便往凤姐儿处来，穿夹道从李纨窗下过，隔着玻璃窗户，见李纨在炕上歪着睡觉呢，遂越过西花墙，出西角门进入凤姐院中”。在凤姐那边完成任务后，才往贾母这边来，过了穿堂，忽然遇见了她女儿，跟女儿说完话，才进入贾母正房，在宝玉住的那间屋子里，见到正跟宝玉解九连环玩的黛玉，周瑞家的把两枝花献给黛玉，黛玉冷笑道：“我就知道，别人不挑剩下的也不给我！”周瑞家的听了，一声儿不言语。

确实，周瑞家的能说什么呢？读者从前面的描写里清楚地看出，她送花的路线，由近而远，循序渐进，并没有什么错失。但黛玉是何等身份，她系何等角色，哪有辩解的余地？只得忍气吞声。

从这样很细腻的文笔里，我们仿佛随着周瑞家的脚步，进一步了然了荣国府里建筑的空间布局：当中是正房大院，正院西边是贾母院，这两个院落的后缘基本上平齐，当中是一条南北向夹道，夹道北是凤姐院，勾连夹道的有角门，有穿堂；正院东边的院落，应该很大，梨香院在东院东北角，它的下缘比王夫人的那个院子还要靠北，从梨香院出来，要通过一条南北向夹道，才能到达王夫人院后面的抱厦，那抱厦外则有一条东西向的夹道，尽头是花墙，花墙上有角门，出那角门可通凤姐院。这样，我们就至少知道了三个互相连属的夹道了。

3

送宫花，为什么不送给李纨？李纨是寡妇，连脂粉都不能涂抹，遑论戴花？第七十五回写尤氏到荣国府来，进大观园，至李纨住的稻香村，想洗个脸补补妆，因为李纨没有脂粉，大丫头素云就把自己的拿出来，请尤氏将就着用，李纨责备她："我虽没有，你就该往姑娘们那里取去，怎么公然拿出你的来……"尤氏好脾气，也就用了，这个细节再一次让我们知道，李纨只能甘如槁木死灰般生存，戴花的乐趣都被剥夺了，那是非常残酷的封建礼教，有一大套繁缛的规矩，维护着那个社会的伦理秩序。

像王夫人院、贾母院、王熙凤院，一般人未经特许，是绝不能擅入的。那是贵族府第里的伦理秩序，曹雪芹把这一点写得非常清晰。府里其实有着多样的生命存在，有大大小小的管家、办事人员、清客相公、小厮仆妇、门房杂役、厨子马夫……第六十三回还透露，荣国府里还有皇帝征戎大胜后，赏给府里的几家土番，那么这些生命，多半就只能在划定的区域里活动，他们如果有幸遇见主子，也多半是在夹道里邂逅。

第八回写宝玉一时兴起，往梨香院看望宝钗，“若从上房后角门过去，又恐遇见别事缠绕，再或可巧遇见他父亲，更为不妥，宁可绕远路罢了”。于是他仍从贾母院往南出二门，跟从的丫鬟嬷嬷以为他是去宁国府，结果他到了穿堂，又折向东边再往北边，绕厅后而去，显然，他是选了一个从南往北的角度，要去通向梨香院的夹道，他倒是躲过了动辄逼他读书上进的父亲，可是，“偏顶头遇见了门下清客相公詹光、单聘仁二人走来，一见了宝玉，便都笑着赶上来，一个抱住腰，一个携着手，都道：‘我的菩萨哥儿，我说作了好梦呢，好容易得遇见了你！’说着，请了安，又问好，劳叨半日，方才走开”。打听得当时贾政正在梦坡斋小书房里歇中觉，宝玉才算松了口气。那梦坡斋，位置应该就在上房院东北后角门附近。

书里在“大观园试才题对额”和“老学士闲征姽婳词”两段情节里，集中刻画了詹光、单聘仁等清客相公的嘴脸。这是些典型的社会填充物。妓女是以色事人，他们是以才事人，都有很酸辛的一面，这些清客相公一般都通琴棋书画，可以在主子面前陪读、陪吟、陪聊、陪笑、陪奏、陪歌、陪棋、陪卜、陪绘、陪书、陪观、陪游……当然，更重要的是看主子脸色，揣摩主子心思，陪尽小心。曹雪芹把詹、单二清客的首次亮相，特意安排在了荣国府的东夹道一带，既符合生活的真实，更是具有隐喻的空间安排。

宝玉那天真是刚历一劫，再遭一劫。他满心满意要去见的，是宝姐姐，谁知往北去那梨香院所经过的东院里，有府里一片办事房，

“可巧银库房的总领名唤吴新登与仓上的头目名戴良，还有几个管事的头目，共有七个人，从账房里出来，一见了宝玉，赶来都一齐垂手站住。独有一个买办名唤钱华，因他多日未见宝玉，忙上来打千儿请安，宝玉忙含笑携他起来”。那些人就恭维宝玉斗方儿写得好，宝玉并不停步，敷衍他们两句，径往梨香院而去。注意曹雪芹笔下所写的这两拨子在东夹道附近跟宝玉相遇的人，肢体语言大不一样，前二人轻佻，后七人恭肃，都很符合他们在府里扮演的角色，清客相公相当于宫里的“弄臣”，本是供主子取乐的，他们适度轻佻乃职业本色，但办事员们就不一样了，虽然背地里坑坏主子，表面上则争先表现出自己的中规中矩。

第十七、十八回（古本两回未分开）里，写到宝玉在贾政对他“试才题对额”后，不得不跟到贾政书房，贾政把他喝退，忙从那里回贾母院，出贾政院时，被跟贾政的几个小厮拦腰抱住，把他身上挂的荷包等佩戴物尽行解去，那应该也是发生在夹道里的事。

第三十回写宝玉大中午的“从贾母这里出来，往西过了穿堂，便是凤姐院落，只见院门掩着……进去不便，遂进角门，来到王夫人的上房内……”空间转换写得一丝不苟，与前面的交代完全对榫。

第十一回、十二回，贾瑞想占有凤姐反被凤姐耍弄，最后死去的情节，估计是曹雪芹从旧作《风月宝鉴》里取用化入的，里面写凤姐毒设相思局，先利用了凤姐院和贾母院之间的穿堂，后来又利用了她那小院后面的夹道空房，那里有高大的房基形成的台矶，与仆人们的住房区域相通，再往北就是府第的后门了。这样的空间交代与前面的描写是相符的。第六回刘姥姥好不容易摸进后门，找到周瑞家，周瑞家的就是从北边把她带到凤姐院里的。贾瑞也属于一种社会填充物，而且是最无聊的一种，他那夹缝里的卑劣人生，很快由他自己以妄想型的纵欲而结束。

4

夹道对于荣国府的主子们来说，不过是从一处使用空间转换到另一处使用空间的一片过渡地带，他们经过时，很少特意停留。

但是，对于像贾芸那样的角色 —— 论血统跟荣宁二府同谱，论现实社会地位和经济状态，却与二府有了天壤之别 —— 荣国府里的夹道，却是他们攀附贵亲的可利用空间。

贾芸以同宗亲戚的身份，混进荣国府角门二门不难，但想登堂入室，那就得费尽心机才行了。他一般情况下是总在那夹道里徘徊踯躅，希图逮机会“偶遇”府里的主子，趋前建立起较为亲密的关系，以谋取自己的利益。

第二十四回，写到贾赦偶感风寒，贾琏从那边请安回来，宝玉则正要奉命也去请安，一个下马，一个正待上马，哥俩对面，少不得寒暄几句，那位置，应该是在贾母院外，离夹道很近的地方，他们刚说了两句话，忽然转出一个人来，就是贾芸，贾芸显然老早就埋伏在夹道里听动静，有此良机，焉能错过？就转出来“给宝叔请安”，宝玉根本不认得他，贾琏就告诉说：“他是后廊上住的五嫂子的儿子芸儿。”（第二十二回贾琏跟凤姐提起他时，则说是住“西廊下”。）宝玉随口应酬几句，更随意说出了一句“你倒比先越发出挑了，倒像我的儿子！”贾琏笑道：“好不害臊！人家比你大四五岁呢，就替你做儿子了？”原来那贾芸已经十八岁了，没等宝玉反应过来，伶俐乖觉的贾芸意识到机会难得，良机绝不可失，便马上笑道：“俗话说的，

‘摇车里的爷爷，拄拐的孙孙’，虽然岁数大，山高高不过太阳，只从我父亲没了，这几年也无人照管教导，如若宝叔不嫌侄儿蠢笨，认作儿子，就是我的造化了！”宝玉听此甜言，就糊里糊涂地认了个干儿。

贾芸家住西廊下，所谓廊下，指的是庙宇正院两侧厢房后边的夹道。我童年时代住在北京钱粮胡同，挨着隆福寺，那时候寺庙建筑还相当完整，两侧的厢房由一些市民杂居，厢房有廊子相连属，所以叫廊下，住在那里也可以说是“住廊上”。那些房屋既有门通庙，也有门通街，所谓通街，其实那街就是原来厢房与庙墙之间的夹道，后来两头开通，变成了胡同。隆福寺两侧的胡同，一侧叫东廊下，一侧叫西廊下，我那时从与之垂直的钱粮胡同去隆福寺小学上学，天天都可以穿过东廊下或西廊下来回。当然，北京不止一处庙宇有西廊下和东廊下。据有的红学家考证，荣、宁二府的原型，大体在北京的西北城，则书里贾芸、泼皮倪二等所居住的“西廊下”的原型，很可能是位于北京西北部的护国寺一侧，这与书里写到的二尤的故事，贾琏偷娶尤二姨安家在花枝巷，都是对应的，花枝巷干脆直接用了真实的地名，现在北京城西北什刹海附近，就还有条一直把名称延续了几百年的花枝胡同。我青年时期任教十多年的那所中学，也就在那附近，所教过的学生，有的就居住在花枝胡同里。我读《红楼梦》，确实有特殊的亲切感。

我感觉，北京的小市民，特别是什刹海一带的小市民，至今身上还延续着贾芸的人格基因，那就是特别善于在夹缝里求生存。甚至在“文化大革命”期间，只要那斗争有一隙的松缓，就会有人苦中作乐，重新栽种点玻璃翠那样的花草，养几尾小金鱼，而在前海与后海相交的银锭桥畔，就会在早晨和傍晚出现卖碎马掌片（用做花肥）和鱼虫（用来喂鱼）的身影，这是些顽强的生命，在大时代的缝隙里，他们有自己不以言辞表达的生存哲学，他们算什么样的角色呢？正是在那个时候，我就意识到，那是些不容忽视的社会填充物。那时候，我在银锭桥头，看到过，一辆军用吉普车在一个卖鱼虫市民脏兮兮的钢种盆（钢种是北京市民对铝的代称）前停住，一个军人下车，用二分钢镚儿买下那市民用钢种勺给他舀出的一勺红粟般的鱼虫，装在了一个薄而半透明的塑料袋里，那军人虽然生活在“激情燃烧的年代”，但家里也还是养了金鱼，或者他本人并不喜欢，但是他妻子却喜欢，于是他也就来做一件让妻子高兴的事。这说明即使社会在已经非常单调板结的情况下，社会填充物（无论是鱼虫，还是卖鱼虫的市民）仍是延续超政治人情的一种载体。

我就这样来理解《红楼梦》里的贾芸。他与上面提到的清客相公和账房管事等生命存在还有所不同，那些人身上有太明显的势利眼与贪婪心，虚伪是带有损人性的，贾芸却只是朴素地为自己的生计着想，他的虚伪只是一种小市民的庸俗客套，即使为了利己，却并不损人。

贾芸在书里，好几次出现在夹道一类地方。他向贾琏求份差事不成，去向亲舅舅卜世人求援更遭排揎，但他并未灰心丧气，巧遇醉金刚倪二，意外地从其义侠之举中，换取了向凤姐献媚的麝香、冰片，于是，在同回书里，他又出现在夹道里，这次是在那条夹道的北端，到了贾琏、王熙凤那个院门前，“只见几个小厮拿着大高笤帚在那里打扫院子呢”，正待时机，天赐良机，一群人簇着凤姐出来了，他忙把手逼着（就是双臂下垂手掌紧贴身体），恭恭敬敬抢上去请安，凤姐哪里用正眼瞅他，只顾往前走，随口几句话打发他，他却进一步发挥小市民那嘴里涂蜜的舌上功夫，把凤姐奉承得浑身舒坦，于是，凤姐不但满脸绽笑，还居然停下了脚步，贾芸赶紧边继续奉承边把装麝香、冰片的锦匣举起献上。尽管机关算尽的凤姐并没有马上派他差事，但他后来终于得到了承包在大观园里补种花草树木的美差，他的人生境遇，由此有了个良性的转折。

贾芸认宝玉作干爹，主要是想借机混进大观园，扩眼界，觅生计。还是第二十四回 —— 这回书的主角是贾芸和小红，曹雪芹非常细腻地描写这两个生命的存在状态与人生追求，那种一提《红楼梦》就只记得宝、黛爱情的读者，现在应该懂得，《红楼梦》是极其丰富的文学画廊，即使完全把十二钗的故事暂搁一边，书里仍有非常丰富的人物刻画与极具深度的人生戏剧 —— 曹雪芹写到贾芸又一次来到荣国府，他开始依然只能在主建筑空间外围一带寻觅机会。书里补写出在贾母院仪门外有处外书房，叫绮霰斋，就在那个地方，他有了一次艳遇，而巧遇他的小红，知道他是本家爷们，“便不似先前那等回避，下死眼把贾芸钉了两眼”。在那样的社会里，一对青年男女敢于互相正视，而且你言我语，算是非常大胆，可谓一见钟情。

贾芸和小红的爱情故事，是曹雪芹在《红楼梦》里安排的一个大关目、大过节，读者切不可漠然轻视。八十回后，据脂砚斋批语透露，贾芸和小红有情人终成眷属，贾府被抄家治罪，他们没有被触及，但他们不怕受株连，主动去营救凤姐和宝玉，小红和另一个比她更早离开荣国府的茜雪（因为一杯枫露茶的事情被撵了出去），到监狱的狱神庙去安慰他们，贾芸则“仗义探庵”，可惜因为那些已经写成的文稿都被“借阅者迷失”，我们目前已经很难想象，贾芸探的是哪个庵（拢翠庵？馒头庵？水仙庵？），探的是庵里的谁？那探望是想达到什么目的？究竟达到了没有？大结局是什么？

曹雪芹所塑造的贾芸这样一个小市民的形象，其丰富的人文内涵，值得我们深入探究。

5

对《红楼梦》进行文本细读，我们会拾回很多过去匆读草读所忽略的文句情节，从而产生出更浓酽的探秘兴趣。

比如，上一节提到，第二十四回，写到荣国府里有一处外书房叫绮霰斋，而宝玉的丫头里，就有一位叫绮霰，绮霰这个名字跟晴雯分明是对应的，就像麝月跟檀云对应一样，但绮霰作为丫头写得模模糊糊，没什么“戏”（檀云也没“戏”），那么，她的名字怎么会与外书房的斋名相重呢？

也有细读后可以有所领悟的地方。比如，因为曹雪芹笔下避免写清代男子的薙发留辫和长袍马褂，再加上后来改编的戏剧影视多让男角穿戏装，于是有人怀疑书里写的生活景象究竟是不是清代的？那么，上面引用的关于买办钱华在夹道里见到宝玉，“忙上来打千儿请安”，“打千儿”是清代特有的男人向人致敬的肢体语言：左膝前屈，右腿后弯，上身微俯，左臂后背，右手下垂，口中问好。“打千儿”这种礼节名称和方式，在清代以前直到明朝，都是没有的。因此，尽管作者托言笔下所写的故事“无朝代年纪可考”，其实却是“大有考证”（脂砚斋语）的，就是写的清朝的事。

还有贾芸引的那句俗话：“摇车里的爷爷，拄拐的孙孙。”“摇车”不是汉族的摇篮，是满族特有的一种育儿工具，男婴出生第七天，要举行“上摇车”的仪式，那是很重要的一个日子，“摇车”据说是吊在屋梁上的一种摇篮，为什么偏叫“车”？在满语里有特别吉祥的含义，而那“车”里会搁放若干满族特有的吉祥物。这说明《红楼梦》里所写的，是一种满、汉文化互相交融的社会生活。

不进行文本细读，还会忽略一些其实是非常重要的伏笔。比如第二十八回，这回的主体情节是“蒋玉菡情赠茜香罗　薛宝钗羞笼红麝串”，但其中有一个“过场戏”，用了三百多个字，篇幅不算很小了，那“过场戏”的空间位置，就在凤姐院门外，那条夹道的尽北头。

宝玉从王夫人院出来，往西院贾母那边去，“可巧走到凤姐儿院门前，只见凤姐蹬着门槛子拿耳挖子剔牙，看着十来个小厮们挪花盆呢”。凤姐的肢体做派经常如此，形成她个人的“性格符码”，第三十六回她从王夫人屋里出来，“把袖子挽了几挽，跐着那角门的门槛子，笑道‘这里过门风倒凉快，吹一吹再走！’”。接着就跟众人说了一番狠话。但第二十八回在那夹道尽头她的院门前，她对宝玉却全是温言软语，她让宝玉进屋去帮她写个单子，要求写上“大红妆缎四十匹，蟒缎四十匹，上用纱各色一百匹，金项圈四个”。宝玉觉得奇怪，问:“这算什么？又不是账，又不是礼物，怎么个写法？”凤姐道:“你只管写上，横竖我自己明白就罢了。”宝玉在这类事情上照例是“浅思维”，绝不深入探究，写完再应答几句，忙慌慌去贾母那边院里找林妹妹去了。

凤姐为什么要劳宝玉驾写这么个单子？书里前面早就交代，凤姐有个文字秘书，记账、写礼单、查书、念占卜文等事情一律都由这个人承担，这人叫彩明，是个未弱冠的小童，本是随叫随到，言听计从的，凤姐的这个单子却偏不叫彩明写，而让宝玉代劳。

曹雪芹写这样一笔，难道是在写一串废话吗？当然不是。我在《刘心武揭秘〈红楼梦〉》里分析出，书里实际存在着“日”“月”两派政治势力，一派是以“义忠亲王老千岁”为首的“义”字派，一派是以“忠顺王”为首的“顺”字派，荣、宁二府在这样的大格局里，其实也是“夹缝里求生存”。荣国府当家人凤姐，她应付宫里面，应付“日”边的元妃，当然不必忌讳，文字方面的事情命令彩明书写就是了，但是，她若应付“坏了事”，但余党仍在的“义”字派这边呢，她就不得不格外隐秘，让一个完全不懂“仕途经济”的宝玉帮她写下单子，是非常巧妙的办法。

我以为，曹雪芹把这个“过场戏”的起首安排在夹道里，也颇值得玩味。估计八十回后的情节里，凤姐和宝玉的双双被逮入狱，跟这张“没头脑”的单子被查抄出来，也有一定的关系。

在第二十三回，写到宝玉从贾政王夫人院里听训出来，如获大赦，往贾母院里跑，这段情节跟凤姐没有关系，但有条脂砚斋批语却指出：“妙！这便是凤姐扫雪拾玉处，一丝不乱。”凤姐扫雪拾玉，显然是八十回后的一个情节，从脂砚斋这条批语的口气，以及另外很多条批语，我们可以知道，曹雪芹并不是只写出了八十回书，八十回后他也写了，他在世时，整部书稿已经大体完成，只待进一步修订，剔毛刺，消瑕疵，但出于我们无法细知的原因，八十回后的书稿竟被“借阅者迷失”！凤姐扫雪拾玉，曹雪芹写成，脂砚斋读到，但今天的读者却不得一睹。凤姐怎么会沦为扫雪的粗工？她拾到的是什么玉？曹雪芹写这一笔用意何在？我在《刘心武揭秘〈红楼梦〉》第二部第三十二讲里有详尽探讨，这里不重复。我只想再强调一下，曹雪芹几次把跟凤姐有关的情节，安排在夹道、穿堂这样的空间里，不管他主观上有没有那样的用意，作为读者，我们会感觉到，那是凤姐在“日月双悬照乾坤”的政治夹缝，以及邢王二夫人对峙的家族夹缝中，“机关算尽太聪明，反误了卿卿性命”“枉费了，意悬悬半世心”的一种艺术隐喻。

6

从某种意义上说，贾宝玉何尝不是一个“夹缝里的生命”。贾宝玉要由着自己的性子生活，他“懒于与士大夫诸男人接谈，又最厌峨冠礼服贺吊往还等事”，“潦倒不通事务，愚顽怕读文章”，他跟父亲之间发生激烈冲突，因素之一就是父亲“恨铁不成钢”，怎么把他往仕途经济上引也是徒劳枉然。但如果把贾宝玉笼统地定位于“反封建的新人”，则未必符合书里的描写。

第五十二回，又一次写到荣国府的夹道，这回呈现出了值得注意的一幕：宝玉穿着贾母给他的雀金裘，出发去他舅舅王子滕家拜寿，他并不想去，却不得不去。老嬷嬷跟至厅上，只见六个大男仆和四个小厮，笼着一匹雕鞍彩辔的白马，已在那里立候多时，宝玉被他们护卫着上了马，说：“咱们打这角门走吧，省得到了老爷的书房门口又下来。”这时男仆周瑞就侧身笑道：“老爷不在家，书房天天锁着的，爷可以不用下来罢。”细心的读者会记得，早在第三十七回，还是秋天的时候，贾政就被皇帝点了学差，到外省去了，直到第七十一回，已是再一年的初秋，才交代贾政回到家里，按说第五十二回过年的时候，父亲不在家，宝玉更可以大肆地“反封建”，讲究什么“过父亲书房必须下马”的“破礼节”！偏要大摇大摆骑马从那书房边过一下，示示威！岂不过瘾？但是，书里怎么写的呢？

宝玉对周瑞笑道："虽锁着，也要下来的。"这就说明，宝玉并不为一个先验的观念去选择生存方式，他只不过是希望父亲也好，宝钗也好，别的什么人也好，不要勉强他去投入仕途经济，至于封建伦常秩序的礼数，他觉得并未怎么伤及他的个性，甚至有时还能从中获得温馨乐趣，他是并不想去破坏、对抗的。

于是，宝玉就骑着那白马，让过书房的位置，出了角门。这时的空间位置应该是在夹道当中了，结果顶头遇见了大管家赖大，宝玉忙笼住马，意欲下马 —— 在清朝满族贵族家庭，服侍过上一辈的老仆，特别是府里的大管家，小辈主子按规定是必须尽到礼数的 —— 宝玉其实完全可以拒绝这一套，但他并没有丝毫反叛性行为，倒是赖大忙上去抱住了他的腿，宝玉呢，还要施礼，"便在镫上站起来"，这是一个替代下马的姿态，并且还携着赖大的手，说几句客气话。

这就是曹雪芹笔下的宝玉，他企图在摆脱封建礼教桎梏个性的方面进行一些抗争，又在遵守享受封建伦常的温情方面表现出一些乖觉，求得在那样一个社会家庭环境中的生态平衡。这实际上也就是在把自己从封建社会的"砖瓦"中抽出，却又仍然还在"砖瓦缝"里成为一种"填充物"，这种"填充物"并不起到黏合"砖瓦"的作用，从长远的效果来说，由于只是一种寄生状态，是疏松的，随时可能游离的，作为"消极填充物'，它最终可能会起到使"砖瓦"松动的作用，但要达到"忽喇喇似大厦倾"，那就还得靠"厦墙"外的真正具有革命性的力量，跟那样的存在相比，宝玉也好，黛玉也好，就还只能算"夹缝中的生命"，显得脆弱、渺小。

值得注意的是，紧接着这个情节，还出现了一个场景："接着又见一个小厮带着二三十个拿扫帚簸箕的人进来，见了宝玉，都顺墙垂手立住，独那为首的小厮打千儿，请了一个安，宝玉不识名姓，只微笑点了点头儿。马已过去，那人方带人去了。”于是出了角门，门外又有男仆、小厮、马夫一大群，再出角门，才是府外，前引旁围的一阵风去了。

《红楼梦》里很少出现底层人物，书里的那些大小丫头，从社会阶级属性上可以算作女奴，但跟府外的奴隶们相比，她们的衣食住行就强太多了；书里也还出现了二丫头等农民形象，但惊鸿掠影，一闪而去；夹道里的这二三十个拿扫帚簸箕的小厮，也只偶然露了下脸，且是群像。曹雪芹为什么特意写夹道，写夹道中有这样一些最底层的生命？我想，他是要让读者知道，这诗礼簪缨族、温柔富贵乡，不是凭空存在的。

在“大府戏”里安排“夹道”的场次，说明曹雪芹的确是大手笔，也说明《红楼梦》文本确实是丰厚细密，这“一粒米”，把大千世界呈现得多么精微剔透！

2006 年夏　绿叶居—温榆斋

五月之柳梦正酣

1

大观园是怎样的景象？《红楼梦》第十七、十八回对之有细致入微的描写。那些宏大的华丽空间不去说它了，在贾政和一群清客，以及贾宝玉初游大观园时，有一笔过场戏性质的描写：转过山坡，穿花度柳，抚石依泉，过了荼蘼架，再入木香棚，越牡丹亭，度芍药圃，入蔷薇院，出芭蕉坞……光这些点缀在正景之间的园林小品，就足令人心醉神迷了。

曹雪芹有意不在前面把大观园的景物写尽，在刘姥姥二进荣国府，薛宝琴、邢岫烟、李纹、李绮“一把子四根水葱”的美人儿来荣府客居，寿怡红摆寿筵，以及第七十六回中秋品笛、黛湘联诗等后面的情节里，他很自然地补充描写了大观园里的许多景物，如秋爽斋、红香圃、芦雪广、凸碧堂、凹晶馆、翠樾埭……

“刘姥姥进大观园”，成为一句流传甚广的民间俗语。已故著名文学理论家，也是红学家的何其芳先生，曾提出过“典型共名说”，认为衡量一个文学形象够不够得上艺术典型，就看这一形象是否被广大读者当成了一种社会生命存在的“共名”，比如贾宝玉，人们读过《红楼梦》以后，往往就会把生活中那种特别愿意在少女群中玩耍，而少女们也都特别愿意跟他交往的少男，称作“贾宝玉”，因此判定贾宝玉达到了艺术典型的高度；像王熙凤、林黛玉、刘姥姥……都达到了“共名”的效果，“她可真是个凤辣子！”“你真是个林妹妹！”“我可真成刘姥姥进大观园啦！”这类人们在生活里的随口议论，都是这些文学人物因取得“共名”效应而可以判定为艺术典型的例证。但是，几乎没有人会对生活中的某人指认为“真是一个王夫人！”或感叹“哪里跑来个薛姨妈！”王夫人和薛姨妈尽管也是写得颇为生动的文学人物，却还够不上是艺术典型。何其芳先生的立论在当时（20世纪60年代初）就受到一些人的批评，引起不小的争论，有兴趣的人士可以找出当年那些论辩的文章来读，不管读后是否认同何其芳先生的“典型共名说”，但是对何先生善于独立思考，敢于发表新颖的见解，大概还是会佩服的。任何学术课题，允许提出新说，容纳“惊世骇俗”的见解，应该是推动学术进步的一个前提，海纳百川，方呈浩瀚。

刘姥姥够得上艺术典型，“刘姥姥进大观园”也够得上是典型的人生处境。所谓“刘姥姥进大观园”，就是指一个大老粗，进入了一个他或她本没有机会进入的高档空间，意味着侥幸，也往往表示着“猪八戒吃人参果，那么好的东西却品不出味儿来”的意思。顺带说一下，以何其芳先生的“典型共名说”来衡量《西游记》里的角色，那么孙悟空、猪八戒、唐僧、白骨精都能成为“共名”，因而够得上是艺术典型，沙和尚难以成为“共名”，因而就够不上。

刘姥姥不仅是侥幸，简直是幸运，贾母把她带入大观园让她逛了个够，问她：“这园子好不好？”她念佛说道：“我们乡下人到了年下，都上城来买画儿贴，时常闲了，大家都说，怎么得也到画儿上去逛逛。想着那个画儿也不过是假的，那里有这个真地方呢，谁知我今儿进这园里一瞧，竟比那画儿还强十倍……”刘姥姥比猪八戒强一些，对大观园这个“人参果”还算有点“比年画还强”的审美感受，但从粗陋空间闯进精致空间，她出恭后一个人迷路绕到了怡红院，虽然对呈现于眼前的各种事物不断吃惊，却全然没有审美愉悦产生，最后竟仰身倒在宝玉卧榻，一顿臭屁，酣然一觉。一个生命的惯常空间，养成了一个生命的惯常思维、惯常情感和惯常的行为方式，那是很难改变的，除非他或她还年轻，对于从现有的粗陋的生存空间挣脱出去，进入一个精致的高层次空间，并且能在其中长久立足，还抱有热切的憧憬与付诸行动的勇气。

曹雪芹写大观园，最厉害的一笔，我以为是在第六十回，大观园什么模样？“也没什么意思，不过见些大石头大树和房子后墙……”大观园宜作面面观，在有的人眼里，所看到的景色，竟不过尔尔。

那是谁眼里的大观园？

2

那样形容大观园的，是柳五儿。

柳五儿是内厨房管事柳嫂子的女儿。

大观园建成以后，在很长一段时间里，没有单设厨房，住在园子里的宝玉、李纨和众姐妹们，到吃饭的时候还得走出大观园，到上房，也就是王夫人那里，或者贾母那里去吃饭，这在书里是有描写的。大观园里的丫头们又到哪里吃饭呢？书里没有明确交代，估计更是要走出园子，去跟园子外的那些丫头一起吃饭。大观园本身不小，出了大观园到王夫人或贾母那边，还要走很多路，到了秋冬和春寒时分，园子里的人吃饭真是很不方便。于是，作为荣国府实际上的总管，王熙凤有一次就提出来，在大观园后身单设一个厨房，也就是区别于府里总厨房的内厨房，专门供应住在园子里的主子和丫头们的饭食。这是在第五十一回末尾交代的。王夫人首先赞同："这也是好主意。刮风下雪倒便宜，吃些东西受了冷气也不好；空心走来，一肚子冷风，压上些东西也不好。不如后园门里头的五间大房子，横竖有女人们上夜的，挑两个厨子女人在那里，单给他们姊妹们弄饭，新鲜菜蔬是有分例的，在总管房里支去，或要钱，或要东西；那些野鸡、獐、狍各样野味，分些给他们就是了。"贾母道："我也正想着呢，就怕又添一个厨房多事些。"王熙凤就更坚定地表态："并不多事。一样的分例，这里添了，那里减了。就便多费些事，小姑娘们冷风朔气的，别人还可，第一林妹妹如何禁得住？就连宝兄弟也禁不住，何况众位姑娘。"于是拍板定夺，大观园内厨房开张。

主子们一项新政的推行，会给下面仆役层里的一部分人带来实际利益。

"挑两个厨子女人在那里"，从后面的描写里我们看到，实际上被挑为内厨房总管的只是一个女人，就是柳嫂子。

柳嫂子原来在梨香院里管点事，可能就是那里的厨子。梨香院原是荣国公用来打坐静养的一个空间，一度闲置，薛姨妈一家从南方进京投奔荣国府后，在里面住过，后来又从那里搬到另一处院落，为筹备元妃省亲，贾府派贾蔷从南方买来十二个女孩子，训练她们唱戏，每个女孩都认一个妇人为干妈，十二个女孩也就是“红楼十二官”，在梨香院集中居住排练时，女孩们和那里的妇人们关系就很复杂，有处得好的，有处得不好的，而其中唱小旦的芳官，和柳嫂子关系非常之好；再后来，由于朝廷里薨了老太妃，元妃不再省亲，贵族家庭不许演戏，贾府就解散了梨香院的戏班子，十二官里死掉了一个，有三个不愿意留在贾府另谋生路去了，还有八个则被分配给贾府的主子当丫头，芳官很幸运地被分配到了怡红院，并且很快得到宝玉宠爱；八个留下的唱戏姑娘的干妈，随干女儿到各房中为仆，而芳官的干妈的亲女儿春燕和小鸠儿，也正是怡红院的丫头，人际关系，交错纠结，写得很有意思。

芳官的干妈何婆，开始对芳官很不好，掌握着芳官的那份月钱，却不往芳官身上使，芳官洗头都洗不痛快，于是爆发了怡红院里有名的“洗头事件”，闹得沸沸扬扬。芳官的干妈对芳官很啬刻，但是，柳嫂却对芳官非常好，投桃报李，芳官因此也对柳嫂格外关照。

曹雪芹写大观园，写大观园里的生命，是立体的写法，他不仅写主子，写丫头，也写相对底层的仆役小厮，写他们不同的生存状态和生命诉求。第六十一回开头，他特意写了一段剃杩子盖头的小厮，跟柳嫂子在后角门发生口角的情节，这些“过场戏”绝非可有可无的文字，而是使《红楼梦》的文本更丰满，更精致，更能揭示世道人心的精彩笔触，建议大家读时不要草草掠过。

那杩子盖发型的小厮，扭着柳嫂子，求她从园子里摘些果子来给他吃，柳嫂子就说他是“仓老鼠和老鸹去借粮——守着的没有，飞着的有”，意思是那小厮的舅母、姨娘就是园子里承包管理果树的，不问她们去要，却要到自己跟前来，小厮听了，就反唇相讥，揭出柳家的一桩隐私来，那就是柳家的女儿“有了好地方了”，柳家的不承认，笑道：“你这个小猴精，又捣鬼吊白的，你姐姐有什么好地方了？”那小厮就笑道：“别哄我了，早已知道了。单是你们有内牵，难道我们就没有内牵不成？我虽在这里听哈，里头却也有两个姊妹成个体统的，什么事瞒了我们！”

柳家的女儿柳五儿，正谋求到“好地方”去“成个体统”，此事正进行中，尚未实现，但是，就连看角门的芥豆小厮，也都知悉。柳家的内牵，就是芳官，芳官已经跟宝玉推荐了柳五儿，因为林红玉口角伶俐、办事爽快被王熙凤要走，怡红院的丫头编制恰有空缺，柳五儿的补进，正逢机会。本来这事也不复杂，但是，柳五儿自己有个弱症，需调养好才行，而大观园里又正逢“多事之秋”，一波未平，一波又起，乱哄哄的情况下，贾宝玉也顾不上点名要人，于是，虽然前景美妙，柳五儿一时却还只能窝在大观园之外，灰色生存。当然，因为她母亲是大观园内厨房的管事，她能够进入角门，在大观园后身作为厨房的那五间大房子内外活动，那也算是大观园的一部分了，再往里，她是不敢随便去的，但又常常忍不住把脚步往里迈，把身子往里移，一颗心怦怦然，想偷窥一下园中美景，但那山子野设计的园林，把主子活动区与厨子、杂役类奴才劳作区，分割得非常清晰，用许多的大山石大树木和高墙屋壁，形成一道屏障，将二者互相遮蔽，于是咫尺天涯，人间两域，柳五儿在“不成体统”的时候，是不能越雷池而触戒律的。

可怜的柳五儿，她胆气壮时，也曾试图多往里走走，但所看到的，当芳官问起来时，也只能感叹:“今儿精神些，进来逛逛。这后边一带，也没什么意思，不过见些大石头大树和房子后墙，正经好景致也没看见。”

一个生命，向往着一个自己暂时去不了的空间，这是人世间最常见的心态。

3

生命和空间的关系，是一个特别值得探讨的问题。

当然，生命和时间的关系，也需要探讨，但对于一般的人来说，似乎不那么迫切。“我为什么没生在唐朝，而生在了现在？”有这种追问的人实在很少。“我为什么没赶上抗日战争？要那时候出生参加打鬼子的战斗多来劲儿！”这类话语虽然会偶尔听到，但完全用不着认真回应，不过说说而已。绝大多数人都能坦然接受自己的出生时间，珍视自己的生日，即使对于所处的时代有诸多不满，但深知自己的生命不可能更易到另外的时段，因此，对于自己生命和时间的关系，也就往往不再去深想细究。

但是，在同一时间段里，生命和空间的关系，就存在着一个转移的可能性。在改革开放以前，拿北京来说，同在一城，都是少年，“大院里的”和“杂院里的”，两种生活空间，生活状态、心理定式、语言特点、情感表达……就会很不一样。那“机关（或部队）大院”的空间，与“杂院”的空间，可能就在同一条胡同里，甚至相互间只有一墙之隔，但墙两边，两种空间里，人生状态却会有明显的不同；

还有一种高级四合院的空间，也就是首长住宅，那个空间里的生活状态，跟“大院”里的又有所不同。在那个历史阶段里，一个“杂院”空间里的少男或少女，就往往会羡慕“大院”空间里的“革干”(或“革军”）子弟，有的就可能会像《红楼梦》里的柳五儿一样，憧憬着自己有一天也能转移到那样的一个，比自己所处的空间更高级的空间里，去品尝人生的更甜蜜的滋味。

改革开放以后，生命对空间选择的自由度，被空前展拓，农村的剩余劳动力涌进城市，城市的青年人出国留学，近十几年来，更有许多国人涌到世界各地经商，有的人甚至不惜采取非法手段，借高利贷，筹重金交给蛇头，去偷渡到自己心目中的“大观园”，结果酿成悲剧，甚至惨剧。

“进入大观园啊！去到怡红院啊！”柳五儿那样的追求，直到今天，仍是许多普通中国人的人生目标。

2000年春天，我和妻子吕晓歌应法国方面邀请，在巴黎访问。英国的英中文化协会和伦敦大学，顺便发出邀请，请我携夫人往伦敦讲两场《红楼梦》，一场在伦敦大学给东亚系汉学专业的研究生讲，一场则面向普通伦敦市民。我接受了邀请，但是，英国没有加入欧盟的申根协议，我和妻子虽然有法国给的签证，持那签证虽然可以免签前往意大利、德国、荷兰、比利时……许多参加了申根协议的国家，却不能前往英国，去英国还需到英国驻巴黎大使馆的领事处再办签证。

我和妻子去了英国在巴黎办理赴英签证的地方，那里的签证官见我们是中国人，眼光似乎有些异样，他找来一位负责的女士，那女士板着个脸，说我们不应该到她这里来申请签证，我们应该在北京申请，她这话是有道理的。我就跟她解释，已经跟他们英国驻巴黎大使馆的文化参赞通过电话，参赞说因为邀请我们的机构是英中文化协会，此协会的背景就是英国外交部，所以可以破例。那位女负责人当即与他们的主管部门通了电话，得到证实，于是决定给我们签证。就在这时，她跟陪同我们的法国朋友用法语说了几句话，法国朋友把大意翻译给我听，我一听就急了，就说我不去了，别给我签证了，把我的中国护照还给我！

我为什么生了大气？原来，那位负责发放签证的女士嘀咕的是，你们中国人，总想到西方……当然，刘先生跟那些多佛的中国人不一样……可是，我们不能不特别谨慎啊！

原来，就在我们去办签证的前一天，正好发生了一件轰动英国的大事：一批中国偷渡客，藏在集装箱里，从法国渡海到了英国多佛口岸，本来，那集装箱上有个通气口，可是开车的司机怕检查时露馅，渡海时给堵上了，但英国口岸的海关抽查，偏查到那辆车，打开集装箱，挪开货物，立即发现了若干已经窒息毙命的中国偷渡客。英国报纸在报道这件事情时，特别强调，有几个负责检查的海关工作人员，因为突然目睹了扭曲的死尸，不仅生理上立即发生呕吐晕眩等症状，而且也很快派生出心理问题，已经立即有心理医生在对他们进行治疗云云。

那些离乡背井的中国偷渡客，不管怎么说，是我的同胞！他们违法，他们糊涂，他们冤枉，他们不幸，但是，他们毕竟是想通过转移自己的生存空间，去谋求更幸福的生活啊！

我跟他们，一样的黄皮肤，一样的黑头发，血管里流淌着同一祖宗传下来的血液，“你们中国人，总想到西方”，尽管那位英国外交官试图把我和我妻子跟我的这些惨死的同胞区别一下，但乍见到我们时，那冰冷的眼光、那板起的面孔，不也分明表达着一种对中国人的“特别谨慎”，实际上也就是一种潜在的歧视吗？

人家那个签证厅，是不许大声喧哗的，可是在那一刹那，百感交集的我，大声嚷了起来：“还我护照！我不去了！”

法国朋友制止了我，妻子也低声批评我，英国外交官莫名惊诧，但最终还是给了我们签证。我和妻子是在复杂的心情中乘海底隧道火车，从巴黎前往伦敦的。

从那以后到现在，六年过去，在报纸上，仍有中国人以偷渡手段前往国外，被查获遣返，或侥幸抵达，而惨遭变相囚禁、剥削虐待的新闻。

而在这篇文章刊发以后，相信也还会有类似的情况出现，只是，或许会逐步减少些吧。

为什么总有一些中国人，孜孜汲汲地谋求生存空间的大转移？如果所有的这类转移都只是悲剧，那就无法解释其心理依据。我们必须承认另一方面的事实，那就是，有数量不少的转移者，在那边的空间里立了足，融进了那个空间，有了物质和精神上都很不错的生活，请他们的父母去探视、旅游，也偶尔会来探亲访友，令亲人欣慰，乃至引为骄傲，被邻里旧识羡慕，甚或嫉妒；还有一些转移者，其中不乏开头以非法手段转移，又非法滞留不归，但终究还是从非法转换为合法，又以合法身份发了财，衣锦还乡，光耀乡里，成为来当地投资的“外商”，被当地政府官员高规格接待，那样的更具传奇性、喜剧性的人物存在。

我在伦敦的演讲，没有提到柳五儿，但也就在那期间，我就存下一个念头，探究一番柳五儿的“移民美梦”。

4

在我少年和青年时代，那时候对我那一代人的教育，就是唯独我们所生活的空间最美好，那以外的地方，开头还有不少好的，后来苏联“变修”，若干本来同属一个阵营的国家也随之成为“小修”，或需要存疑观察（因为他们还跟苏联保持某些合作关系），只有欧洲的“一盏社会主义明灯”，也就是阿尔巴尼亚，那个空间，还算得是个纯洁健康的空间，除了那样的地方以外，世界上绝大部分空间，生活在那里的人民，都处在水深火热之中，需要我们发誓去加以解救。

对世界空间的这种主观狭隘的理解，也同样表现在那前后的历史阶段里，对文艺作品的欣赏理解上。

那时期对《红楼梦》的诠释，主导性的观点，先是由“两个小人物”发表出来，后被伟大领袖充分肯定，大体而言，就是这是一部写封建社会里的新兴力量，反抗封建社会主流政治和思想的书，书中的贾宝玉、林黛玉，代表着反封建的新兴社会力量，是一种“新人”，而薛宝钗那样的角色，本质上则是顺应封建，甚至捍卫封建的艺术形象。直到如今，我很尊重这样的观点，用这样的观点分析《红楼梦》，确实能够形成一个体系，也能给人一些启发，但那个时期存在的问题是，把这样的观点一肯定，其他的研究角度、其他的观点，就都被批判，被摒除了。应该允许各种不同的研红观点存在，但学术上的包容，实在是一桩很艰难的事情，往往需要时间的耐心培育，才能在一个不断进步的社会里成为风气。

到了“文革”时期，伟大领袖又对古典名著《水浒传》和《红楼梦》发表了直接性的评论，确实自成一派，棱角分明、独特犀利。领袖只是口头表达，记录下来的言论非常概括，需要再加阐释。那时候各地方各系统都成立了写作组，除了撰写直接进行革命大批判的文章，也还有专门将领袖关于《水浒传》和《红楼梦》的观点加以展开阐述的写作班子。经历过那个时代的人们，应该都还记得这些署名：梁效（清华大学和北京大学联合写作组的笔名），初澜（当时于会咏担任文化部长的文化部写作组的笔名，因是专门阐释原来叫过蓝苹的江青的文艺思想，所以谐“青出于蓝胜于蓝”的音），罗思鼎（上海市写作组笔名，那时候“永做革命的螺丝钉”是一句响亮的口号，这个笔名谐音正是“螺丝钉”）……当时北京市写作组被安排在原来的一所古庙弘光寺里，笔名更别致一些，叫作洪广思，既谐了场所空间的名儿，也有弘扬光大领袖思想的含义。在那段特定的历史时期，能被吸收到那样的写作班子里参加写作，是一桩光荣的事。由于当时关于评《水浒传》的文章，被“四人帮”利用，对“宋江投降派”的批判，演变成对周恩来总理的影射攻击，所以“四人帮”倒台之后，那个时间段里评《水浒传》的文章就全站不住脚了，有关的笔杆子，后来多数也就很难进入改革开放以后的文化格局中。但是，评《红楼梦》的情况不大一样，“四人帮”没怎么往里头塞进现实“路线斗争”的政治影射，而领袖关于《红楼梦》是中国封建社会的阶级斗争教科书的论断，也确实自成一理，特别是他判定第四回，也就是有“护官符”的那一回，才是《红楼梦》总纲的观点，非常新颖，也相当有据，直到今天，也是极需尊重的一种独到的学术见解，而那时比如说洪广思写出的相关阐释文章，先被康生赞许，后来康生拿去给伟大领袖看，领袖也表示赞赏，这样的情况，当时文章的起草者，现在回想起来，仍感到激动与荣耀，也是顺理成章的事。“文革”结束后，评《水浒传》的班子解散了，而北京评《红楼梦》的班子保留了下来，先负责《红楼梦》新普及本的校注工作，后来逐渐演变成专门的研究机构，又产生出相关学会，有了学刊，当年负责洪广思评红文章起草定稿的人士，也就成了红学界的掌门人。大体上是这样的一条沿革轨迹。

任何一个人，都生活在特定的时空之中。“文革”后期参与甚至主持洪广思的写作，特别是评红文章的写作，对于一个普通知识分子来说，应视为一桩平常的事，至今对之引以为荣，也是可以理解的；但因此觉得自己就成了权威，成了唯一不二的内行，容不下不同的观点，那就不好了。

认为《红楼梦》是一部表现封建社会阶级斗争的书，在具体阐释这一观点时，把书里的丫头们说成女奴，把书里许多情节解释为女奴对奴隶主的抗争，我以为是值得尊重的观点，但是，这不应该是终结性的具有法定裁判性质的观点。如何理解《红楼梦》，是应该允许从多种角度，以多种方法，去加以探讨的一个纯学术问题。正是伟大领袖鲜明地提出，文学艺术、学术问题，要实行百花齐放、百家争鸣的方针，这是他思想的精华。

改革开放以后，我逐渐学会用一种摒除了简单化倾向的立体思维，来认知世界。世界上确实存在着剥削与压迫，西方国家自身有很多问题，不公正的现象在我们身边也大量存在着，所有这些与我们理想相悖的客观存在都应该通过不懈的努力，去耐心地加以解决，一蹴而就是不可能的，人们应该在和平渐进中提升这个世界。

把自己的思路理顺以后，我就更能理解，为什么直到今天，中国大陆还有相当一部分普通人，把生活空间的大转移，视为能使自己过上好日子的一种契机。自己或者年纪大了，转移不了了，就拼力把孩子转移过去，不能正式移民，就先取得临时居留的签证先过去再说，在那边滞留不归，“黑下来”，再争取某个机会，转为合法居留；实在连临时签证也拿不下来，就不惜东借西凑，交钱给蛇头，冒险进行偷渡。同样是中国地区，香港、澳门、台湾的居民，现在很少有偷渡到外国的案例，一般西方国家，对那些地区的进入者，进海关时放行得就比较痛快，而对持中国大陆护照的一般人士，态度上就严格得多。

我是一个定居北京的中国人，我热爱自己生活的土地，我没有移居国外的想法，但是我理解我的一些同胞的空间选择。

改革开放以后的中国，经济迅猛发展，国力增强的速度令全球瞩目。崛起的巨人，这是许多西方评论家，包括政坛要人对当下中国经常使用的形容词。中国的社会生活的进步性变化也表现在更多的方面，包括政治体制的改革，希望的曙光确实在闪烁。平心而论，希图移居到外面以改变自己生活质量的中国人，应该是在逐步减少，但仍然存在着数量不小的，热衷于外移的中国普通人，这也是鲜活的事实。

我想表达的，是这样一个意思，就是既然还有很不少的普通中国人在采取转移生存空间的方式，去谋求自己的幸福，那就说明，除了对社会空间的政治性评价以外，一般人更多关注的，却是那空间的另外属性，比如，所能提供给个体生命的自由发展、公平竞争的可能性，达到了什么样的程度。

这样再来读《红楼梦》，来讨论柳五儿向往进入怡红院，就简便得多了。

贾府是一个封建主子剥削压迫奴隶的地方，这个总体性的、本质性的判断，不应推翻。确实如此。但是，贾府这个生活空间里，除了政治性因素外，还有别的许多因素，主奴间除了剥削被剥削的关系外，也还存在着相互依存的其他方面的关系。

强调《红楼梦》是部主子压迫奴隶的书，可以从计算贾府里死了多少条奴才的命来说明，金钏投井、晴雯夭亡，还有高鹗在续书里写到的鸳鸯之死、司棋之死，当然还可以加上第十三回里交代的瑞珠触柱而亡，等等，都是“血淋淋的活例证”。从这种角度来读《红楼梦》，非常值得尊重。

但是，细读《红楼梦》，就会感觉到，曹雪芹他本人，似乎并没有把贾府的丫头们当作女奴来写的明确意识。在他的笔下，凡成为主子近身丫头的青春女性，她们既然同主子处在一个共同的富贵空间里，她们也就程度不同地享受到了与主子没有太大区别的优越生活。

贾府里的小姐们的头等丫头，身份地位，以及生活享受，相当于副小姐。抄检大观园之后，司棋首罪被撵，周瑞家的押着她出园，正巧遇上宝玉，司棋哭着请求宝玉援助，这时候周瑞家的就发躁向司棋说：“你如今不是副小姐了，若不听话，我就打得你！”这话也反证着，在没有被撵逐时，司棋那样的丫头，是连周瑞家的这样的女仆也惹她不起的。像袭人，她的生活状态更难称作女奴，她母亲病危，主子不仅特许她回家探视，王熙凤还特意让平儿找出自己上好的衣服来，让她穿回家去，这当然一方面是用以显示贾府的体面，一方面你也可以认为这是由于袭人以告密的方式取得了王夫人信任，王熙凤也意在优待一个“女奴中的叛徒”。但是，我们还可以翻出一大串关于晴雯的情节描写来，晴雯根据那样的解释框架，可是被定性为富有叛逆、反抗精神的女奴的，但是，她的衣食住行，何等讲究，又由于她本是贾母看中的丫头，派去服侍宝玉后又深得宝玉宠爱，在抄检大观园之前，任凭她如何娇嗔任性，主子们也没有怎么去责罚她，反倒是她，动不动就对比她身份低的丫头、仆妇横眉立眼，动辄以“撵出去”相威胁。

按说，贾府包括大观园既然是女奴们被剥削压迫的空间，那么，具有反抗性的女奴的首要的反抗意识，就应该是想方设法逃离那个空间，其行动，也应该是越早挣脱那牢笼般的空间越好，但是，书里的大量描写，尤其是关于晴雯的大量描写，却表现的是无论如何不愿被撵出去的意识，以及拼命要保住那女奴位置的大小行动。我在《刘心武揭秘〈红楼梦〉》第二部里，对于晴雯的这种思维与行为有比较详尽的分析，特别指出第三十一回里，当她因为性格原因跟宝玉发生冲撞，宝玉气急中说要回王夫人把她打发出去，她当然还是反抗，但她是怎么反抗的呢？她哭着宣布：“我一头碰死了也不出这门儿！”

晴雯珍惜她所置身的空间，书里的绝大多数丫头都舍不得离开那温柔富贵乡的空间。金钏投井，不是因为主子逼迫她在那个空间里生活，而是因为主子认为她不再够格待在那个空间里而被撵了出去，她因为“失乐园”丢脸面而“烈死”；入画、司棋被撵逐时都还苦苦哀求主子能开恩让她们留下。

已经进入那种空间的女奴，宁愿“一头碰死”也舍不得离开，而没进入那样空间的少女，却希冀能到那样的空间里去为奴。柳五儿就热切地盼望着有那么一天，能成为怡红院的丫头，从而可以名正言顺地越过大石头大树和房子后墙构成的区域屏障，大摇大摆地在大观园的主景区里优游。

5

柳五儿作为贾府世仆的女儿，到了能干活的年龄，本该立即被府里的总管部门分派到某主子房中充当丫头，究竟会被分配到何处，自己没有抉择权，命运全凭别人支配。在贾府这个大空间里，各个小空间的区别有时候还是很大的，比如，如果分配到赵姨娘身边当丫头，那就跟分配到林黛玉身边当丫头，在生活质量和生活氛围上会有天壤之别。

谁甘心自己的命运完全被别人支配？总要想方设法谋求一个好的生存空间，来容纳自己的身心。

书里交代，柳五儿十六岁了，“虽是厨役之女，却生的人物与平、袭、紫、鸳皆类”。脂砚斋指出，她名柳五儿，除了因为排行第五，还有谐音的含义，“五月之柳，春色可知”。她之所以十六岁了还没有划拨到某房为丫头，是因为素有弱疾，故总处于待分配状态。有弱疾就暂不奴使，并非是主子人道，而是主子的一种卫生保护措施，怕有病会传染给主子，即使没有传染性也怕不健康而降低服务质量。按说十六岁了还可以不被奴役，应该被柳五儿父母和她自己视为幸事，但这状况倒成了他们的心病，他们全家，特别是柳五儿本人，都为此陷于焦虑，都巴望能快些被安排一个“体统”的位置，正巧跟柳家的长期交好的芳官分配到了怡红院，又被宝玉宠爱，两个人有说私房话的亲密关系，那么，利用芳官这一“内牵”，向宝玉倾力推荐，而宝玉处因为走了小红正需补员，柳五儿的进入怡红院，真是只差最后一步罢了。

当了丫头，首先，会有月钱；其次，在衣食住行上，都有福利性享受；尤其是进入到了怡红院，那主子贾宝玉是个讲究“世法平等”的人物，不仅极会怜香惜玉，甚至达到能够“情不情”的境界，就是对世上那些无情的事物，他也要付之以一腔真情；更何况，芳官告诉了柳家的和柳五儿，宝玉还放出话来，就是凡他房里的丫头，年龄大了，将来都不让府里的主管部门拿去强行婚配——按府里老规矩，丫头到了婚嫁年龄，是要“拉出去配小子”，以完成为奴隶主滋生新奴隶的生殖任务的——而是一律让她们获得人身解放，出去自主择婿，这就使得宝玉所在那样一个小空间，更成为那个世界里的一个桃源乐土，甚至于到了那里，不过是应个名儿，月钱照拿，活路不做，只等“任届期满”就可“安然回家”，这样的一个空间，难道不应该梦寐以求吗？

五月之柳梦正酣。水往凹处聚，人往沃土移。柳五儿朝思暮想的，就是进入怡红院，去充当一个“成体统”的女奴。

不同的空间，在俗人的眼里，有不同的含权量、含金量、含体统量、含情量、含趣量，以及花尽可能小的付出而获得尽可能大的好处的“应名儿量”，经过综合评估，人们就会做出自我空间抉择，去追求，去落实，去把梦想转换为现实。

当然，不俗的人会是另样的人生态度，他们对空间的抉择，甚至会与俗人完全逆向，哪里艰苦哪里去，他们怀有的不是梦想而是理想，在理想光辉的照耀下，他们宁愿牺牲自己，去成全别人，去推进世界的进步、人类的昌明。

但是，世界上俗人最多。做着柳五儿般酣梦的，在我们身边很容易找到。

俗人圆梦，必用俗招。书里第六十二回有这样的情节，主子们和最成体统的丫头们，聚在红香圃大摆寿筵，芳官毕竟不是头等丫头，竟不得与宴，闷闷地待在怡红院里，好生无聊。饿了，自然向柳嫂子发话，按说那柳嫂子伺候主子们的寿筵正大忙中，哪里还顾得上为没资格与宴的丫头准备精致饭食，但要餐的不是别人，而是与柳五儿进入怡红院至关紧要的内牵芳官，结果怎么样呢？书里就详细描写了柳嫂特为芳官供奉上的一盒套餐：一碗虾丸鸡皮汤，一碗酒酿清蒸鸭子，一碟腌的胭脂鹅脯，还有一碟四个奶油松瓤卷酥，并一大碗热腾腾、碧荧荧蒸的绿畦香稻粳米饭。闭眼想想，是怎样的色、香、味？咽咽唾液，是否觉得食欲陡提？宝玉趁空回到怡红院，正巧赶上这盒套餐摆出，竟然被吸引，忍不住吃了起来。可见柳嫂子为了柳五儿“成体统”，对芳官供奉到了什么地步！

当然，书里也写出，柳氏母女和芳官之间，除了利益关系，也还有真情交往的一面，“玫瑰露引来茯苓霜”及“判冤决狱平儿行权”两回里，芳官给柳氏母女送玫瑰露，以及柳五儿黄昏冒险进园，花遮柳隐地去以茯苓霜回报芳官，这样的情节，就把人际间的关系写得更立体，把人性也写得更微妙了。

书里的故事大家都很熟悉：柳五儿的冒险行为给她和她母亲带来了几乎灭顶的灾难，多亏最后宝玉出面“顶缸”，平儿推行了“大事化为小事，小事化为没事，方是兴旺之家”的政策，平冤决狱，使柳氏母女化险为夷，躲过一劫。但柳五儿经过一夜的囚禁，身遭摧残心被羞辱，一病不起，而且，即使她健康了，经历了这样的官司，也难再提进怡红院的事情。五月之柳的酣梦，被惊醒，破灭了。

抄检大观园后，一批丫头被撵，芳官也被王夫人亲自训斥发落，王夫人先斥责芳官“调唆宝玉无所不为”，芳官毕竟是芳官，她笑辩道：“并不敢调唆什么。”王夫人也就笑道——那应该是冷酷的狠笑——“你还强嘴。我且问你，前年我们往皇陵上去，是谁调唆宝玉要柳家的丫头五儿了？幸而那丫头短命死了，不然进来了，你们又连伙聚党遭害这园子呢……”这确实是奴隶主的语言，王夫人这样的经验老到的贵妇，最惧怕的就是奴仆的“连伙聚党”。

柳五儿夭折了，这应该是曹雪芹的原笔。高鹗续书时把她起死回生，还设计了宝玉对她“承错爱”的情节，当然他有他的创作自由，但在我读来，总觉得那是画蛇添足。柳五儿怀着热切的梦想，要进入怡红院，但是她的一次“偷渡”失败，令她不仅梦碎，最后还短命夭折。天下所有亟欲进行生存空间的转移，而竟事败梦碎的卑微生命，同来一哭！

6

我也曾一度觉得，柳五儿那样向往去当稳一个女奴，实在是空间认知与抉择上的一个失误。

顺着那样的感觉，可以很顺溜地推导出来一串逻辑：柳五儿的正确抉择，应该是去寻觅农民起义的空间，投奔其中，并将自己的生命火焰，在那样的空间里燃放出夺目的光彩。

把目光投向现实，似乎就应该谴责那些力图将生存空间移往境外，或在国内总是“这山望着那山高”的同胞。

但是，冷静下来，我就觉得，《红楼梦》里所描绘的生存空间，真实可信，其中每个生命的空间追求与存在状态，都包含着一定的天理。

生命都是平等的。寻求幸福是每一个生命的天赋人权。对生存空间的选择，可以用自己觉得是正确的理念加以引导，却不可轻易对他人进行谴责，进行粗暴的禁制。现在世界各个不同空间之间的生命流动，包括我们中国国内的不同空间，对进入也都是有游戏规则的。不应该违规。

但是，归根结底，是要通过我们共同的努力，使人世间的不同空间，逐步地减少贫富差距，提升公平度，增加机遇率，奖励而又抑制强者，善待而又激励弱者，容纳异见，提倡协商，和谐共存，相依相助。

愿脚下的这片土地，能够终于具有人家那些空间的优点，而减弱所有空间都还难以消除的那些缺点，愿 2000 年“多佛惨案”那样的事例，终成远去的噩梦。

静夜里，因《红楼梦》里的柳五儿，竟浮想联翩到这样的程度。感谢曹雪芹，你的文字，启迪、滋润着我的心灵。

2006 年 3 月 8 日　绿叶居

得了玉的益似的

1

凤姐虽是荣国府的当家人，也难把府里的丫头认全。在大观园里，她偶然发现了小红办事爽利、口声简断，就想收归自己麾下，于是问小红岁数、名字，小红告诉她自己十七岁了，原名林红玉，凤姐听说将眉一皱，把头一回，说道:“讨人嫌的很！得了玉的益似的，你也玉，我也玉。”

实在也是，《红楼梦》一书里，名字里带玉字的角色，真不少。贾宝玉不消说了，跟他同辈的名字带玉字边的不算，单算名字里确实有玉字的，男的，就有甄宝玉、蒋玉菡、玉爱（闹学堂的顽童之一）

等；女的，则有林黛玉、妙玉、玉钏、玉官（荣府戏班的小戏子之一）、茗玉（刘姥姥随口道出的抽柴小姐）等。

玉，确实是个好字眼儿。

中国人取名字，一个时代有一个时代的风尚。

其实，针对王熙凤这个名字，别人也可以说这样的闲话："你也凤，我也凤，得了凤的益似的！"过去中国父母在女儿的名字里用个凤字，从农村到城里，真可谓十分流行，就是时下，给女孩子取名用凤字的，也大有人在。本来对凤凰这种传说中的美禽，是规定它凤为雄凰为雌，男性名字里用凤才恰切，但多有父母给女儿取名用凤字，鲜有用凰字的，那用意，就是把女孩当作男孩一般珍爱。《红楼梦》第五十四回写史太君破陈腐旧套，就写到雇来凑趣的女先儿，也就是说书的人，想给说一段《凤求鸾》，那段子里的贵公子，恰叫王熙凤，凤姐倒开明，说怕什么，重名重姓的多了，贾母听了几句觉得俗不可耐，就进行了一番讥讽，这段情节也说明中国人为求吉利，取名上往往容易用些陈腐字眼，失却新鲜感。

远了不说，20 世纪初，清朝烂透，革命潮流汹涌，于是汉人给子女取名多有用梦醒、醒狮、光汉、天华的，但革命成功以后，又有一派文学艺术家，仍觉中华民族那东亚病夫的帽子难摘，于是取些哀婉的名字，有的是艺名笔名，如病梅、独鹤、瘦鸥、瘦鹃之类；那么到了抗日战争时期，像我父亲给我取名字，那是正当最艰难的相持阶段，汪精卫之流鼓吹"和平救国"的汉奸理论，父亲是坚定的爱国者，对其深恶痛绝，因此，我这一辈心字是排行，心什么呢？他就选定了"武"字，表达他赞成武装抵抗到底的信念。我成为作家以后，常有人调侃我："你该叫刘心文才对啊！"其实我哥哥分别叫刘心人、刘心化，从字眼上都比我这名字艺术味儿浓，但父亲给我取名时是那么个时代那么个心情，也就不奇怪了。

1949 年以后，许多孩子降生后父母给取的名字一直用到现在，一看那名字，我就能准确地判断出他或她的出身年头，比如解放、分田、抗美、超英、跃进、学锋、四清、文革、立新、爱武、援越、纪周、继东、四化、新征……

随着近三十年来社会的变化，到目前，取名越来越趋向于个性化，重名的情况在减少，使用生僻字眼的个案在增加，最近我去成都签名售书，一位姑娘说她名字是一个单立人一个思字，这字她要不先念出音来，我就不知道怎么发音，不查字典，也不知道这个“偲”字是什么意思。由于一些家长给孩子取的名字里使用着一些电脑字库里暂时没有的僻字，已经派生出诸如户籍登记时发生困难一类的情况。在网络上更出现了一些怪异的署名，有的是四个字以上，有的把英文字母和汉字混在一起，蔚成大观。

名字有那么要紧吗？现在有不少替人取名字的商家，有的是公司有的是个人，有的注册过有的没注册，但都有生意，有的收费不菲，有的门庭若市，这样的现象就说明，人们对名字的重视度，总体而言是在提升，而不是在淡化。

2

曹雪芹给《红楼梦》里的人物取名字，大体是三种方式。

一是精心设计。贾、史、王、薛四大家族的成员，特别是贾家，男子，他给排定了代字辈、文字辈、玉字辈和草字头辈的四代系列，其中贾赦字恩侯，贾政字从周，都有特殊含义。文字辈生下的女儿，他把各人名字里中间那个字设计成连读谐"原应叹息"的音，她们的大丫头名字最后一字合起来又构成了"琴棋书画"；又用甄应嘉、甄宝玉等名字，形成与贾家互为"倒影"的迷离扑朔的寓意效果；另外像林黛玉、薛宝钗、史湘云、邢岫烟等名字都与其性格相映照；丫头的名字，像晴雯与绮霰、麝月与檀云对仗，金莺恰巧姓黄，玉钏则刚好姓白，宝玉的小厮通常是茗烟、锄药、扫红、墨雨四个，象征着贵公子日常的四桩雅事，等等，显然都是特别下了功夫来拟定的。

二是随事命名。写到与某事相关的人物，就随手拈来一个姓氏或名字，比如甄士隐的岳父叫封肃（对穷女婿很不好，含风俗如此的意思）；大观园的设计者因为重点是处理园林山石野趣，就命名为山子野；贾芸得到在大观园里补种花草树木的差事，去买花木，正当春天，那卖花木的就取名方椿；探春理家时决定在大观园里搞岗位责任制，分派去种稻香村庄稼的就叫老田妈，管竹林的就叫老祝妈，等等。

以上两种命名方式里，已经多用谐音的手段，那么，大量地使用谐音来表达他对人物的评价和爱憎，则是最重要的命名方式，在书中屡见不鲜。冯渊，意味他遭逢冤枉；大太监戴权，通过谐音说明他权力很大；赖尚荣，谐"赖祖上荣光"的意思，但他用谐音表爱的情况很少，倒是有大量名字通过谐音表达出他的讥讽乃至憎恨，如吴新登（荣国府里银库总领，那时候银子使用有戥子准星的天平来称量，但此人居然"无星戥"）、戴良（荣国府管粮仓的，只会"大斗往外量"）、钱华（荣国府买办，本应为府里省钱，却"使钱如开花"）；一些清客在他笔下更是其名不堪，詹光（沾光）、单聘仁（善骗人）、胡斯来（胡乱厮混来）、卜固修（不顾羞耻）；程日兴（成日里兴风作浪，是个古董商）；贾芸的那个舅舅，他取名为卜世仁，那就简直是宣布他“不是人”了，切齿之声穿透纸背。

我在《刘心武揭秘〈红楼梦〉》的书里，一开始就探讨了秦可卿的原型问题，我注意到，有的古本《红楼梦》里，第十七、十八回里跟王夫人汇报妙玉情况的仆人，写作秦之孝，那显然是曹雪芹的原来的设计，他还设计了另一对夫妻秦显和秦显家的，虽然后来的书里把秦之孝的名字改成了林之孝，但六十回前后写大观园里司棋等与芳官等争夺内厨房的控制权，当厨头柳家的被扳倒后，林之孝家的自作主张，派去了新的厨头，就是秦显家的，这难道不值得深思吗？显然，在曹雪芹初期的构思里，书中从上到下都有秦氏的踪影，秦之孝夫妇控制住了“肥水”，那就一定不让其流入外姓田，他们必让秦显夫妇得油水。

大观园试才题对额那一回，有个细节极其微妙，值得特别注意。就是当大家来到一处水景，一些清客相公认为可取名为“秦人旧舍”，贾宝玉立刻截住说：“这越发过露了。‘秦人旧舍’是避难之意，如何使得？”虽然最后没有用那“避难之意”，取了“蓼汀花溆”四个字（到元妃行幸时元妃又认为“花溆二字便妥，何必蓼汀？”），但贾府是有“秦人”来“避乱”而不能轻易泄露这一点，却是被作者巧妙地影射出来了。

总之，曹雪芹先把荣国府大管家写作秦之孝，后来又改成林之孝，太值得玩味。按说荣国府有一对大管家夫妇也就够了，书里写到，他们本有几代跟从的大管家赖大夫妇，赖大的母亲赖嬷嬷还出场有戏，赖大儿子得官后贾府的人还去赖家的花园里宴游，荣国府不必再设跟赖大权力平行的大管家，但偏偏又写出一对秦（林）之孝夫妇来，这对大管家夫妇据说是一个天聋，一个地哑，很低调地生存，秦（林）之孝家的年纪比凤姐大，却认凤姐为干妈，这真有些奇怪。我们都知道宁国府按家族排序，地位是高过荣国府的，但它的大管家只有一位赖升，又被称作赖二，似乎是赖大的弟弟在那里当权。

《红楼梦》的这些文本现象，都值得探究。

3

《红楼梦》的文本，总体而言是“真事隐、假语存”，也就是说，它把生活的真实加以艺术虚化，你若把书里的人物跟清代康、雍、乾三朝的真实人物，跟曹雪芹家族里的真实人物去一一画等号，那说明你不懂得这是一部小说，它不是报告文学，更不是一部历史书或家史；但你如果硬把它当作完全没有生活依据的纯虚构作品，则我不取苟同。我赞同鲁迅先生对它的判断：“正因写实，转成新鲜。”这是一部把生活原型升华为艺术形象的，带有家族史、自传性、自叙性特色的小说（注意：我是说有这样的特色，并非说它是家族史、自传）。

书中的秦可卿，我认为其原型是康熙朝废太子胤礽的一个女儿。胤礽在当太子的时候，和曹雪芹祖父、父亲辈过从甚密，政治、经济上有千丝万缕的联系，在太子得势时，太子把自己的仆人送给曹家，是完全可能的。秦之孝夫妇的原型，应该就是太子送给曹家的，写到小说里，把来自太子一系的上、中、下人物，全设计成姓秦，是顺理成章的。

正因为秦之孝夫妇的原型来自太子家，太子彻底被废黜后，这样的人物就很尴尬，他们原来光彩的背景变成了不洁，因此他们只能是装聋作哑，女方去认凤姐为干妈，在别人面前喊凤姐为娘，目的就是希望在时间的流逝里，人们听惯了，就会渐渐忘记了他们的来历，而觉得他们天然就是跟凤姐等贾府主子一体的，但是，当回到自己的私密空间里时，他们却难免要窃窃私语，谈起“义忠亲王老千岁”“坏了事”的事情，慨叹不已。

按说他们在荣国府里已经攀到了大管家的地位，他们完全可以把女儿红玉安排到二等丫头的地位上，但他们却没有那么做，红玉出场时，只是怡红院里一个拢茶炉子、喂鸟、描花样子的三等丫头，这也是他们处事谨慎的一种表现吧。

可是，也正因为出身在这样的家庭，从小听到过父母关于时局白云苍狗与人生多变之叹的话语，红玉也才能说出“千里搭长棚，没有个不散的筵席，谁守谁一辈子呢”，那样惊心动魄的话来。

仔细研究各个古本《石头记》，就能感觉到曹雪芹在写作过程中，不断调整自己的思路，写过秦可卿“画梁春尽落香尘”和元妃省亲以后，他似乎就不再打算加强书里的政治性因素，甚至还做了些减弱政治因素超越政治诉求的努力，其中一项调整，就是把秦之孝改姓了林，那么，本来该叫秦红玉的角色，也就改叫林红玉，更进一步简称为小红。

小红在曹雪芹笔下，成为一个重要的角色。在前八十回里，小红两次上了回目，一次是第二十四回，一次是第二十六回，这是非同小可的待遇。

曹雪芹究竟想通过小红这个角色，表达出什么样的意蕴呢？

4

“你也玉，我也玉，得了玉的益似的！”凤姐的鄙夷之声里，包含着这样的意思：幸福只属于某些有特权的人，普通人，特别是奴仆，不配使用幸福的符码！如果使用了，那就特别地令特权享有者不齿。

玉是一个好看、好听，又意味吉祥幸福的符码。据脂砚斋一条批语透露，曹雪芹把秦可卿、秦钟设计成姓秦，跟一首南北朝时候梁朝刘瑗写的诗有关系，那首诗里有两句是“未嫁先名玉，来时本姓秦”，古本《石头记》第七回又有首回前诗：“十二花容色最新，不知谁是惜花人？相逢若问名何氏，家住江南姓本秦。”这么合起来一想，很明显了，秦可卿是十二钗里跟宫花有“相逢”关系的人，她未嫁到贾家来以前，“先名玉”！如果小红父母确是来自秦氏一系，则给她取名为红玉，想沾点玉字的光，也就不奇怪了。

但是，有一位“二十年来辨是非”的人，她可是政治警惕性特别高，那就是贾元春。她回荣国府进大观园省亲，见到贾宝玉给怡红院题的匾是“红香绿玉”，立刻改成了“怡红快绿”，尽管她弟弟名字里有玉字，但是她那时一定想到了“未嫁先名玉”的秦可卿，就算秦可卿已经死了，她也还是要尽量避免在题咏上使用玉字，曹雪芹这些细微的描写，如果不进行文本细读，进行深入探究，那可真辜负了他的一片苦心。

薛宝钗是一个敏感的人，她虽然弄不明白元春为何见不得玉字，但看到贾宝玉的诗稿上仍写出“绿玉春犹卷”的字样，便立即提醒他应用“蜡”字来取代“玉”字，以免跟元春“争驰”。宝玉听从了，但也一样不明白他姐姐何以那么见不得玉字。

一个字，当它的符码性质引起人特定联想时，会产生出很强烈的心理效应。

林红玉后来虽然不被称呼大名，而被称为小红，但她必欲成玉，而绝不甘为瓦，她对幸福的追求，始终保持着旺盛的心劲。

5

贾府里的丫头，吃的是青春饭，像小红出场时已经十七岁，那么，她能继续在那个位置上当丫头的时间，就所剩无多了。

这些丫头，她们的前途，无非以下几种。

一是被公子、老爷看中，被纳为姨娘。贾政身边的周姨娘、赵姨娘，以前就是府里的丫头。袭人就把自己的前途，锁定为宝玉的宠妾，如果不是贾家后来“忽喇喇似大厦倾，家亡人散各奔腾”，她这愿望是笃定能实现的。宝玉很喜欢袭人，在生活上对袭人有百分之百的依赖性，袭人作他的首席乃至唯一的姨娘，是他心满意足的人生乐事。鸳鸯抗婚期间，在大观园里遇见平儿和袭人，当鸳鸯嫂子跑来动员鸳鸯接受贾赦纳其为姨娘时，鸳鸯骂了她嫂子一顿，那嫂子抓住鸳鸯的话里有“小老婆”字样，就往平儿、袭人身上引，因为平儿已经是通房大丫头，袭人受宠只待正名，离姨娘也就是小老婆的地位只有一步之遥，但平儿、袭人都坚决否认自己跟小老婆名分有任何关系，站在鸳鸯一边顶回了那嫂子的挑拨。这就说明，府里的一等丫头，她们内心里只愿意被所爱的公子纳为宠妾，而万万不愿意被贾赦那样一把花白胡子的色鬼老爷看中强纳为妾的，针对鸳鸯的遭遇，袭人就说：“这个大老爷也太好色了，略平头正脸的，他就不放手了。”被老爷、公子相中纳为姨娘，如果那老爷、公子并非善类，其命运也是很悲苦的。姨娘在府里的地位是低下的，尤其是丫头出身的姨娘，当赵姨娘跟小戏子出身的芳官冲突时，芳官骂赵姨娘：“梅香拜把子，都是奴几！”也就是说双方都属于奴才身份，谁也别自以为高人一等。姨娘苦熬，最后居然扶正，概率是很小的。通过探佚，我们可以知道，平儿后来是跟凤姐“换一个过子”，扶正为贾琏之妻，但那段时间非常短暂，贾家事发被抄，贾琏获罪流边，她的结局是很悲惨的。

另一种前途，就是小姐的丫头，可以被当作活的陪嫁，跟往小姐夫婿家。书里王夫人的陪房周瑞家的、邢夫人的陪房王善保家的，过去就是王、邢夫人在娘家时的大丫头。陪房因为是从娘家跟过来的，一般都会成为夫人的亲信，有一定的权势，因此也算不错的人生归宿。但毕竟还是奴才身份，有脆弱的一面，周瑞家的平时那么拿权揽事，在刘姥姥面前把威风抖足，女婿冷子兴跟人发生纠纷要被遣送原籍，女儿来找她设法化解，她嘲笑女儿年轻没经过什么事，后来果然轻松了结，但她儿子在凤姐生日时办事不力，还把一盒馒头撒了满地，凤姐就要把那小子撵出去，周瑞家的只得跪下替儿子求饶，尽管后来经有老脸面的赖嬷嬷求情，留下继续当差，却还是挨了四十板子的责罚。陪房的依附性是很强的，没有人身自主权，主子获罪，一定连坐，官府对她们或打、或杀、或卖，周瑞家的在八十回后一定是这样的下场。

第七十回一开头就写到，林之孝开了一个人名单子来，共有八个二十五岁的单身小厮应该娶妻成房，等里面有该放的丫头们好求指配。凤姐看了，先来问贾母和王夫人，大家商议，虽有几个应该发配的，奈各人皆有缘故：第一鸳鸯发誓不去……第二个琥珀，又有病，这次不能了；彩云因近日和贾环分崩，也染了无医之症，只有凤姐和李纨房中粗使的大丫环出去了。那些没得到府里分配的丫头的小厮，才准许他们外头自己去娶老婆。鸳鸯是因为贾母在生活上百分之一百依赖她，琥珀和彩云因病暂不配嫁，并非是贾府多么人道，须知这些小厮、丫头多是府里家生家养的奴才，说白了就是府里的一种动产，像拿钱生钱一样，到年龄让这些小厮、丫头配对生殖，可以为府里增加新的动产，为保证这新生的动产的质量，那有病的小厮、丫头当然不能让其婚配。第二十回写宝玉奶妈李嬷嬷跑到他住处，看见袭人躺在炕上，就骂她“忘了本的小娼妇！……一心只想妆狐媚子哄宝玉……你不过是几两臭银子买来的毛丫头……好不好拉出去配一个小子！……”“拉出去配一个小子”，确实是府里丫头们最常规的前途。

还有就是被撵出去。丫头们谁也不愿意被撵出去，被撵出去一定是因为犯了事，如金钏被撵是因为王夫人恨她勾引宝玉，坠儿被撵是因为窃金事发，抄检大观园后晴雯、司棋、入画、四儿等纷纷被撵，都各有罪状罪名，被撵前虽然身为奴才，但生活待遇很不错，特别是首席大丫头，周瑞家的都说，那简直就是副小姐，一旦被撵，于她们来说就是“失乐园”，而且，因为有罪，那就脸面丧尽，任人唾骂，死活无人管，像金钏就想不开，投井“烈死”，晴雯则如同一盆才抽出嫩箭来的兰花，被强送到猪窝里被臭气熏蒸夭亡。

但是，青春短暂，岁月无情，哪个丫头能永葆芳华，永享盛宴？

曹雪芹一支笔好厉害，他不仅写出了一群性格各异的丫头，还写出了她们各自对前途的不同态度。

有的丫头，最典型的是晴雯，对前途毫无忧患意识，整天只在那里任性，慵懒时也真慵懒，补裘时也真玩命，仗着贾母喜欢、宝玉宠爱，就对王夫人麻木不仁，读者多半会喜欢她，因为生命最难得的是无遮拦、真性情。但是，书里不止一次写到，晴雯对小丫头和婆子们，动不动就以“撵出去”相詈骂相威胁，她还擅自做主扎骂坠儿实行撵逐，直到噩运袭来前，她就一点也没有去想，自己也是有可能被主子撵出去的。曹雪芹对晴雯的聪明、灵巧、活泼、洒脱充满了赞美、怜惜，但也不留情面地刻画出了她那毫无忧患意识的生存状态。因为事前没有丝毫准备，一旦被撵，她只能死亡。

有的丫头，却对前途有所忧患，从而早作打算。坠儿为什么窃走平儿的虾须镯？想必不是为了戴在自己腕上。坠儿在怡红院是地位很低的丫头，她知道自己到头来会“拉出去配一个小子”，总体而言，她无法掌握自己的命运，但是，如果她小有积蓄，有一定的财力，那么，在被“拉出去配小子”前，至少可以通过贿赂参与处理此项事务的人，比如林之孝家的，来避免被强配给丑陋酗酒的小厮。书里写到，贾琏房里的男仆来旺的儿子酗酒赌博、容颜丑陋，可是来旺家的仗恃凤姐的威势，就要强娶王夫人屋里的彩霞，可见“拉出去配小子”往往是会遭遇到很恶劣的情况的，坠儿的窃金，显然是她因忧患前途才铤而走险。

比坠儿高明的是小红，这是曹雪芹重墨刻画的一个具有忧患意识，而又正面努力去争取个人幸福的丫头形象。书里特别写出，小红和坠儿是密友，她们之间是可以说悄悄话，并互伸援手的。

6

第二十三回极其重要，通过宝、黛同读《西厢记》和黛玉聆听《牡丹亭》曲而心动神摇，写出一对贵族青年男女对恋爱自由与婚姻自主的向往，也揭示出他们那进步思想的精神来源，这是给《红楼梦》读者印象最深，历来论家分析最多，也是将《红楼梦》的文字转换为影剧绘画等其他艺术形式时必然首选的经典场景。

第二十三回是书里写宝玉和众小姐，还有李纨等迁入大观园后的第一个篇章，按说宝、黛的爱情故事刚入佳境，大观园里又有那么多重要的角色，该有多少故事可写啊，到第二十四回，该接着写那些公子、小姐的“正传”才是，怎么忽然笔锋一转，却先将场景移到了远离大观园的市井，下半回虽写大观园，却将黛、钗、探、惜等一律靠边，将“舞台追灯”去圈定了一个三等丫头小红！这回的回目竟是“醉金刚轻财尚侠义 痴女儿遗帕惹相思”。

据书里交代，小红是在宝玉他们搬进来之前，怡红院还是空置状态时，被父母安排到那里去看守空房的，这一笔也很有意思，进一步印证了我在前面的分析，就是林之孝本姓秦，与秦可卿来自同一背景，秦可卿“画梁春尽落香尘”后，他虽然不必跟着去死（秦可卿是“义忠亲王老千岁”那边违法藏匿到宁府的，秦之孝那一家是“老千岁”未坏事前赠送过来的，性质有些区别，不是“私盐”是“官盐”），但毕竟来历不洁，所以在荣国府里必须低调，那样安排女儿也算既实惠，也隐蔽，但后来元妃下旨让宝玉和众姐妹住进大观园，宝玉选了怡红院，带进一群有头有脸的一、二等丫头，小红就只能屈居三等了。小红也曾想在宝玉跟前争个宠，无奈平时根本近不了身，偶然一次恰好别的丫头都不在，去给宝玉倒了杯茶，宝玉却问她是否也是自己屋里的，而且刚好遇到给宝玉提洗澡水回来的秋纹和碧痕，那两个发现她“趁虚而入”，大为愤慨，后来就跑到下房去对她兴师问罪，这样当然就更加深了小红的忧患意识，她就进一步决心抛开宝玉，丢掉幻想，另谋前途，回目里说她“痴”，其实她非常的清醒，是个“醒女儿”（这样的三个字恰可与“醉金刚”相对仗），她在外书房偶然见到贾芸，就勇敢地下死眼把对方看个清楚，后来又在蜂腰桥上，近距离地用与旁人的对话和眼神儿与贾芸“传心事”；她丢了块手帕，知道是贾芸捡到了，贾芸通过坠儿把自己的手帕转给她，她的故事一直延续到第二十七回，她明知那是贾芸的手帕，却认下为自己的，又把自己一方手帕，再托坠儿交付贾芸。

薛宝钗在扑蝶时来到滴翠亭，隔窗听见了她和坠儿的私房话，听出了她的声音，宝钗知道小红素习眼空心大，是个头等刁钻古怪的东西，于是使用了“金蝉脱壳”法，嫁祸黛玉，使得开窗后被惊的小红和坠儿，都真以为是黛玉听去了她们的绝密隐私。曹雪芹真是写得花团锦簇、七穿八达，尽管黛玉和小红都是有勇气争取恋爱婚姻自由的女性，但八十回后她们之间很可能因宝钗在无奈中使出的计策而发生起码是侧面的冲突，这就写足了人性的复杂和人事的诡谲。

跟小红相比，黛玉对自主恋爱与婚姻的追求，那勇敢度可就差太远了，总有心理障碍，死不愿主动表达，宝玉明白地表达出来，她还往往要佯装生气，到后来宝玉诉肺腑心，把对她的情爱表达得淋漓尽致了，她很感动，却也难有很明确的回应。这当然与黛玉的身份有关，她所遭受的礼教禁锢与思想禁锢，比小红要厉害多了。有意思的是，曹雪芹实际是把二玉（宝玉、黛玉）之爱的故事，跟芸、红之爱的故事，交叉着写的，而且里面都有用手帕作为定情物的生动情节。

小红眼空，就是说她有“千里搭长棚，没有个不散的筵席”的眼界，她能看穿，不像晴雯那么懵懂；她心大，就是说她决定自己把握自己的命运，在饯花日偶然被凤姐叫住，让她去办事传话，她不放过这个机遇，大展奇才，这样就从怡红院里一个受压抑的屈才丫头，攀升为凤姐麾下的一员精明干将，但她也仍然清醒，那地方何尝能长久待下去？她的目的，只是为的学些眉眼高低，出入上下，大小的事也得见识见识，由于她和贾芸双双都成了凤姐一系的办事人员，他们成就好事的概率当然也就大为提升。

曹雪芹写出了一个头等刁钻古怪的丫头小红，他这样写，起初连批书的脂砚斋也莫名其妙，甚至产生误解，在批语里称小红为“奸邪婢”。

无论在任何时代，任何社会环境里，幸福都需要个体生命自己去奋力争取。林红玉——很可能原来叫秦红玉——战胜了她生命周围森严的壁垒，有计划、有步骤、抓机会、善应变，去缔造自己想得到的生活。这是可歌可泣的。

“得了玉的益似的，你也玉，我也玉！”——让鄙夷者鄙夷去吧，怎么着，帝王将相，宁有种乎？偏就叫红玉！其实，大家仔细想想，玉字倒也罢了，红字在《红楼梦》一书里，不是一个具有更多意蕴的好字眼吗？曹雪芹这样来命名这个他在第二十四回到二十七回里精雕细刻的艺术形象，难道是毫无用心的吗？脂砚斋在批语里有个说法，就是红玉这个名字，玉字明白地与宝玉的玉重叠，而红则是绛，也就是绛珠，也就是影射着黛玉，这个角色似乎一人而兼含宝、黛二人的心灵奥秘。脂砚斋这个说法牵强吗？

7

高鹗的续书，把小红写丢了，简直够不上个角色，又把贾芸写成家难当头时与“狠舅”王仁合谋拐卖巧姐的“奸兄”，这完全不符合曹雪芹的本意。

脂砚斋批书时，在涉及贾芸的情节流动中，她对贾芸印象都很好，称赞他“有志气，有果断”“孝子可敬。此人后来荣府事败，必有一番作为”。可见到八十回后，他不可能是“狠舅奸兄”里的那个“奸兄”，那使奸耍猾、见死不救、一毛不拔、不积阴骘的奸兄，应该指的是贾兰，我在《刘心武揭秘〈红楼梦〉》第二部中有具体分析，可以参看。值得当代读者注意的是，由于汉字简化，贾蘭的“蘭”字被简化为“兰”，显示不出其草字头辈的特点，有的读者会忘记他与贾蔷、贾蓉、贾芸、贾芹、贾菖、贾菱等一样的辈分，都是巧姐的堂兄或从堂兄。

脂砚斋头一遍读文稿就觉得贾芸是个正面形象，但头一遍接触关于小红的描写，就实在参不透曹雪芹究竟是怎么给这个人物定位的，以正统封建礼教为圭臬来衡量，就觉得小红很糟糕，写下了“奸邪婢岂是怡红应答者”的批语，但后来就在旁另写一条批语：“此系未见抄后狱神庙诸事，故有是批。”后面这条纠正性的批语署名畸笏叟，从其自我更正的口气，令人觉得脂砚斋、畸笏叟应为一人。

曹雪芹是把《红楼梦》大体写完了的，八十回后许多文稿脂砚斋是看到过的，前面既然花这么大力气来写小红，让她两次上了回目，那八十回后她不可能没戏，脂砚斋在批语里透露：“狱神庙回有茜雪、红玉一大回文字，惜迷失无稿，叹叹！”那么茜雪和小红到狱神庙干什么去了呢？另一条批语就说：“余见有一次誊清时，与狱神庙慰宝玉等五六稿被借阅者迷失，叹叹！”茜雪是一个在第八回里，因为一杯枫露茶，无辜被撵的丫头，小红后来应该是与贾芸离府，建立了自己的小家庭，他们在贾府“树倒猢狲散”以后，到狱神庙里，去安慰被逮入狱的宝玉，可见他们不但有自救的能力，还有救人于危难的高尚情怀。曹雪芹通过这样的情节，也是为了告诉读者，你也玉，我也玉，谁也别自以为只有自己配称玉，仿佛别人都只是在拿玉字来沾光得益。世事难料，人生多变，指不定哪一天，你这块玉就陷于泥淖了。到头来，那你原本看不起的玉，觉得人家不该称玉的，却来救援你，闪烁出真正的光彩，体现出真正的“玉”精神来！

贾府被抄后，凤姐下场最惨，锒铛入狱之后，“哭向金陵事更哀”，一命呜呼。那时监狱里都设有狱神庙，在特定的情况下，允许犯人去拜狱神，而同情和救援他们的人，也就多半会通过贿赂狱卒或托付人情，利用那一机会来与犯人相见，茜雪、小红既然到狱神庙慰宝玉，应该也慰凤姐，特别是贾芸、小红两口子，他们都是被凤姐任用提拔的。在贾府倾覆之前，小红就获自由身出去跟贾芸结合，落户西廊下，因此贾府被抄，他们得以幸免，他们不避嫌疑风险，跑到狱神庙去安慰凤姐和宝玉，体现出知恩能报的美德和助人于危难的勇气，虽然他们的安慰和援助可能并不能解决凤姐和宝玉的问题，特别是凤姐，她还是会面临灭顶之灾，但在那样屈辱狼狈的情况下，她忽然看到小红也来探望她，一定大为感动，她或者已经忘记自己说过“讨人嫌的很！得了玉的益似的，你也玉，我也玉！”在狱神庙与小红，也就是林红玉，邂逅的一瞬间，也许，她从心底里浮出的一句话倒是——“得了玉的益啊！”。

2006 年 3 月 25 日　绿叶居

秋纹器小究可哀

1

清末民初，热爱《红楼梦》的人士写下了大量题咏，以诗词的形式，对书中的人物、情节进行概括与评价。拿人物来说，几乎书里所有的角色都咏到了，连傅秋芳、真真国女子那样的仅仅被提到一次的，以及南安太妃、周姨娘那样面目模糊的，全都成为诗词咏叹的对象，与贾宝玉关系密切的小姐、丫头当然更被热咏。有一位叫姜祺的，他写了一本《悼红咏草》，里面不厌其烦地以诗歌形式评价书中的每一位角色，其中有一首是咏秋纹的：

罗衣虽旧主恩新，受宠如惊拜赐频。

笑语喃喃情琐琐，拾人余唾转骄人。

诗末还缀有考语:“一人有一人身份，秋姐诸事，每觉器小。”

第六十三回，“寿怡红群芳开夜宴”，明文交代出，当时怡红院伺候宝玉的一等丫头共四位，排名顺序是袭人、晴雯、麝月和秋纹；二等丫头也是四位，排名顺序则是芳官、碧痕、小燕和四儿。这里面芳官原是荣国府里养的戏子，因为朝廷里薨了一位老太妃，皇帝规定贵族家庭一年内不能排筵唱戏，元妃也不能省亲，所以遣散了戏班，愿意留下的女孩们全分配到各处当差，芳官被分到怡红院，深得宝玉喜爱，竟成了二等丫头里的头名。在大观园尚未修建前，宝玉身边还有个叫茜雪的丫头，该能列入一等，却在第八回的“枫露茶事件”过后，被无辜地撵出去了；还有一位叫媚人的，第五回出现一次，后来不复提及；还有名字与晴雯相对应的绮霰，与麝月名字对应的檀云，以及一个叫紫绡的，影影绰绰，似有若无；还有叫可人的，在故事开始前已经死掉了；另外一些丫头，林红玉（小红）戏份很多，但在怡红院充其量只是三等丫头，攀上凤姐高枝后地位才得提升；佳蕙、坠儿等在怡红院地位比小红更低；还曾经有一个叫良儿的，因为偷玉早被逐出。这样看来，稳定地留在宝玉身边，算是一等而排名第四的秋纹，读者实在不该将其忽略。

秋纹的戏份，不算多，却也不能算少。第三十七回里，有一段文字虽然是“群戏”，却以秋纹为轴心，说那段文字是“秋纹正传”也未为不可。

2

第三十七回回目是“秋爽斋偶结海棠社　蘅芜苑夜拟菊花题”，主要情节是写贾宝玉和众小姐，以及寡嫂李纨结社吟诗，但海棠社初起时，史湘云不在，缺了她怎么行呢？怎么很自然、很合理地把她安排进来呢？于是曹雪芹精心地设计了约一千一百字的“过场戏”：袭人派宋妈妈去史侯家给史湘云送东西，史湘云接到东西偶然问“二爷做什么呢”，宋妈妈随口道“和姑娘们起什么诗社，作诗呢”，史湘云反应强烈，说他们作诗也不告诉她去，急得不得了，这反应反馈到宝玉那里，也就着急起来，立逼叫人去接史湘云，贾母说天晚了，于是第二天一大早就派人去接，史湘云午后到达，大家自然欢喜，史湘云一人独作两首《咏白海棠》诗，又兴冲冲跟薛宝钗熬夜商讨赏菊、食蟹、作菊花诗的雅集。

这一回的两段主要情节，如果让俗手来过渡，那么像我上面这么简单的一交代，也就衔接上了，但曹雪芹誓不写平板文字，他把袭人派送东西这么一段“过场戏”，写得花团锦簇、七穿八达，使其具有十分丰富的内涵，特别是把怡红院里四名头等丫头的不同性格，还有她们的人际心理，描摹得入木三分，而在四个人里，又特别让秋纹成为“主唱”，仅仅通过这一段文字，就使这个角色成了一个典型形象。戚寥生为石印古本作序，盛赞曹雪芹“一声也而两歌，一手也而二牍，此万万所不能有之事，不可得之奇，而竟得之《石头记》一书，嘻，异矣！”他的赞叹，并不过火。

这一场戏，实在可以用现代话剧剧本的形式改写如下。

布景：怡红院内室。早在第十七回大观园初建还没有启用，就交代那一处建筑的内室设计十分独特，四面皆是雕空玲珑木板，一槅一槅，或有贮书处，或有设鼎处，或安置笔砚处，或供花设瓶、安放盆景处；且满墙满壁，皆系随依古董玩器之形抠成的槽子，诸如琴、剑、悬瓶、桌屏之类，虽悬于壁，却都是与壁相平的。（19 世纪末

20 世纪初俄国作家安东尼·契诃夫，既是小说家，也是剧作家，他的剧本对布景的规定非常具体，他曾说，如果布景的屋子墙上挂着一把枪，那么，一定要在剧情发展到某一阶段时，让那个道具枪派上用场！他的《万尼亚舅舅》就是那么设定的，布景上挂的枪，在第三幕被万尼亚舅舅取下来射击了尸位素餐的教授。曹雪芹是比契诃夫早一百多年的、18 世纪中期的作家，他的《红楼梦》文本早有这样的特点，他前面写了怡红院室内的“多宝槅”与“嵌壁物”，那么，槅上壁里的某些道具，到后面就一定会起到作用。）

【幕启。场上晴雯、秋纹、麝月三个大丫头分坐各处，或缝纫或刺绣】

【袭人从外屋进来】

袭人　我让宋妈妈给史大姑娘送东西去，要用那嵌在墙上的碟子给她盛东西。咦，怎么墙上是空槽子？这一个缠丝白玛瑙碟子哪儿去了？

【另三人停针，你看我我看你，一时都想不起来】

晴雯　（想起来，笑）啊，给三姑娘送荔枝时候拿去的，她们那里还没给还回来呢！

袭人　家常送东西的家伙也多，巴巴地拿这碟子去！

晴雯　我何尝不也这么说！偏二爷说，这个碟子配上鲜荔枝才好看。我送去，三姑娘见了也说好看，叫连碟子放着，就没带回来。（稍停顿，望望）你再瞧，那槅子尽上头的一对联珠瓶，也还没收来呢！

秋纹　（笑）提起瓶子，我又想起笑话。我们宝二爷说声孝心一动，也孝敬到二十分。那天见园子里桂花，折了两枝，原是自己要插瓶的，忽然想起来说，这是自己园子里才开的新鲜花，不敢自己先玩，巴巴地把那一对瓶拿下来，亲自灌水插好了，叫个人拿着，亲自送一瓶进老太太，又进一瓶给太太。谁知他孝心一动，连跟的人都得了福了……

【袭人站住听，麝月刺绣听，晴雯心不在焉】

秋纹　（略作停顿后）可巧，那天是我跟着二爷，捧着瓶子把花进上去的。老太太见了那瓶花，高兴得无可无不可的，那时候正有不少人去给她老人家请安，老太太见人就指着那瓶花说："到底是宝玉孝顺我，连一枝花也想得到，别人还只抱怨我疼他……"

【袭人走动着取东西，麝月静静地做针线活，晴雯取下头发上的一丈青掏耳朵】

秋纹　（自我陶醉）你们知道，老太太素日不大同我说话的，有些不入她老人家的眼的……可那天怎么样呢？她竟让鸳鸯姐姐拿几百钱给我，说我可怜见的，生的单柔。这可是再想不到的福气，几百钱是小事，难得这个脸面！

【袭人拿着东西去往外屋，麝月微笑，晴雯掏好耳朵，插回一丈青，拿起绣绷子打算继续刺绣】

秋纹　（越发沉浸在自我快感里）及至到了太太那里，太太正和二奶奶、赵姨奶奶（晴雯听到她这样尊称那个女人，撇嘴一笑）、周姨奶奶，好些个人，翻箱子呢，在找太太当日年轻时候留下的颜色衣裳，也不知为的是要给哪一个。一见我捧着花瓶去了，连衣裳也不找了，且看花儿。二奶奶就在旁凑趣儿，一个劲夸宝玉又是怎么孝敬，又是怎样知好歹，有的没的说了两车话。当着众人，太太自为又争了光，堵了众人的嘴，太太是越发地喜欢了！（提高声音）你们猜怎么着？太太一高兴，现成的衣裳就赏了我两件！你们说说

看，衣裳也是小事，年年横竖也得，却不像这个彩头！（得意地晃头）

晴雯　（辅之以肢体语言，笑）呸！没见过世面的小蹄子！那是把好的给了人，挑剩下的才给你，你还充有脸呢！（麝月一旁微微点头笑）

秋纹　（真诚地）凭她给谁剩的，到底是太太的恩典啊！

晴雯　（高声）要是我，我就不要！（稍作停顿后）若是给别人剩下的给我，也罢了。一样这屋里的人，难道谁又比谁高贵些？（掷下绣绷，站起，用手帕给自己扇风）把好的给她，剩下的才给我，我宁可不要，冲撞了太太，我也不受这口软气！

【袭人从外屋进来，碧痕、小燕、四儿随进，麝月站起来接应】

秋纹　（站起来走近晴雯）给这屋里谁的？我因前儿病了几天，家去了，不知是给谁的。好姐姐，你告诉我知道知道。

晴雯　（扭开身子）我告诉了你，难道你这会子去退给太太不成？

秋纹　（笑）胡说！我白听了喜欢喜欢。哪怕给这屋里的狗剩下的，我只领太太的恩典，也不犯管别的事！

麝月　（笑）骂得巧！

碧痕　（同时笑道）可不是给了那西洋——

小燕、四儿　（跟上去，齐声）——花点子哈巴儿了！

【晴雯乐不可支，秋纹愕然】

袭人　（尴尬，强笑）你们这起烂了嘴的！得了空就拿我取笑打牙儿！一个个不知怎么死呢！

秋纹　（恍然大悟，恢复常态，笑）啊呀，原来是姐姐得了，我实在不知道啊。（走到袭人跟前福了几福）我赔个不是吧。

【其余几位围观，笑，互相推搡，晴雯夸张地模仿秋纹向袭人

赔礼的神态动作】

袭人 行啦，行啦，都少轻狂些罢。谁去取了碟子来是正经？

麝月 那联珠瓶得空也该收来了。老太太屋里还罢了，太太屋里人多手杂，别人还可以，赵姨奶奶一伙的人见是这屋里的东西，又该使黑心弄坏了才罢。太太也不大管这些，不如早收来是正经。

晴雯 （本已拾起针线，听这话又忙掷下）这话倒是，我取去！

秋纹 还是我去取吧。你取你送到三姑娘那里的玛瑙碟去，岂不正好？

晴雯 （双手叉腰，笑道）我偏去太太屋里取一遭！是巧宗儿你们都得了，难道不许我得一遭儿？（脸虽对着秋纹，眼睛却斜睨袭人）

麝月 （一旁微笑）统共秋丫头得了一遭儿衣裳，那里今儿又巧，你也遇见找衣裳不成？

晴雯 （冷笑，环顾众人，却并不特别将眼光扫到袭人）虽然碰不见衣裳，或者太太看见我勤谨，一个月也把太太的公费里分出二两银子来给我，也定不得。

【麝月转身离开，秋纹追上她低声询问，碧痕、小燕和四儿凑拢叽叽咕咕，袭人只当没听见】

晴雯 （往外走，走到门边忽然扭头对着屋里，并不特别对着袭人，而是对所有的人，大声笑道）你们别和我装神弄鬼的，什么事情我不知道！

【随着晴雯跑出，闭光，幕急落】

3

20 世纪 60 年代初，中国作家协会在大连召开了一个农村题材的小说座谈会，当时作协的负责人邵荃麟，在会上提出了写“中间人物”的主张。小说什么人物都能写，这本来是一个根本用不着讨论的问题，中国的古典小说也好，外国的古典小说也好，都有着极其丰富的人物画廊，但在那个历史的结点上，邵荃麟他感觉到受教条主义理论的束缚，小说创作的路子越走越窄，都落入了写“英雄人物”与“反面人物”斗争一番，最后取得胜利的窠臼里，这样的小说不仅违背了社会生活的真实状态，也不可能具有艺术感染力，作家越写越苦恼，读者越读越乏味。不消说，邵荃麟是一片好心、苦心，为的是繁荣社会主义文学创作，但是，会刚开完，阶级斗争的弦就更加紧绷，作家们遭遇到的已经不是一般教条主义的捆绑，而是更加肃杀的极“左”浪潮的席卷。不久，邵荃麟的言论就遭到猛烈批判，“写‘中间人物’是资产阶级修正主义的文学主张”，这场批判跟批判电影《早春二月》《北国江南》《林家铺子》、戏剧《李慧娘》《谢瑶环》等文化批判一样，成为“文化大革命”的前奏。

其实，把生活与小说里的人物按“英雄”（或“先进”）、“中间”（或“落后”）、“反动”（或“反面”）来“三分”，已经是不科学的了。没有比人更复杂的宇宙现象了，无论按照什么样的标准来衡量社会上的活人，都会发现，那些活人构成了一个长长的谱系，在可以用“好”与“坏”界定的社会角色之间，会有非常宽阔，并且变化多端的芸芸众生的谱段存在。况且，就是谱系两极的，可以称为“伟人”和“人渣”的那些生命，倘若再从纵向解剖他们的灵魂，那么，也会发现出他们的复杂性、暧昧性。“伟人”与“伟人”“伟”得不一样，而且与其“伟”相伴的，还会有不同的“非伟”，甚至阴暗的成分；而即使被指认为“人渣”了，也有可能在其心灵深处发现亮点。作家应该本着自己的生命体验，把自己熟悉的人物那生命存在的复杂性描摹出来，曹雪芹在《红楼梦》的创作里，就成功地做到了这一点。

《红楼梦》和《金瓶梅》很不一样，后者没有在书里表达出超过“指奸责佞”“因果报应”的社会理想与人文关怀，对笔下的人物刻画生动，却缺乏审美指向；曹雪芹却在他那长长的人物画廊里，赋予了对人物的审美判断，他笔下有贾宝玉、林黛玉那样的洋溢着个性解放光芒，使读者从审美中获得人生启迪的形象，也有像赵姨娘那样“蝎蝎螫螫”狠毒而又愚蠢，王善保家的那样挟势兴风招来耳光等作者不藏其鄙夷，更令读者齿冷的猥琐角色。但总的来说，他写的尽是“不好不坏、亦好亦坏、中不溜儿”那样的芸芸众生。在大观园的丫头形象谱系里，他把每一个角色的性格都勾勒得鲜活跳脱，秋纹在上面那场戏里，就一下子与别的丫头区别了开来，成为独特的“这一个”。

4

跟怡红院里别的丫头相比，秋纹确实堪称“中间人物”。

晴雯不消说了，是一块爆碳，由着自己性子生活，她虽然喜欢宝玉，宝玉更喜欢她，却从来没有对宝玉私情引诱，或娇嗔辖制，对王夫人她毫无“权威崇拜”，对袭人所谋取到的“半合法姨娘”身份嗤之以鼻，她算得是一个反抗性的人物，秋纹跟她的心灵距离不啻千里之遥。

袭人与晴雯思想境界、性格特征、处事方法全然相异。就思想倾向而言，袭人与薛宝钗的封建正统观念强烈共鸣，但不能因此就把她定位于“反面形象”，或简单地责备她“虚伪”“奸诈”，曹雪芹是把她作为一个复杂的艺术形象来塑造的。袭人外表的柔顺掩盖着内心的刚强，她那股刚强劲儿以无微不至地渗透到宝玉生活的每一个毛孔中的“小心伺候，色色精细”，加以“情切切”的“娇嗔”，牢牢地笼络住了宝玉，使宝玉视她为生活中不可或缺的依靠，并且也是很理想的长期性伴侣，她具有很强的主动进取精神，按部就班、耐心韧性地去争取个人幸福——成为宝玉除正室外的第一号侧室。袭人是清醒的，她知道自己该做什么，不该做什么，她该收时能收，该放时能放。秋纹跟她一比，那就太浑噩了。袭人对王夫人与其说是效忠，不如说是主动去参与合谋，她对家族权威“忠”而不“愚”；秋纹呢，对贾母也好，王夫人也好，除了仰望，没有别的视角，不过是得了一点唾余，就感恩戴德到不堪的地步。在晴雯与袭人之间，她的生存状态和言谈做派显得那么颟顸可笑。

或许她的性格与麝月比较相近。麝月是恬淡平和的，左有以天真魅惑宝玉的晴雯，右有以世故控制宝玉的袭人，她能与世无争，左右不犯，实属不易。宝玉曾惊叹麝月“公然又是一个袭人”，并在与她单独相处时替她篦头，但麝月的效袭人“尽责”，只不过是一种性格使然的惯性，并没有谋求地位提升，更没有取袭人地位而代之的因素在内；对宝玉给她“上头”的意外恩宠，也并没有仿佛得了彩头似的得意忘形，麝月虽也很“中间”，却比秋纹境界稍高。

秋纹真是不堪比较。小红攀上凤姐那高枝之前，偶然给宝玉倒过一杯茶，恰好被合提一桶洗澡水来的秋纹和碧痕（有的古本“碧痕”写作“碧浪”，想来与她专负责伺候宝玉洗澡相关）撞见，秋纹和碧痕一起醋意大发，后来找到小红将其羞辱一番，当时秋纹的话听来也颇锋利：“没脸的下流东西！正经叫你催水去，你说有事故，倒叫我们去，你可等着做这个巧宗儿，一里一里的，这不上来了！难道我们倒跟不上你了？你也拿镜子照照，配递茶递水不配！”但她真好比燕雀难知鸿鹄之志，小红表面上只是软语辩解，心里呢，秋纹做梦也想不到，人家早把怡红院，乃至整个贾府的前景看破，“千里搭长棚，没有个不散的筵席”“谁守谁一辈子呢？不过三年五载，各人干各人的去了，那时谁还管谁呢？”就是后来攀凤姐的“高枝”，也绝非希图在那“高枝”上永栖，不过是为的“学些眉眼高低，出入上下，大小的事也得见识见识”。秋纹等凡俗人物怎会知道，就在她们以为小红是要在怡红院里“争巧宗儿”而泼醋詈骂的时候，人家已然大胆“遗帕惹相思”，锁定了府外西廊下的贾芸，为自己出府嫁人的生活前景早做打算，一步步坚实前行了。拿秋纹跟小红相比，秋纹不仅太“中间”，也太庸俗，太卑琐。难怪姜祺说：“一人有一人身份，秋姐诸事，每觉器小。”所谓“器小”，就是精神境界卑微低俗，没有什么亮点。

确实如此。芳官的性格锋芒不让晴雯，王夫人对她兴师问罪，她敢于随口顶撞；四儿，原叫蕙香，她跟宝玉生日相同，就敢说出“同日生日就是夫妻”的玩笑话，为这一句话她被撵逐，但也不枉在怡红院一场；春燕，也就是小燕，她够平庸的了，但毕竟她还记得宝玉说过的一段关于女儿从珠宝变成失去宝色，嫁人后竟变成鱼眼睛的一段话，她或许并不懂得那段话的深刻内涵，但她听了记住，并在关键时刻能完整地引用出来，说明她的精神世界里，多少还渗透进了一点新鲜的东西；连坠儿的偷窃虾须镯，我在另文有过分析，那也是一种对现实的消极反抗，总算做了件不平庸的事情；最接近秋纹状态的是碧痕，第三十一回里晴雯透露，一次碧痕伺候宝玉洗澡，足足两三个时辰，洗完了别人进去收拾，发现水淹着床腿，连席子上都汪着水，可见碧痕起码还享受过一点浪漫，晴雯的话头里并没有提到秋纹，秋纹虽然跟碧痕共提过一桶为宝玉准备的洗澡水，但她似乎到洗澡时就不再参与了，否则“嘴尖性大”的晴雯不会不点她的名。这样看来，秋纹可真是既无大恶，也乏小善，既无城府，也不浪漫，成为那个时代、那个社会、那个具体环境里，最庸常鄙俗的一个生命。

5

安东尼·契诃夫的全部作品，包括他的小说与戏剧，贯穿着一个主题，就是反庸俗。过去有论者论及这一点，一唱三叹。

契诃夫当然了不起。反庸俗，这确实算得上是人类各民族文学作品最相通的一个伟大主题，但有论者提出契诃夫是世界上头一位着力于反庸俗的作家，则尚可商榷。我以为，曹雪芹的《红楼梦》，其实也自觉地贯穿着反庸俗这一伟大的主题。

什么是庸俗？平庸不是罪过。世人里平庸者属于绝大多数，对这绝大多数“不好不坏，亦好亦坏，中不溜儿”的芸芸众生，总体上说，不应该责备，而应该怜惜，尊重他们的生存，理解他们的心境，说到底，革命者倡导革命也好，改革家推行改革也好，其目的，都应该是造福于这数目最大的社会群体。平庸的生命不要去伤害，不要去反对。不要把反庸俗，错误地理解为针对社会芸芸众生，去否定他们的生存权，对他们实行强迫性改造。庸俗，指的是一种流行甚广的精神疾患，这种疾患犹如感冒，一般情况下，虽然具有多发性、反复性，却并不一定致命，但是如果一个社会庸俗泛滥，那就像流行性感冒肆虐一样，会死人，会造成整个社会的损伤，绝不能等闲视之。

庸俗这种社会疾患，不仅“中间人物”大都感染，某些“先进人物”，乃至“英雄人物”，有时也未能免俗。恶人那就更不消说了，尽管也真有“高雅的恶人”，但“俗不可耐”是绝大多数“反面人物”的典型特征。

这里只说集中体现在一般庸人精神里的庸俗疾患，秋纹就可以作为个案加以剖析。

惧上欺下，这是庸俗的典型表现。秋纹对上层主子的“权威崇拜”，上面已经揭示过了，她对地位比自己低的小红“兜脸啐了一口”，然后破口大骂，上面也已经讲到，而且，在其他丫头们都并不觉得以“西洋花点子哈巴儿”影射袭人，以及讽刺一下王夫人赏赐袭人衣服，算是什么罪过的氛围里，秋纹明明“不知者不为罪”，却还要真诚而谦卑地去跟袭人赔不是，这场景想必也已经刻进大家心中了，而这一切又都并非是她为了谋求自己的进一步发展，只不过是希望稳住既得利益而已，正所谓“器小”，令人哀其精神世界的浅薄、狭隘。

书里其实还有一些涉及秋纹的细节，表现出她那样的生命的庸俗疾患的另一方面，就是“背景意识”。什么叫“背景意识”？社会上的每一个人，都自动或被动地处于社会网络的一个节点上，每个节点的社会等级是不一样的，社会节点其实是会变化的，个人的“节点背景”随社会的变化也会转换，甚至会发生翻覆性的转换。庸俗疾患的表现，就往往会反映在为人处事时，以自己的优势“背景”自傲，而从比自己“背景”差的人物的谦恭中获得廉价的满足。

第五十四回，浓墨重笔写的是“史太君破陈腐旧套 王熙凤效戏彩斑衣”，曹雪芹却也在两大主情节之外，特意写了字数不菲的若干“过场戏”，其中就有秋纹的“戏份”。他写的是，元宵节荣国府大摆宴席，热闹不堪，宝玉忽然想回怡红院静静，没想到回去还没进屋，发觉鸳鸯正陪处理完母亲丧事的袭人在里边喁喁私语，就没进屋，悄悄地又往回返，在园林里他内急，走过山石撩衣小解，当时随身伺候他的是麝月和秋纹，正如第三十七回秋纹自己所说，就贾母而言，“有些不入她老人家的眼”，贾母只记得袭人，看宝玉回屋并无袭人在侧，说“他（指袭人）如今也有些拿大，单支使小女孩子出来”，可见虽然贾母因为送桂花赏过秋纹几百钱，却根本记不得她名字，认为是无足轻重的“小女孩子”；当然后来听人解释，知道袭人是因为丧母热孝不便前来，才不再深究。那么，秋纹明明刚听见贾母对袭人看重而轻蔑她和麝月的说法，按说应该心中不快才是，至少，应该不必马上引贾母这个“背景”为荣吧，但曹雪芹很细腻地写到，宝玉小解后自然需要洗手，“来至花厅后廊上，只见那两个小丫头一个捧着个小沐盆，一个搭着手巾，又拿着沤子壶在那里久等。秋纹先忙伸手向盆内试了一试，说道：‘你越大越粗心了，那里弄的这冷水？’小丫头笑道：‘姑娘瞧瞧这个天，我怕水冷，巴巴的倒的是滚水，这还冷了。’正说着，可巧见一个老婆子提着一壶滚水走来，小丫头便说：‘好奶奶，过来给我倒上些。’那婆子道：‘哥哥儿，这是老太太泡茶的，劝你走了舀去吧，那里就走大了脚！’秋纹道：‘凭你是谁的，你不给？我管把老太太茶吊子倒了洗手！’那婆子回头见是秋纹，忙提起壶来就倒。秋纹道：‘够了。你这么大年纪也没个见识，谁不知是老太太的水！要不着的人就敢要了！’婆子笑道：‘我眼花了，没认出这姑娘来。’宝玉洗了手，那小丫头子拿小壶倒了些沤子在他手内，宝玉沤了，秋纹、麝月也趁热洗了一回，沤了”，这才跟宝玉回到贾母跟前，继续与宴看戏。秋纹就是这样以自己依附的“强势背景”，把那老婆子震慑了一回，获得了极大的心理满足。这是非常生动，也非常深刻的，对庸俗心态的刻画，同时也是对庸俗的一次不动声色的批判。

这里附带指出一点，就是通过上面我引出的这节文字，可以清楚地知道，作者虽然在全书开篇时声言，所写是“亲自经历的一段陈迹故事……然朝代年纪、地舆邦国，反失落无考”，其实大量的细节是把朝代和邦国逗漏得很清楚的。你看那老婆子开头拒绝给滚水，是怎么开口说话的？她先讽刺性地叫了声“哥哥儿”，那当然不是叫宝玉，而是叫跟她要滚水的丫头，有的年轻的读者看到这里可能就糊涂了，曹雪芹怎么这样写呢？就算那婆子老眼昏花，认不清叫她的是哪屋里的丫头，总也不至于连男女也分不清呀？这你就应该知道，“哥哥儿”就是“格格儿”，是满语的音译，意思是贵族家庭的小姐，这种称呼是只有清朝才有的，可见作者写的是清朝的故事。那老婆子明知道问她要水的不过是丫头，不愿意给，就故意讽刺地称她为“哥哥儿”，意思是你配吗，你以为你是谁。当然，秋纹挺身而出，抛出“背景”，老婆子才意识到遇见的是比“格格”更尊贵的公子屋里的人，满贾府谁不知道贾母对宝玉的疼爱，捧凤凰似的，别说自己泡茶的水舍得给他用，就是宝玉忽然想要天上的星星，恐怕也会立即派人去取下来！另外，那老婆子还说了句讽刺话：“劝你走了舀去吧，那里就走大了脚！”可见那问她要滚水的丫头是缠足的。《红楼梦》是一部交融着满、汉两种文化的书，书里的女性，有的是天足，因为满族妇女是不缠足的，书里“四大家族”的女性，应该都是天足，有的丫头是满族人，也是天足，但有的女主子，却可能是汉族，缠足的，比如第六十三回写宝玉“忽见邢岫烟颤颤巍巍的迎面走来”，就是形容小脚女子的步伐；丫头里很多都是汉族，缠足，所以她们互相笑骂，有个词是“小蹄子”，而这一细节里，老婆子说“那里就走大了脚”，就是讽刺这类丫头缠了足不愿意跑路。

再说秋纹的庸俗。她那“背景意识”，在第五十五回又一次发作。当时因为府里头层主子都参与朝廷里老太妃的丧事去了，凤姐又病着，因此王夫人委托探春理家，再由李纨、宝钗襄助。几件事过去，人们就普遍感觉到，探春精细处不让凤姐，加上文化水平高，有杀伐决断，却比凤姐更精明沉着。平儿很快就意识到，在探春面前绝不可有什么“背景仗恃”的特权心理，必须以绕指柔来应付探春的刚毅决断，这就是平儿的不俗、超俗之处。但秋纹怎么样呢？她大摇大摆去往探春、李纨、宝钗办公所在的议事厅，厅外尝到探春厉害的众媳妇马上告诉她，里头摆饭呢，劝她等撤下饭桌子再进去回话，秋纹是怎么个反应呢？她嬉笑着说：“我比不得你们，我那里等得！”她觉得自己有“背景”，应该享受“特权”，就不停步地要往厅里闯，这时候也在厅外的平儿立刻叫她：“快回来！”秋纹回头见了平儿，笑道：“你又在这里充什么外围的防护？”直到平儿把已经发生过的情况，以及大家共同面临的形势细细地告诉了她，指出这回探春理家可是“六亲不认”，而且专门要拿几家“背景”硬的来“作法子”，以树权威，秋纹才清醒过来。如果秋纹不俗，她也仍可坚持争一下“特权”，充一条“好汉”，但她是怎么个表现呢？听了，伸舌笑道：“幸而平姐姐在这里，没的碰一鼻子灰。”来时气吼吼，去时灰溜溜。

庸俗者就是这样，他们并不能捍卫“光荣”，而只是谋逐“虚荣”，并不能坚持“进取”，而随时可以“退避”；他们随波逐流，得空隙就泄，见堤坝就退；他们欺软怕硬，崇拜“权威”，却既不能从低于自己的存在里捞到多少好处，更不能改变不入“权威”眼的卑微地位。

6

庸俗不是一种政治品质问题，甚至也不是一个道德问题。企图通过政治教育、政治批判或者道德说教、“道德法庭”来消除人们心灵中的庸俗，是不可能取得效果的。

庸俗是一种超政治的东西。三十年前，“文革”快要结束了，一次我同一位年纪比我大两轮的人士骑车路过北京西四南大街，那里有一幢旧房子忽然引出了那位人士的喟叹，后来我们在一家小饭馆喝啤酒闲聊。他说起，1948 年，那幢房子是个邮政局，他去那里面寄东西，因为他说自己是“市党部”的，邮政局里的人就把他奉为上宾，请他坐，给他倒茶，赔他笑脸，向他道乏，完了事，出门还给他“叫车”（当然，不是汽车而是黄包车）。那天那回他得到的“背景礼遇”，竟令他经历过那么多的政治社会风云以后，偶一回忆，仍满心欢喜。这令我十分震惊。1948 年的“市党部”，当然是国民党的机构。1949 年 10 月以后，尤其在“文革”当中，此公因为曾加入过国民党，并一度在“市党部”跑腿，不知受了多少审查，遭到多少批判甚至批斗，为此“背景”他可以说是已经付出了许多惨烈的人生代价，但那天在一起喝啤酒，酒涌上脸，他所引为得意的“人生片段”，竟依然是那回因有强势“背景”而获得的“礼遇”！当然，他能在我面前放言，是因为他信得过我，知道我决不会把他的“怀旧”上纲上线，加以揭发，但他也绝对想不到，我心里在怎样地腹诽他。1948 年，那时共产党解放军已经围住北平，那些邮局职员那样“善待”他，不过是一种敷衍，但人家以庸俗待他，他也就以庸俗为乐。

现在那位对 1948 年的“邮局礼遇”一忆三叹的人士已经作古，不可能再看到我这篇文章。我现在要对大家说，总体而言，他那样一个“中间人物”实在算得是一个善良的、本分的、怕事的、谦卑的人，但他那天所自我暴露出的一种心态，和《红楼梦》里的秋纹一样，都如同一面镜子，照出了人世间庸俗疾患的“症结”。

秋纹一类的生命确实“器小”，但我们对这些有着庸俗疾患的个体生命应该理解多于批评，怜悯多于嘲讽。秋纹器小究可哀，我们要哀其不幸感染了庸俗病毒而不自知。

什么办法能够疗治庸俗？其实回答可以非常明确，那就是由一部分文学艺术承担起这个心灵熏陶的任务。曹雪芹的《红楼梦》就具有反庸俗，或者说是疗治庸俗的，潜移默化的作用。细读细品这样的文学艺术精品吧，树立起个体生命的尊严感，将自我与他人，与群体，与天地宇宙，和谐地融为一体。

2006 年 8 月 16 日　绿叶居

原是天真烂漫之人

1

一位来访的年轻朋友看见我在电脑上敲出这个题目，不假思索地说："啊，你这回是要写晴雯吧？"

我对他说，会提及晴雯，但"原是天真烂漫之人"这句考语，曹雪芹可不是写给晴雯的，他就猜："黛玉？芳官？……"

这位年轻朋友对《红楼梦》文本不熟悉，产生这样的反应是不稀奇的。

我就告诉他，这个对人物的直接性评价，出现在第七十四回，是曹雪芹对王夫人秉性的一个概括，年轻朋友吃了一惊："真的吗？

怎么会呢？王夫人她‘原是天真烂漫之人’？！”

2

从 1954 年以降，把王夫人定位于迫害女奴的封建女主，已经成为许多论家，乃至受其影响的读者的思维定式。这种以角色阶级地位为其定性的观点，应当尊重。曹雪芹的《红楼梦》文本具有浪漫色彩，不是严格的写实，他还特别爱使用“烟云模糊”的艺术手法，一开篇就宣称他所讲述的故事朝代年纪、地舆邦国“失落无考”，但是，通过文本细读，我们还是不难认定，他写的朝代年纪就是清代康、雍、乾三朝，而主要情节背景是在乾隆朝初期，我认为从第十六回到八十回，大体是写了乾隆朝一春、二春、三春里发生的事情，到八十回后，则“三春去后诸芳尽，各自须寻各自门”；邦国呢，就是中国，地舆呢，从第三回以后至八十回，基本上都写的是北京。因此，总体而言，《红楼梦》的文本特性，还是写实的。它的人物、事件、物件，乃至细节和某些具体的人物话语，多半是有原型的。鲁迅先生对它的评价是“正因写实，转成新鲜”，抓住了它本质的一面。请注意，我说到原型时，说“多半是有”，并没有绝对化，我对书中某些角色进行原型研究时，并不是把生活原型去跟艺术形象画等号，我的目的只在于揭示这类写实性作品从生活真实升华为艺术真实的奥秘。

书中有一大事件和一大空间，显然是艺术想象大大地超越了生活真实。一大事件就是元妃省亲，一大空间就是因元妃省亲而派生出的大观园。余英时先生早在三十多年前就有《红楼梦的两个世界》的论述，对《红楼梦》文本的写实世界和虚构世界有严格区分，也论及其相互交融。

我现在要强调的是《红楼梦》文本的写实成分。曹雪芹生活在18 世纪中叶，马克思创立历史唯物主义学说，以及恩格斯关于写实性质的小说应该塑造出“典型环境中的典型人物”的论断，都是 19 世纪下半叶的事情了，但一些论家仍能根据《红楼梦》的文本，论出书中人物的阶级特性，并将主要的一些艺术形象纳入“文学典型”的范式，当然不能据此去判定曹雪芹早于马、恩就具有了唯物史观的阶级分析能力，以及刻意要塑造“典型环境中的典型人物”的艺术自觉，曹雪芹不可能有那样的历史观和艺术观，但他写下的文本能让 20 世纪的一些论者并不特别困难地使用阶级分析和艺术典型的方法，来诠释这部作品，却也证明着曹雪芹的伟大——正因为他从自身生命体验出发，以真实为鹄的，因此，他就提供了后世论家对这样一部基本写实的长篇小说的开放式阅读欣赏的可能。这是写实的胜利，可谓“真实就是力量”或“真实就是魅力”。

3

小说中王夫人的原型，应该就是康熙朝后期至雍正朝初期江宁织造曹的正妻。当然，从原型到艺术形象，曹雪芹他有许多的变通之处。曹頫和其正妻本是过继给康熙宠臣曹寅未亡人李氏的，李氏的哥哥苏州织造李煦也是康熙的宠臣，李氏这个原型到了小说里，化为了贾母，小说里回避了原型人物间的过继关系，甚至把本没有一起过继到李氏这边的曹頫的一位哥哥，也虚构为贾母的儿子，而且是大房长子，袭了爵位——但在具体的情境描写上，曹雪芹还是忠于生活的真实，他宁愿有悖那个宗法社会的伦理常规，把贾赦安排到与荣国府隔开的另房别院里住，让贾母那并未袭爵（只当了个员外郎）的二儿子贾政和王夫人住在荣国府中轴线的主建筑群里，溪流汇江再奔腾入海般展开着小说里的生活流程。

曹雪芹笔下的王夫人，和其他许多艺术形象一样，显得非常真实。这真实的魅力源于什么？我以为，是他进入了人物的内心，把握住了人性的真实。这是小说艺术中最重要的一种功力。说王夫人是一个封建礼教的推行者，戕害了若干丫头，有人命案，最后更扼杀了儿子宝玉的爱情，使他活得无趣，终于悬崖撒手，那是近半个世纪一些论者的论说，这样的论说当然有一定道理，但曹雪芹绝对不是心存这样的道理来刻画王夫人这个角色的。从道理出发，即从概念出发，是绝对写不好小说，塑造不了生动的艺术形象的。

《红楼梦》前八十回里除了某些片段有比较激烈的冲突呈现，在大多数篇章里，其实是一派平静，无非是晚辈对长辈的晨昏定省，吃了这顿吃下顿，或者再在饭前饭后饮茶吃点心，要么就是红白喜事，过节摆宴唱戏，老一辈的多半在那里客气来客气去，小一辈的吟诗填词，人们互相说一些话，而且多半是“因笑说”“遂笑道”，王夫人除了在一次午睡时突然起身打骂金钏，以及后来抄检大观园前后怒斥晴雯、芳官、四儿等人，算是偶尔露峥嵘，在更多的情节流动中，她基本上是安静的，甚至还显得有些木讷。一般论家、读者因此也就多从撵金钏、逐晴雯等“大动作”来认知她。

其实，曹雪芹是着力来写荣国府的家族政治的。所谓政治，就是权力与财富的配置。在荣国府里，最重要的家族政治，就是宝玉的婚姻。从王夫人的立场来考虑这个问题，不消说，最理想的方案就是把薛宝钗嫁给宝玉，这还不仅是因为宝钗符合封建道德的规范，更重要的是，宝钗的母亲薛姨妈是她妹妹，这桩婚事成功，也就意味着她们王氏姐妹牢牢地控制住了荣国府的内部权力。第八回第一次写到“金玉姻缘”之说，还只是借莺儿发端，表达得比较含蓄，但是到第二十八回，就通过宝钗自己的心理活动，挑明了写：“因往日母亲同王夫人等曾提过金锁是个和尚给的，等日后有玉的方可结为婚姻……”可见王氏姐妹联手大造“金玉姻缘”的舆论，对她们来说，那是势在必得的。

按说，宝玉的婚事，决定权在贾政手上，但书里写得很清楚，贾政中年以后几乎完全不理家务，凡事都交给王夫人去处理，对于处理结果，往往以一句“知道了”打住。曹雪芹笔下的贾政，从典型论的角度分析，确实也很典型。这是一个那个时代常见的，把政务、家务、性事截然分开的官僚。他是宁、荣二府——把贾赦那个黑油门院落也算上——里面，唯一一个每天需要去朝廷官府上班理事的男子。他上班竭诚为皇帝服务，回到家里多半只在外书房里跟清客们一起消遣，晚上呢，书里交代得很清楚，他和王夫人之间早已互相没了“性趣”，周姨娘也很少近身，他是由赵姨娘服侍睡觉的。因此，娶宝钗为宝玉正妻，只要王夫人择时提出，贾政绝对不会阻挠。

宝玉虽然跟所有的青春女性都愿意亲近，非常友好，但是，他爱的是黛玉而不是宝钗，这一点王氏姐妹是看在眼里，痛在心中的。但那个时代，青年公子和千金小姐的婚事，都得听凭父母之命、媒妁之言，宝玉笃信“木石姻缘”，而排拒“金玉姻缘”固然是个麻烦，但对于王氏姐妹来说，也还不是什么难以克服的麻烦。

那么，王氏姐妹所遇到的难以逾越和排除的障碍是什么呢？是贾母。

不少读者因为读的《红楼梦》是包括高鹗续写的四十回在内的一百二十回通行本，因此，深受高鹗续中“调包计”情节的影响，高鹗笔下的贾母不仅成全“金玉姻缘”，甚至还非常冷酷地对待黛玉，使黛玉彻底绝望，焚稿断痴情，魂归离恨天。在这种影响下，也就读不懂曹雪芹前八十回里许多重要的篇章。

其实，在第二十九回清虚观打醮那段情节前后，曹雪芹的生花妙笔，着力写到在宝玉婚事问题上，贾母与王氏姐妹的短兵相接。不过，那是一场没有硝烟，甚至连吵闹也没有的战斗，是家族政治中的“微笑战斗”。

4

薛姨妈守寡以后，她把全部的生活希望，几乎都集中到了女儿薛宝钗身上。她有儿子薛蟠，这儿子也算子承父业，依然充当皇家的买办，支撑着她家的经济，但这个儿子能不给她惹事就阿弥陀佛了，家庭的进一步发展，绝对指望不上。

书里在第四回交代得很清楚，薛姨妈一家从金陵跑到京城，缘由并不是薛蟠为抢香菱打死冯渊要“畏罪潜逃”，抢夺香菱对薛蟠来说不过是生活中一个偶然插曲，“人命官司一事，他却视为儿戏，自为花上几个臭铜，没有不了的”。（读者注意：我在文章中所引《红楼梦》原文，大多根据人民出版社 2006 年 12 月第一版的周汝昌汇校本，周先生用十一种古本逐字逐句比较，从中选出最符合曹雪芹原笔原意的字句，连缀成一个善本，其中选字选句多有与以往一百二十回通行本不同之处，如此句中“臭铜”通行本作“臭钱”。以后此类情况不再详注。）薛蟠带着母亲、妹妹，及一大群家人往京城去，是按早就拟订的计划行事，而他家上京的首要目的，是送宝钗参加选秀女。因此，薛姨妈最开始所向往的，还未必是把女儿嫁给带通灵宝玉的贾宝玉，如果宝钗选秀女选上了，那么，无论是像元春那样被皇帝宠幸，还是到王爷身边，也就是“充为才人、赞善之职”，都比嫁给宝玉风光，那些皇族的男人，都拥有象征权力的玉玺啊！

那么，宝钗究竟参加了选秀没有呢？曹雪芹他是写了的，不过，不是明写，而是暗写。他实际上写到了宝钗选秀失利，具体而言，就是第二十九回前后的端午节前，清虚观打醮前。通过文本细读，你会发现前面定位于“品格端方，容貌丰美……行为豁达，随分从时……便是那些小丫头们，亦多喜与宝钗去玩笑”（第五回）、“罕言寡语，人谓藏愚；安分随时，自云守拙”（第八回）的贤淑贞静的女子，忽然变得非常烦躁，而且公然在大庭广众中频频失态失语。宝玉没话找话，不过随口说了她一句“怪不得他们拿姐姐当杨妃，原也体丰怯热”，她就不由大怒，完全不能隐忍，脸红起来，冷笑了两声，说出绝对失范的怪话来：“我到像杨妃，只是没有个好哥哥好兄弟作得杨国忠的！”这就是暗写宝钗选秀失利，虽然她容貌素质绝对超群，但是那时候四大家族都已走下坡路，不复是元妃参选时的那种态势，由于“朝中无人”，宝钗竟黯然出局，是可忍，孰不可忍？她平时最能接纳小丫头的玩笑举动，那天靛儿（有的古本作“靓儿”）不过是去问了她一句藏没藏自己的扇子，啊呀，她竟勃然大怒，口吐恶语，还“借扇机带双敲”，连宝玉、黛玉一起敲打。

宝钗参加选秀，元春当然关注。元春虽然才选凤藻宫，加封贤德妃，但选秀女是户部和宫中主管太监等拿事，她不能干预，宝钗最后被淘汰出局，她应该知道得最早，那么，她就通过颁赐端午节的节礼，表明了她的一个态度，这是在第二十八回末尾，通过袭人向宝玉汇报，巧妙地写出来的。

端午节颁赐节礼，是每年都有的例行公事，但这年却有所不同，在对平辈人的颁赐上，元春这回特意让宝钗和宝玉所得份额一样，黛玉却只和迎、探、惜取齐，无论是数量上，还是质量上，都无法相比。元妃这样做，一是对宝钗选秀出局进行抚慰，另一层意思——这是更主要的——就是表达了对二宝指婚的意向，元妃的这个想法是可以理解的，她很欣赏她的这位姨表妹，既然进不了皇家圈子了，那么嫁给她的爱弟也很不错。

对于元妃对二宝指婚，贾母和王夫人、薛姨妈的反应如何呢？不进行文本细读，囫囵吞枣地读，会浑然不觉，其实曹雪芹虽然没有明写，却是刻意进行了暗写的，要把《红楼梦》读出味道来，作一个“知味者”，就绝对不能忽略这些暗写之妙笔。

5

去清虚观打醮，本是元妃的安排。第二十八回末尾通过袭人向刚回家的宝玉汇报，元妃派夏太监送来了一百二十两银子，作为打醮的资金，打醮的时间限定在五月初一至初三，主题则是打平安醮——对某个亡灵祝祷其在阴间能够安息，并且不会对阳间的人士构成骚扰，使阳间的人士能安享太平。元妃自己不能去，那么她命令谁去呢？“叫珍大爷领着众位爷们跪香拜佛”。根据我的揭秘，元春原型曾是康熙朝废太子跟前的人，是她向皇帝告发了秦可卿原型的真实出身——废太子（书中以“坏了事”的“义忠亲王老千岁”影射）的一个未在宗人府登记，而藏匿到她宗族家里的女儿，导致了皇帝虽然赦免了贾家藏匿收养之罪，却让秦可卿自裁的局面。康熙皇帝儿子虽多，诞生在五月初三的只有废太子一个，曹雪芹把元春指定的打醮日期规定在五月初一至初三，有深意存焉。（过去时代，无论阳寿，还是冥寿，办事时都要至少连续三日，而最后一日是“正日子”。）

第二十九回，曹雪芹正面写了清虚观打醮。有趣的是，细心的读者可以发现，这项宗教活动的主角成了贾母，元妃所指定的主角贾珍，则只是一个出面保障女眷安全和后勤供应的配角——元妃指定贾珍“领着众位爷们跪香拜佛”，是因为“心中有鬼”，那“鬼”就是秦可卿，秦可卿是宁国府收养，并在宁国府悬梁自尽的，因此，乞求“鬼”不要骚扰活人，使大家平安，应由宁国府贾珍领衔烧香拜佛。

贾母完全改变了元妃对清虚观打醮一事的宗旨，把一场“平安醮”变成了“享福人福深还祷福”的“祈福醮”，让贾珍和众位爷们全靠边站，带领荣国府的几乎是全体女眷，浩荡而去，使打醮活动成为荣国府女眷——不仅是众位女主子，还包括许多丫头、婆子——的一次罕见的嘉年华会。

贾母接过了元妃清虚观打醮这个球，并且完全扭曲了其原来的主旨，但对于元妃通过颁赐节礼特殊安排所表达出的对二宝指婚的意向，这个球，她置若罔闻。贾母装傻，当然是因为她对二宝的“金玉姻缘”不以为然，你元春如果正式下谕旨，贾母也许无可奈何，但你既然只是一个含蓄的意向，那么，对不起，贾母她就可以装作没感觉。

对于元妃给二宝指婚，王夫人和薛姨妈不消说是喜在心头的，但是，贾母的装傻充愣，却让她们难以喜上眉梢。一场家族政治的大较量，势不可免。

曹雪芹写得很巧妙。他在第二十九回开头这样写，贾母发动荣国府女眷们一起去参与打醮，还特别点了薛姨妈的名，她是这样对宝钗说的：“你也去旷旷，连你母亲也去，长天老日的，在家里也是睡觉。”宝钗只得答应着。

那么，贾母既然要去打醮，王夫人按理是必须陪同去伺候的。《红楼梦》里一再写到封建家庭里媳妇对婆婆的礼数，每天必须去晨昏定省，媳妇在婆婆面前毕恭毕敬，婆婆坐着，媳妇一般情况下只能站着，第三十五回写贾母偶然到王夫人上房歇息，王夫人站立一旁侍奉，贾母开恩，向王夫人道：“让他们小妯娌们伏侍，你在那边坐下，好说话儿。”王夫人方向一张小杌子上坐了——虽然她是一府女主，又在自己房中，但婆婆出现在眼前，身为媳妇那就连椅子都不敢坐的。第四十一回，贾母带着刘姥姥逛大观园，王夫人自然陪同到底，当中有一小段时间，贾母因困乏到稻香村小憩，王夫人这才乘空歇着，但也不忘嘱咐人道：“老太太那边醒了，你们就来叫我。”即便老太太又行动起来，而她还十分疲惫，也只能是挣扎着再去陪同侍奉婆婆。

在前八十回里，除去清虚观打醮这一回，王夫人作为贾母的儿媳妇，大面上的表现应该算是优秀的，尤其是和邢夫人相比，成绩应该在八十分以上。

但是，清虚观打醮，因为贾母完全改变了元妃的初衷，又对元妃指婚意向蔑视排拒，王夫人实在是吃不消了。书里是这样写的：“贾母又打发人去请了薛姨妈，顺路告诉了王夫人，要带了他们姊妹去逛。王夫人一则身上不好，二则预备着元春有人出来，早已回了不去的。

听贾母如此说，遂笑道：‘还是这么高兴。’因打发人去到园子里告诉：‘有要去逛的，只管初一跟了老太太去。’”

虽然王夫人提前跟贾母告了病假——这在前八十回书里是唯一的一次——贾母还是让人“顺路告诉了王夫人”，实际上就是再给王夫人一次机会，但王夫人这回是铁心要给贾母一个“不奉陪”，这其实也就是对贾母蔑视元春给二宝指婚的一个严重的抗议，她“遂笑道”，道出的话是含有讥讽意味的“还是这么高兴”。但究竟谁能高兴在最后呢？这些乍读淡淡的文字里，实际蕴含着浓浓的火药味。

王夫人执意不去清虚观打醮，所谓“预备着元妃有人出来”的理由，是站不住脚的，百行孝为先，贾母去清虚观打醮，她就该跟随去侍奉，何况这打醮本是元妃出资安排的，即使那天“元妃有人出来”，也完全可以到清虚观一并给贾母和王夫人请安。

那么，王夫人不去，贾母就一定要薛姨妈去。所谓“在家里也是睡觉”，也是话里有话。在元妃表达了指婚意向之后，面临贾母的不表态——其实就是一种表态——王氏姐妹寝食无安，焉能白日睡大觉，贾母前脚率众前往清虚观，她们姊妹二人如果都不去，必定后脚聚集，商量对策。贾母棋高一招，那就是王夫人你托病不去，那么，薛姨妈必须去。

王氏姐妹去了一个，等于两个都去了。贾母有话要说，薛姨妈听见了，等于王夫人也听到了。

在清虚观，借张道士给宝玉提亲的话头，贾母大发了一番议论，那其实就是说给王氏姊妹听的。薛姨妈在场，不中听也得听，她回去后，肯定要跟王夫人一字不落地汇报。贾母的言论，对她们来说，是一次沉重的打击。

贾母首先说："上次有个和尚说了，这孩子命里不该早娶，等再大一大儿再定吧。"你王氏姊妹不是一天到晚大造"金玉姻缘"的舆论吗？动辄就说金锁是和尚给的，今后必得嫁给有玉的，那么，现在我也宣布，也有同等法力的"和尚谶语"，宝玉的婚事现在谁也别提，你元妃也定不了，"等大一大儿再定"，实际上就是郑重宣告，只要她贾母在世，宝玉的婚事就只能由她来定，谁插手都不行。

贾母接着说："你可如今打听着，不管他根基富贵，只要模样儿配得上，就好来告诉我。便是那家子穷，不过给他几两银子也罢了。只是模样儿性格难得好的。"

历来许多读者读不懂这几句话。有的就说，啊，贾母论婚，"不管他根基富贵"，可见贾府的婚姻观是不讲究经济条件的呀。其实，这是贾母的特定的情况下，针对特定的人，所说出的一句"黑话"。除了关于秦可卿出身的可疑交代和这个地方，你看八十回的文本里，有多少地方一再地告诉你，四大家族是多么重视婚配上的根基富贵、门当户对的呀，他们"皆连络有亲"，贾母后来想给薛宝琴做媒，"细问他年庚八字并家内的景况"，"家内的景况"当然首先就是根基究竟富贵到什么程度上；第七十回更有一句点眼的交代："偏近日王子腾之女许与保龄侯之子为妻，凤姐又忙着张罗。"四大家族在婚配上是多么讲究根基富贵、门当户对啊！

贾母的"黑话"，宝玉、黛玉听不懂，在场的许多人都听不懂，但至少有一个人是绝对能听懂的，那就是薛姨妈。薛姨妈很清楚，能跟她女儿抗衡，争取成为宝玉正妻的，只有一个林黛玉。黛玉父母相继亡故后，没能得到什么遗产，成为一个没有了富贵根基的人，在荣国府是寄人篱下的角色，这是黛玉最大的劣势，但是，贾母却在这段“黑话”里，让王氏听清楚，她心目中的宝玉正妻，就是黛玉，“模样儿配得上”，贾母一开头都没有提到性格，因为众人皆知黛玉小性儿，爱生气爱哭，出语尖刻，但贾母却并不以为黛玉性格有什么大差池，因此最后她又补充一句“模样儿性格难得好”。你们不是嫌厌黛玉无遗产，穷吗？那么就爽性把话说清楚：“便是那家子穷，不过给他几两银子也罢了”，贾母对黛玉的嫁妆，是包下来的，第五十五回凤姐和平儿私下议论，凤姐明白点破：“宝玉和林姑娘他两个，一娶一嫁，可以使不着官中的钱，老太太自有体己拿出来……”

清虚观打醮第一天回来，宝玉、黛玉两个不解事的少男少女，竟因为金麒麟的事闹气，闹得可谓沸反盈天，贾母则说他们“不是冤家不聚头”，又宣布：“几时我闭了这眼，断了这口气，凭你两个闹上天去，我眼不见心不烦，也就罢了……”也就是表示只要她一息尚存，就要为二玉的婚姻保驾护航到底。高鹗续书荼毒了贾母的这个宏愿，难道不是对曹雪芹原意的大违背、大歪曲吗？根据我的探佚，八十回后，“迷失”掉的后二十八回里，曹雪芹写的是贾母先去世，黛玉沉湖归天，王氏姐妹才得强行包办了二宝的婚事。

6

在表面无事的温柔面纱遮蔽下，王夫人在跟贾母的家族政治博弈中败下阵来。贾母这个角色曹雪芹写得真绝，许多读者读得不仔细，形成一个模糊印象，似乎贾母只是个一味享乐的贵族老太太，其实这是一个在家族政治中纵横捭阖而游刃有余的优胜者。

王夫人在家族政治上，还有另一条重要战线，那就是必须时刻防备，排除赵姨娘的威胁。赵姨娘的优势在于她也为贾政生了一个儿子——贾环。王夫人的大儿子贾珠故事开始前就死掉了，如果剩下的二儿子宝玉再死去，那她在家族中就徒有个大老婆的头衔而已，荣国府今后的继承人就是贾环，那么赵姨娘就至少是部分地获得了府第的控制权。赵姨娘和贾环黑了心要整死宝玉，贾环推蜡台要烫瞎宝玉的眼，赵姨娘通过马道婆几乎魇杀宝玉和凤姐，这是第二十五回里明写的。根据我对曹雪芹后二十八回的探佚，他们还通过府里专管配药的贾菖、贾菱，故意给黛玉"配错药"。促使黛玉沉湖离世，目的也还是想让宝玉灭亡，因为他们深知宝玉爱黛玉极深，黛玉一走，宝玉不立刻死掉也丢魂一半。

把握王夫人这个人物，要把她在家族政治中的这些明争暗斗放在首位。

至于王夫人对丫头的迫害，曹雪芹则解释为她"原是天真烂漫之人，喜怒出于胸臆，不比那些饰词掩意之人"，无论她的撵逐金钏，还是怒斥晴雯，都并非理性思考支配下与预定计划中的作为。

第三十回写王夫人午睡时，宝玉来到她卧着的凉榻跟前，与一旁乜斜着眼乱晃的金钏调笑，有红迷朋友跟我讨论，说金钏怎么敢于那样？我就告诉他我的阅读心得，金钏本是最了解王夫人的生活规律和生理状态的，平日那时候王夫人肯定已入梦乡，她低声与宝玉调笑应该是听不见，发觉不了的，因此是无碍的，但她哪里知道，那几天里接连发生的几件事，使得王夫人心烦意乱——宝钗选秀失利；元妃指婚竟被贾母漠视；清虚观打醮回来，薛姨妈把贾母的"黑话"学舌给她；贾母竟毫无顾忌地宣布二玉"不是冤家不聚头"，并公开表示只要活一天就要为二玉护航一天……王夫人心里藏着这些败兴之事，在丫头面前当然尽量不去流露，因此，金钏就万没有想到，王夫人那天中午只是假寐，根本没有入睡，她和宝玉的那些出格的调笑话语，竟句句入耳，结果，当王夫人听到最恶劣的几句后，就“翻身起来，照金钏儿脸上就打了一个嘴巴子，指着骂道‘下作小娼妇，好好的爷们，都叫你们教坏了！’”。王夫人那“你们”里，除了金钏，还包括谁，值得深思。但王夫人打骂金钏只是一场遭遇战，跟与贾母、与赵姨娘之间的明争暗斗，往往是有目标、有计划、有策略、有步骤，那种格局，全然不同。

7

王夫人对晴雯的呵斥撵逐，确实是一时兴起，偶然发作。

对于晴雯这样的生命存在，王夫人贵为一府女主，本是根本不放在眼里心上的。书里写得很明白，王夫人把侄儿媳妇王熙凤——也是她的亲侄女——请到荣国府里来管家，她是“抓大放小”，只注重家族政治中的大关节，对于诸如丫头、婆子配置这类琐细的人事安排，一般是懒于过问的。

王夫人甚至在很长时间里，根本就不知道晴雯的名字和来历。

晴雯的被撵逐，从故事流程来看，出于一连串的偶然。

第七十三回一开头，忽然有个叫小鹊的丫头，大老晚跑到怡红院来报信。小鹊是赵姨娘的丫头，按说“喜鹊”应该报喜，但这个丫头却分明起着乌鸦的作用——她听到赵姨娘在贾政耳边说了宝玉坏话，让宝玉留神“明儿老爷问你话”，宝玉一听慌了神，临时抱佛脚，连夜温书，闹得一屋子丫头陪着熬夜。晴雯对宝玉的关爱，首先表现在斥骂小丫头打瞌睡上，后来，芳官出屋（应该是方便去了），偶然地，被一个黑影吓了一跳，回屋就说有人跳墙，晴雯就借机把事情闹大，宣称宝玉被吓病了，上夜的人只好灯笼火把找寻一夜，何尝有什么踪影？本来，事情到了这一步，别再闹大，也许就能躲过老爷的召唤考问了，却偏偏是晴雯，故意跑到王夫人那边要安魂丸药，非要让事态滚雪球般无限放大。晴雯那时得理不让人，跟上夜看门的人说起话来，口气刚硬，她觉得自己跟王夫人是一头的。那时王夫人似乎也没有特别注意她，王夫人觉得兹事体大，不敢瞒过贾母，结果贾母从息政离休状态，变为亲自临朝，“贾母动怒，谁敢狥私”，于是严厉查办夜间赌局，犯案者跪了一院子，给贾母磕响头，贾母亲下命令，严惩不贷。

查出的三个聚赌的大头家里，有迎春的乳母。迎春是“大老爷那边的”，邢夫人虽然不是她的生母，但名义上是她的监护人，别的姊妹屋里都没人犯事，偏迎春乳母涉案，迎春没脸，邢夫人扫兴。王夫人在家族政治里，跟邢夫人之间的矛盾，也是一个方面。邢夫人身为长房长媳，在贾母面前却毫无分量，虽然她儿子儿媳在荣国府里管事，却完全不顾及她的利益，现在荣国府里查赌，偏又查到她女儿乳母头上，邢夫人不仅不快，而且，更觉得你二房夫人把好端端的一个府第治理得如此混乱，你狂什么狂？偏偏就在这种心理状态下，又是一个偶然——傻大姐捡到了绣春囊，迎面撞见了邢夫人，邢夫人得到后，吃惊之余，也就觉得天假人愿——得到了一个给王夫人大没脸的现成武器，她就把那囊封起来，交给了王夫人，那意思就是说，您看看吧，这就是您当家当出来的！王夫人觉得脸面丢尽，所以急匆匆去往凤姐屋里，翻脸轰出平儿，流泪责备凤姐荒唐——倘若那囊真是凤姐的，事态到此也可能就暗中止息了，谁知又确实并非凤姐所有。

在雪球滚得这么大的时候，晴雯在怡红院里还一直懵然无知。

晴雯作为女奴，她由着自己性子生活，当然，思想行为很不规范，但她绝对没有反抗王夫人的主观战斗精神，她也绝没有想摆脱“牢笼”，争取自由身的意识，她本以为，她就可以那么样自自然然地在宝玉身边逍遥下去。

王夫人呢，在家族政治中，她要对付婆婆贾母，要敷衍大房太太邢夫人，要防范蝎蝎蜇蜇的赵姨娘……晴雯这样一个小生命本不在她算计之中。

曹雪芹接着写偶然。到了第七十四回，如何查出绣春囊的来历，凤姐提出“平心静气，暗暗访查”的方针，王夫人本来也是同意的，如果事态定格于此，晴雯也无妨再在怡红院里撕扇补裘、嬉笑怒骂，但偏偏在王夫人、凤姐召唤自己这边的五家陪房来听命时，“忽见邢夫人陪房王善保家走来”，王夫人出于客气（为的是缓和与邢夫人的紧张关系），就顺口留下她来帮忙。这一偶然事态，就酿成了晴雯的迅疾夭折。

“风起于青萍之末”，偶然是必然的呈现方式。一场惊天动地的抄检大观园风暴，那起始的“青萍之末”，就是那一晚晴雯执意要把子虚乌有的“夜贼跳墙”闹大。说“搬起石头砸了自己的脚”，于晴雯毕竟不忍，但细读《红楼梦》的文本，曹雪芹又确实是那么一路写下来的。

他写出了世事的荒唐，命运的诡谲。

王善保家的喧宾夺主，大肆攻击大观园里的“副小姐”，是她，明确提出了公开大抄检的丑恶方案，而且，是她点了晴雯的名。

王夫人本来心中乱麻一团，并不存在晴雯这么个小角色，可是听了王善保家的谗言，“猛然触动往事，便向凤姐道‘上次我们跟了老太太进园逛去，有一个水蛇腰，削肩膀，眉眼又有些像你林妹妹的，正在那里骂小丫头，我心里很看不上那个轻狂样子，因同老太太走，我不曾说得，后来要问是谁，偏又忘了。今日对了槛儿，这丫头想就是她了’”。

底下的情节我不再复述了，几乎所有读《红楼梦》的人士都会铭心刻骨，永难忘却。晴雯死矣！

王夫人趁怒叫来晴雯，当面痛斥，正是在这个地方，曹雪芹写下了对王夫人的考语“王夫人原是天真烂漫之人，喜怒出于胸臆，不比那些饰词掩意之人，今因真怒攻心，又勾起往事”，所以顿生掐灭一个嫩芽般生命之意。

8

把王夫人怒斥撵逐晴雯，依照阶级分析的模式，解释成封建女主对女奴的一场镇压，我是基本赞同的。

虽然事发偶然，但其中的必然因素不难揭橥——尤其是王夫人觉得晴雯眉眼有些像林黛玉，逗漏出依据她的封建道德意识，林黛玉、晴雯都属于不符合封建规范的生命存在，理应被排除，被剿灭。

但曹雪芹所写，却分明用一连串偶然来推导王夫人对晴雯的扼杀。他说王夫人“原是天真烂漫之人”，我以为并无讥讽之意。

黛玉、晴雯的性格，固然可以用不符合封建礼教规范来解释，但凤姐的性格表现，难道就处处符合封建礼教规范吗？王夫人不是可以容纳吗？

对于晴雯的任性，凤姐就不像王夫人那么反感，当王善保家的下了谗言，勾起王夫人对晴雯的坏印象，王夫人向凤姐求证，凤姐出言谨慎："若论这些丫头们，共总比起来，都没晴雯生的好，论举止言语，他原轻薄些。方才太太说到的到很像他，我也忘了那日的事，不敢乱说。"

至于贾母，她对黛玉、晴雯的性格只有好感。第七十八回当王夫人向贾母汇报了撵逐晴雯的事，贾母的反应是："……晴雯那丫头，我看他甚好……我的意思，这些丫头的模样、爽利、言谈、针线，多不及他，将来只他还可以给宝玉使唤得……"晴雯原是贾府老仆妇赖嬷嬷买来的一个小生命，带到荣国府来玩，贾母一眼看中，十分喜欢，赖嬷嬷就把她当作一件小玩意儿，孝敬给了贾母。

贾母是比王夫人级别更高的封建女主，按说对丫头更应有封建礼教方面的要求，但是她全面肯定晴雯，不但认为模样好，言谈也好。那天王夫人看见晴雯骂小丫头，她是陪同贾母进大观园的，贾母当然也看见了，那时候王夫人还根本不知道骂人的是谁，贾母却一定认出是晴雯，贾母却并不产生恶感。这就说明，曹雪芹的描写固然给阶级分析的评论角度提供了可能，但就他自己而言，他只在写真实的生活，刻画活生生的生命存在。他明点"王夫人原是天真烂漫之人"，依我看来，王夫人对晴雯的生命不能相容，还是出于人性深处的东西使然。政治、社会、道德的理念与情感，对人与人的冲突固然起着作用，但人际间的生死悲剧，往往还有说不清道不明的因素使然。天真，就是无须后天训练，生命中固有的本能；烂漫，就是不加掩饰径直呈现。

王夫人看到体现于晴雯身上的天真烂漫，就是本能地觉得晴雯讨厌。

9

晴雯好比一盆才抽出嫩箭的兰花，被送往猪窝一般，宝玉对她的被撵逐，大感不解，哭道："我究竟不知晴雯犯了何等滔天大罪！"

晴雯犯的是讨厌罪。

无须其他理由，王夫人觉得她讨厌。

如果是在一个阶层里，一个人觉得另一个人讨厌，一般情况下，也不能直接地把那被讨厌者怎么样，但如果是一个社会地位高、权力大的人，对一个社会地位低，又无权势可倚仗的人感到讨厌，那么，甚至无须调动政治、社会、道德的"道理"，只要宣布"你讨厌"，就足以致被讨厌者于窘境，于困苦，甚至于死地。

权势者越"天真烂漫"，越不加掩饰，被讨厌的弱势生命就越接近灭顶之灾。

好一个"本是天真烂漫之人"啊！

我读《红楼梦》，读到这个地方，总不由放下书，痴痴地冥想一阵。

个体生命的苦楚处，是不能单独生存，他或她必须参与社会，与其他生命一起共处。俄国 19 世纪末的小说家陀思妥耶夫斯基，他那部长篇小说《被侮辱与被损害的》，我也是常在阅读中不由停下来，痴痴地冥想。曹雪芹写《红楼梦》比陀氏早，二者在民族、文化、时代方面的差异非常巨大，但他们在表现、探究人性这一点上，却惊人地相通。人类中现在仍然存在着侮辱与损害他人的强者，和被侮辱被损害的弱者。什么时候强者能收敛他们在表达对弱者讨厌时的那份"天真烂漫"和"不加掩饰"？靠什么来抑制强者以"讨厌罪"

侮辱和损害弱者？革命？法制？道德诉求？宗教威严？

我会继续痴痴地冥想。

2007 年 2 月 20 日—23 日　绿叶居—温榆斋

惜春懒画大观图

1

惜春作画，常被认为是《红楼梦》中可以与黛玉葬花、宝钗扑蝶、湘云醉卧相媲美的一个场景，在由《红楼梦》文本衍生出的绘画、雕塑等造型艺术里，惜春作画被一再表现，例如天津民间艺术大师泥人张，就有惜春作画的情景泥塑，那作品大约创作于20世纪50年代，原作据说被中国美术馆收藏，它一再被复制，当作高档工艺美术品出售，流传到海外，其照片也被当时许多报纸、杂志广泛刊登，给我个人留下的印象极其深刻，现在一闭眼，还恍若就在眼前。

记忆里，那作品的妙处，就是不仅塑造出了画案前捏笔凝神构思的惜春，还环绕着那画案，塑造出了一旁观赏的宝玉、黛玉、宝钗、湘云、探春……诸多的形象，个个独具与性格吻合的神态，而且布局疏密得宜，整体上氤氲出一种诗情画意。

但是后来对《红楼梦》作文本细读，就发现其实在前八十回文本里，并没有一段文字，具体地描摹出惜春作画的情况，更没有众人围观欣赏的那么一个场景。只在第四十五回里，有淡淡的这么几句："一日外面矾了绢，起了稿子拿进来，宝玉每日便在惜春这里帮忙。探春、李纨、迎春、宝钗等也都往那里来闲坐，一则观画，二则便于会面。"再有就是第四十八回，李纨领着众人到了惜春那里，"惜春正乏倦，在床上歪着睡午觉。画缯立在壁间，用纱罩着。众人唤醒了惜春，揭纱看时，十停方有了三停"。有观画的交代，并无作画的描写，而且惜春显得惫懒不堪。那么，曹雪芹会在八十回后去描写惜春作画吗？书至第七十四回，没等外头抄进来，贾府窝里斗，自己已经抄检大观园了，而惜春就"矢孤介杜绝宁国府"了，她的大丫头入画，在她坚持下被尤氏带走，这当然是一个喻义——"入画"已去，还能有作画的心情和举动吗？曹雪芹在后二十八回里，肯定更不会有惜春精心作画、众人围赏的描写。

但是，惜春作画，历来的读者都有一种"作者未写我自写"的阅读想象。一位红迷朋友乍听我说书里并没有泥人张塑出的那样一个场景，颇为疑惑："真的吗？"后来他回去细检全书，证实果然如此。那位红迷朋友感叹："曹雪芹真大手笔！其不写之写，也能令读者获得丰富的审美感受啊！"

2

惜春这个角色，曹雪芹从其大丫头的命名上，就预设她有一定的绘画才能。贾氏四姝——元、迎、探、惜，名字谐“原应叹息”；大丫头呢，分别是抱琴、司棋、待书、入画，这意味着她们出生在诗礼之家，都有一定的文化修养，元春可能会操琴，迎春在书里有下棋的表现，探春所居住的秋爽斋（又叫秋掩书屋）里的布置，显示出她绝非一般的书法爱好者，而惜春呢，明说她会画画儿。附带说一下，诸多古本里面，探春的大丫头有“侍书”“待书”两种写法，都说得通，但比较而言，更接近曹雪芹原笔原意的，应该是“待书”。“待书”与“入画”形成巧妙的对应，一个是“等待书写出来”，一个却是“已经画了出来”。

惜春平时作画，不过是随兴消遣。探春平时挥毫，却是大家风范——屋里的花梨大理石大案上，“垒着各种名人法帖并十数方宝砚，笔海内插的笔如树林一般”，好生了得！书里没怎么具体描写惜春屋里的景象，据惜春自己说，她并没有什么正经的画具，“不过写字的笔画画罢了，就是颜色，只有赭石、广花、滕黄、胭脂这四样，再有不过是两枝着色笔就完了”。用如此简单的工具和材料，只能是画些写意的小品，气象比探春挥洒书法，相去很远。

惜春本来不过是来了情绪，随便画上几笔，没想到，却突然被府里老祖宗贾母，派定了一桩浩大的绘画工程。

刘姥姥二进荣国府，贾母带她到大观园里足逛。在园中最关键的一个景点沁芳亭——那里能够观览到园中最精华的部分——贾母坐在丫鬟铺在栏杆榻板的大锦褥子上，命刘姥姥也坐在旁边，问她：“这园子好不好？”刘姥姥念佛说道：“我们乡下人到了年下，都上城来买画儿贴，时常闲了，大家都说怎么得到那画儿上去逛逛，想着那个画儿，也不过是假的，那里真有那么个地方。谁知我今儿进了这园子一瞧，竟比那画儿上还强十倍。怎么得有人也照着这个园子画一张，我带了家去，给他们见见，死了也得好处。”听刘姥姥这么说，贾母就指着惜春笑道：“你瞧我这个小孙女儿，他就会画，等明儿叫他画一张如何？”刘姥姥偏又反应过度，跑过去拉着惜春的手说道：“我的姑娘，你这么大年纪儿，又这么个好模样，还有这个能干，别是个神仙托生的罢。”这么一来，惜春就等于被规定了一项任务——画大观园全景图。

贾母派惜春画大观园全景图，当然并非是真把画成的巨作送给刘姥姥，刘姥姥即使一直记得这件事，也肯定不会主动来讨要这样一幅长卷。看去似乎只是因戏言而起，实际上贾母命惜春画这个作品，有她内心的一种需求。这位自称以重孙媳妇身份嫁进贾家，历经五十四年，眼见贾家又有了重孙媳妇的老祖宗（她说这话在第四十七回，那时贾家的重孙子媳妇应该是贾蓉续娶的妻子——通行本写作“胡氏”，不对，曹雪芹笔下，是许氏），深知整个家族实际上已经进入了黄昏期，但她仍执拗地要精细地享受眼下的每一时刻，要把“夕阳无限好”通过孙女儿惜春的画笔，永驻自己和家族心中。

贾母对这幅（应该是画成一个至少几米长的卷轴）画儿，非常重视。本来，似乎把大观园的园林胜景画下来，也就行了，但贾母有明确的指示，惜春听了这样诉苦：“原说只画这园子的，昨儿老太太又说，单画园子成了个房样子了，叫连人都画上，就像行乐图似的才好。我又不会这上细画楼台，又不会画人物，又不好驳回，正为这个为难呢！”“上细画楼台”是什么意思？“上细画”就是工笔细绘，惜春原来画写意小品，可能也偶尔画几笔亭台楼阁，不过是笔到意到，点到为止，现在按贾母的指示必须“上细画”那些园子里的楼台，这已经不对惜春的专长，何况贾母定下的主题是“园中行乐”，此图完成如果题款，还不能题为《大观园全景图》，必得题为《大观园行乐图》才行。行乐，就必须画上不少的动态人物，中国画凡写意的这一派，画人物都比较弱，甚至根本不涉及人物题材，像我们所熟知的近代国画大师齐白石，他的写意画，精彩的还是虾米、小鸡、蝌蚪，或菜蔬、花卉，人物画数量少，精彩的更少。

贾母的命令，在贾府就是圣旨，理解的要执行，不理解的也要执行，能做到的固然马上就去做，做不到的，创造条件也一定要将其完成。惜春向大观园的诗歌团体海棠社请一年的假，来争取完成这桩艰难的创作任务（后来是先给她半年的“创作假”）。薛宝钗大展通才，本着“工欲善其事必先利其器”的圣训，不仅发挥了一番关于绘画的高论，还在具体的画具、原料、辅助器材方面开列出了长长的单子，凤姐作为管家，也腾出工夫先到府里仓库寻出许多工具原料，欠缺的又安排人拿着银子到外面去购买齐全，并且宝玉又宣称将代为去向两位会画画的清客相公——一位詹光字子亮的擅画工细楼台，一位程日兴画仕女美人是绝技——咨询，后来更找出了当年建造省亲别墅的图纸，让人先矾了绢，在上头起了稿子，拿来作为艺术创作的基础，真是诸事具备，只欠东风——东风就是惜春本人，但这东风却懒懒迟迟，总未见其劲吹。

3

贾母算得是一位有相当学识和艺术鉴赏力的贵族妇女，她的“文艺思想”也并不保守，她在正经的“表演艺术家”（说书的“女先儿”）面前，能够“破陈腐旧套”，按说她布置惜春绘制《大观园行乐图》，即使算不上是“内行领导内行”，起码不能算是“外行领导内行”的“瞎指挥”。

贾母的审美情趣确实属于上乘。雪天在大观园里优游，“一看四面，粉粧银砌。忽见宝琴披着凫靥裘站在山坡上遥等，身后一个丫鬟抱着一瓶红梅”，她就问身边的人：“你们瞧这雪坡上配上他这人品，又是这件衣裳，后头又是这样梅花，像个什么？”众人都笑道：“就像老太太屋里挂的仇十洲画的《艳雪图》。”贾母摇头笑道：“那画的哪有这件衣裳，人也不能够这样好。”在这之前，她已经视察过惜春的住处，“进入房中，贾母并不归坐，只问画儿画的在那里。惜春因笑道‘天气寒冷了，胶性皆凝涩不润，画了恐不好看，故此收起来’。贾母笑道‘我年下就要的，你别托懒儿，快拿出来给我快画’”。惜春提出的客观困难，在越来越冷的严冬是无法克服的，贾母作为其“创作任务”的命令者，却丝毫不考虑创作者的难处，只嫌惜春“托懒”，宣布“年下就要”，而且，在看到宝琴、小螺雪坡抱梅的“镜头”后，更再命令惜春：“不管冷暖，你只画去，赶到年下，十分不能便罢了。第一要紧把昨日琴儿和丫头、梅花，照样一笔别错，快快添上！”惜春听了，虽是为难，只得应了。

惜春毕竟还缺乏“艺术家的脾气”。我们都应该记得，贾府里是有真正的艺术家的，那就是龄官。龄官是贾府为准备元妃省亲，专门派贾蔷往姑苏买来的十二个小戏子之一。元妃省亲，她们“红楼十二官”果然派上了用场：“贾蔷忙张罗扮演起来。一个个歌欺裂石之音，舞有天魔之态，虽是妆演的形容，却作尽悲欢的情状……太监又道：‘贵妃有谕，说龄官极好，再作两出戏，不拘那两出就是了。’贾蔷忙答应了，因命龄官作《游园》《惊梦》二出。龄官自为此二出非本角之戏，执意不作，定要作《相约》《相骂》二出，贾蔷扭他不过，只得依他作了。”那时候京剧还没有产生，演员的行当究竟怎么划分，我们很难搞清楚，一位红迷朋友跟我讨论时说，反正龄官唱的是旦角，按说《游园》《惊梦》和《相约》《相骂》都是旦角戏，又没让她反串，她怎么能以“非本角之戏”拒演呢，而且元妃省亲是何等严肃庄重的场合，她非唱《相骂》，从戏名上也犯忌讳啊！但曹雪芹就写出了这么一位优伶，她以全部的人格尊严，捍卫自己艺术创作的绝对自由，当然，她的目的，也并不是要“抗上”，她没有丝毫政治上的诉求，她就是“为艺术而艺术”，她执意不按“行政命令”而作，到头来“命令者”也“只得依他”，而她也就在“本角之戏”中大放光彩，结果呢，“元妃甚喜，命不可难为了这女孩子，好生教习”，额外又给了许多赏赐。

“上细画楼台”，还要画许多行乐的人物，更要把指定的雪中折梅美人“照样一笔别错”地“快快添上”，这是惜春的“本角之戏”吗？当然不是，但惜春却无法“拒演”，这是惜春的悲苦之处。她唯一的对策，也就是“托懒”。

4

有可靠的资料证明，曹雪芹本人就善画。他的好友敦敏有《题芹圃画石》的诗，芹圃是曹雪芹的号，这首诗是这样的：“傲骨如君世已奇，嶙峋更见此支离。醉余奋扫如椽笔，写出胸中块垒时。”可见曹雪芹画得非常好，而且通过画幅显示出桀骜不驯的性格，人如其画，画如其人。可惜现在我们只能看到这首题画诗，而寻觅不到曹雪芹的原画。从诗里形容推测，曹雪芹也是以写意风格来作画。

曹雪芹后来贫居京郊西山脚下，他虽作为正白旗包衣世家的子弟，会领到一定数额的钱粮，但嗜酒如狂的他，少不得还要“卖画钱来付酒家”——这也是敦敏诗里的句子，他们交往如至亲，这样的诗句绝不会是凭空想象，而是曹雪芹生活状态的白描。

曹雪芹在西郊还有一位密友张宜泉，他也留下了若干首与曹雪芹有关的诗，至为宝贵。其中一首《题芹溪居士》，题目后有小注：“姓曹，名霑，字梦阮，号芹溪居士，其人工诗善画。”诗曰：“爱将笔墨逞风流，结庐西郊别样幽。门外山川供绘画，堂前花鸟入吟讴。羹调未羡青莲宠，苑招未忘立本差。借问古来谁得似？野心应被白云留。”其中“青莲”“立本”两句，是引用唐代典故，青莲指诗人李白，立本就是大画家阎立本，当时唐玄宗把他们召进宫苑写御用诗画御用画，被许多人艳羡，但张宜泉却通过这两句诗，点明曹雪芹在艺术创作上绝不甘心御用的野心傲骨。据周汝昌先生考证，曹雪芹一度在内务府的“如意馆”参与流水线式的“画作”。他本是正白旗包衣的后代，家里世代在内务府当差，康熙朝他家三代四人任江宁织造几十年，炙手可热一时，雍正朝初年即被抄家治罪，乾隆朝初期因乾隆皇帝实行怀柔政策，原来被罪的人员几乎都被宽免，曹雪芹父辈也重回内务府当差，那时曹雪芹已经长大成人，被安排到“如意馆”画应制画，是很自然的事情。如果他肯钻营，愿意把自己的绘画才能奉献给皇家，他可以争取从“如意馆”的“画工”，晋级为比“如意馆”高一档的“画院处”的“画师”，但他却“苑招未忘立本差”——当年阎立本奉唐玄宗之命画宫廷“行乐图”，为了当场“照样一笔别错”，只得匍匐在地上挥笔写生，人格上蒙受奇耻大辱——曹雪芹最后终于脱离内务府，结庐西郊，著书黄叶村，呕心沥血地写出了《红楼梦》。

很显然，《红楼梦》里面关于惜春奉严命作画，她内心的那份苦楚，不得不以“托懒”的方式消极怠工的情节，里面都融会进了曹雪芹自己的生命体验。

5

惜春是宁国府贾敬的女儿、贾珍的胞妹——她和贾珍是否同母所生，书中未明确交代——从很小起，她就和贾赦的女儿迎春一样，被贾母接到荣国府里去居住。书里说贾母爱女孩，不仅嫡亲的外孙女儿黛玉，娘家的血脉湘云，也不仅是贾家自己的女孩，亲戚家的女孩，宝钗、宝琴不消说了，就是远房的穷亲戚家的女孩如喜鸾、四姐儿，她都喜欢。有位红迷朋友对此不大理解，他跟我讨论说，封建社会不是重男轻女吗？怎么贾母除了喜欢宝玉，其他男孩子，如对重孙子贾兰，感情就一般，对贾环则分明不喜欢——若说是因为庶出，那么探春同样是赵姨娘生的，她却非常看重——见到贾蓉、贾蔷等，哪有半点看到喜鸾、四姐儿的欢喜，这是为什么？当然，曹雪芹这样写，是为了刻画出贾母性格中的一种独到之处，同是贵族妇女，邢夫人就未见喜欢女孩，连迎春——虽非她亲生，毕竟算是其母亲——她都只知数落不懂体恤。但这种人际现象，在清代也有其特殊的社会来由，在八旗人家，因为女孩子们到了十三四岁，都有机会参加宫廷选秀，选进宫去就有可能接近皇帝，存在着辉煌的前景；即使不能伺候皇帝，服侍妃嫔也很不错；再不济，分配到王府、公主府里，当陪读、女官，到头来其社会地位和生活状态可能都会比父母家高许多。当然，到清朝晚期，能具有参与选秀资格的在旗女子衍生得太多，而宫廷的需求量反在减少，旗人家庭里的女孩子通过选秀跃升的概率大大降低，女孩也就不那么金贵了，但在康、雍、乾三朝，在旗人家的女孩总数还不那么大，而宫廷以及诸王子、公主的需求量又极大，因此，家族里的女孩“好风频借力，送我上青云”的可能性很高，家族因之“一人得道，鸡犬升天”的前景，也就分外诱人，远比家族的男子通过科举成功而带动全家升腾简便易行，这就形成了旗人家不怕生女孩，甚至更加喜欢女孩的风气。在旗人家，女孩不缠足，性格泼洒些也没事儿，在家族活动中，女孩和男孩平起平坐。《红楼梦》虽然一开头就宣布“朝代年纪、地舆邦国，失落无考”，却忠实地把清代康、雍、乾时期旗人家庭那并不重男轻女，甚或更重视女孩的“真事隐”去后，又以“假语存”放到了小说里。

惜春在第三回正式出场，与迎春、探春同时呈现在刚进府的黛玉的眼前，对迎、探，曹雪芹都有具体的肖像描写，但对惜春，只说她“身未长足，形容尚小”，她的形象一直比较模糊。第七回写周瑞家的奉薛姨妈之命给众小姐及凤姐送宫花，有一笔对惜春的描写，算是给了她一个“特写镜头”，读者都会留下印象：她和到府里来的小尼姑智能儿一处顽笑，对于宫花，她的反应是“我这里正和能儿说我明儿也剃了头同他作姑子去呢，可巧又送了花儿来。若剃了头，把这花可戴在那里？”这当然是一个重要的伏笔。故事才开始不久，还要经历许多烈火烹油、鲜花着锦的美事，离盛极而衰还有好几十回文字呢，但在这个地方，曹雪芹就伏下了惜春命运的归宿。无意随手之间，乍看不过是“过场戏”或“闲言碎语”，实际全是“草蛇灰线，伏延千里”，这是曹雪芹贯穿全书的艺术手法。不懂这一条，莫读《红楼梦》。

6

按说大观园里有拢翠庵（古本中对庵名有“拢翠”“栊翠”两种写法，“拢翠”的“拢”与“沁芳”的“沁”相对应，同为动词，似更符合曹雪芹原笔），庵里有带发修行的妙玉，惜春既然从小就有剃度出家的想头，她怎么不找机会去亲近妙玉，只是跟贾氏宗族家庙水月庵的尼姑们一起玩儿？这当然可能是妙玉拒人于千里之外，但更重要的原因，是虽然妙玉和后来的惜春都遁入空门，但她们二人所“了悟”的，并不一样。

妙玉自称“槛外人”，有病态的洁癖，她的精神境界很高，喜欢庄子的文章，对世界和人生有一种俯瞰的宏大气度，现实的政治功利并没有主动来袭击她，她也并不主动与现实功利发生关系，她在适当的距离之外，冷眼旁观，透视判断。根据我的探佚分析，她在八十回后，牺牲自己，解救了湘云和宝玉，被玷污而玉未碎，她与卑污的忠顺王同归于尽，完成了自己的人生使命。她的“了悟”层次，不仅在政治功利之上，更在凡俗道德之上，具有崇高的内涵，她不仅是在才华上，而且在生命本体的价值追求上，都“阜比仙”。

惜春也是一个“了悟”者，但她的“了悟”，却只是在狰狞的现实政治社会面前的一种坚定的“杜绝”，也就是逃避，或者说是提前了断尘缘以求自保脆弱的生命。

第五回是关于“金陵十二钗”命运的一个总纲，对于惜春，曹雪芹在“金陵十二钗”正册里将她排在第八位，给她的那个册页设计的画面是“一座古庙，里面有一美人在内看经独坐”，判词则是：“勘破三春景不长，缁衣顿改昔年妆；可怜绣户侯门女，独卧青灯古佛旁。”画上和判词都强调是“古佛”“古寺”，可见不会是拢翠庵——拢翠庵是为元妃省亲新盖的，而从那以后到贾府“家破人亡各奔腾”才不过三个春天，绝非“古寺”，也绝无“古佛”——高鹗续书写成惜春后来“就地出家”入住拢翠庵，随着贾家的“沐皇恩”“延世泽”“兰桂齐芳”，她也得以在庵中富足生活，显然不符合曹雪芹原来的构思，曹雪芹在八十回后，会写惜春寄身破败的古庙，苟延余生，每天是要托钵“缁衣乞食”的。

7

第十三回写秦可卿天香楼自尽前给凤姐托梦，最后留下两句恐怖的偈语：“三春去后诸芳尽，各自需寻各自门。”我多次表述自己的研究心得，“三春”不是指元、迎、探、惜里的三个人，而是指“三个美好的年头”。把岁月说成“几春”或“几秋”，这种语言习惯在如今年纪大些的人士口中，仍然时不时迸出。

如果对第五回里，曹雪芹为惜春设计的判词和《虚花悟》曲加以推敲，那就更加清楚了。判词第一句是“勘破三春景不长”，不少人理解为“惜春看破预感到三个姐姐的好光景都长不了”，因此接着有第二句“缁衣顿改昔年妆”，其实这是说不通的，她既然能先知先觉，应该把自己的不幸也预知进去，应该说“勘破四春景不长”或“勘破诸春景不长”，而且，按后面的命运轨迹，元、迎两个姐姐惨死固然属于“景不长”，探春远嫁总比她缁衣乞食好一点吧！

细读《红楼梦十二支曲》里面关于惜春的那一阕《虚花悟》，

劈头两句“将那三春看破，桃红柳绿待如何？”问题就更清楚了，“三春”就是一个时间概念，或者说是一个时空概念，就是说尽管能经历三个美好的春天，但要把事情看破，这三个春天里的那些“桃红柳绿”又能够怎么样呢？永远保持吗？不会的！接下去一句逼一句地把对现实的绝望和出家逃避的决心淋漓尽致地表述出来：“把这韶华打灭，觅那清淡天和。说什么，天上夭桃盛，云中香蕊多！到头来，谁见把秋挨过？则看那，白杨村里人呜咽，青枫林下鬼吟哦。更兼着，连天衰草遮坟墓。这的是，昨贫今富人劳碌，春荣秋谢花折磨。似这般，生关死劫谁能躲？闻说道，西方宝树唤婆娑，上结着长生果。”其中“谁见把秋挨过？”“春荣秋谢”等字样，更说明“春”是与“秋”匹配的时间概念。

8

正如第四十一回“拢翠庵品茶梅花雪”是“妙玉正传”，第七十三回“懦小姐不问累金凤”是“迎春正传”一样，第七十四回后半回“矢孤介杜绝宁国府”则是曹雪芹重笔写下的“惜春正传”。

曹雪芹一支笔真不得了。他笔下的晴雯、芳官，不仅身份、年龄相近，性格也属于热辣任性一类，但他却能在具体的描写中，使我们将这两个人物严格地区分开来。那么，他写妙玉、惜春这两个小姐级的人物，一个早入空门，一个向往空门，妙玉的性格被定位于“放诞诡僻”，惜春则被说成“天生成一种百折不回的廉介孤独僻性”，妙玉万人不理，惜春不喜扎堆，就性格而言，她们是很“靠色”的，但曹雪芹偏使用“间色法”，“特犯不犯”——这都是脂砚斋批语里的语汇——来写，“何不畏难若此”——这也是脂砚斋的赞叹，曹雪芹笔下的这两个先后因“了悟”遁入空门的闺秀，性格虽有相通处，却又完全是两个味道绝不重叠的艺术形象，而尤其值得赞叹的是，第四十一回的“妙玉正传”与第七十四回的“惜春正传”，那把人物性格活跳出来的文字，都仅仅只有一千三百字左右！

“惜春正传”这段情节，起于在抄检大观园后，惜春主动把嫂子尤氏请到她的住处——《红楼梦》里对惜春在大观园的住处前面说是藕香榭，后来具体写到贾母到她房里视察作画进度，则点明是藕香榭旁边的暖香坞，有的古本更写作“暖春坞”或“暖香岛”——要尤氏将入画带走，“或打，或杀，或卖，我一概不管”。曹雪芹把惜春那种冷面冷心冷情冷意，唯求自保，得一个冷生存的内心世界和人际表现，刻画得入木三分。在头晚上凤姐领着一群人到她屋里抄检时，从入画箱子里搜出了宁国府那边他哥哥私自传递到她那里保存的一些赏赐物——确实是贾珍赏的，并不是偷的——事情原委还没有搞清楚，惜春就说：“二嫂子，你要打他，好歹带他出去打罢，我听不惯的。”这表面上跟妙玉那让抬水来庵里洗地的小厮“抬了水，只搁在山门外头墙根下，别进门来”异曲同工，但妙玉的洁癖并不意味着她那冰冷的外部形态所包裹的内心里，并没有与人为善，甚至舍己为人的热情，惜春却是将生命萎缩于自保的层次，是彻里彻外的冷狠。

尤氏按说算得是一个宽厚随和、通情达理的妇人——脂砚斋在第七十五回批语里指出，她的缺点只是“过于从夫”，其实她“心术慈厚宽顺，竟可出于阿凤之上”——她一方面责备入画不该私下传送，使得“如今官盐竟成了私盐了”；一方面希望惜春能够大事化小，小事化了，留下入画照常过日子。没想到惜春竟然决定以抄检大观园为契机，宣布与宁国府一刀两断：“不但不要入画，如今我也大了，连我也不便往你们那边去了。况且近日我每每风闻得有人背地议论，多少不堪的闲话！我若再去，连我也编派上了！”尤氏先还竭力劝解，没想到她说出更惊心动魄的话来：“……古人说的好，‘善恶生死，父子不能有所勖助’……我只知道保得住我就好了，不管你们去。从此以后，你们有事别累我。”两人越说越麻花满拧，尤氏说惜春：“可知你是个心冷口冷，心狠意狠的。”惜春就干脆把话说到最绝处：“古人曾也说的，‘不作狠心人，难得自了汉’。我清清白白一个人，为什么叫你们带累坏了我？”尤氏“心内原有病，怕说这些话，听见有人议论，已是心中羞恼激射”，于是在忍无可忍中，也就带着入画拔腿走掉。

以往绝大多数读者，对惜春所说的“近日我每每风闻得有人背地里议论”，以及尤氏“怕说这些话”的心病，理解成类似柳湘莲在宝玉面前发的议论“你们东府里除了那两个石头狮子干净，恐怕连猫儿、狗儿都不干净”。这样的理解当然并没有错，宁国府的秽闻糗事确实很多，惜春听了难为情，尤氏知道恶声播于外更觉得堵心，但我个人的看法是，惜春所焦虑和尤氏所避忌的，其实是更隐蔽，也更险恶的风声。请注意惜春所强调的是“近日我每每风闻”，倘若单是那些男男女女的秽闻糗事，早在元妃省亲前，惜春还很小的时候，焦大醉骂“爬灰的爬灰，养小叔子的养小叔子”，多少人听见了，还等得到“近日”才传进惜春的耳朵吗，惜春决意杜绝宁国府，说到底，还是她早就预感到秦可卿的事情并没有真正结束。曹雪芹把她设计成和秦可卿一样，对贾家经过烈火烹油、鲜花着锦的瞬息繁华，将在从元妃省亲算起的三个春天过去后，在四春里陨灭，具有先知先觉的意识，秦可卿在给凤姐的托梦里公开了“三春去后诸芳尽，各自须寻各自门”的可怕预言，那么，惜春在与嫂子尤氏的这番对话里，实际上也表述出了她“勘破三春景不长”的“了悟”，只不过她表达得比较含蓄罢了。在场的其他人可能始终没听懂，尤氏最后是听懂了。惜春说“你们有事别累我”“我清清白白一个人，为什么叫你们带累坏了我？”这话究竟是什么意思？如果说贾珍有秽行，声播于外，尤氏并无这方面的恶名声，怎么叫“你们有事别累我”？而且，惜春那时虽然已经略大，谁会去在男女关系一类事情上污她清白呢？惜春究竟怕什么事情连累到她呢？尤氏怎么会听到最后“心中羞恼激射”呢？倘若只是秽行丑态的风言风语，尤氏不当如此。第七十五回，那已经是尤氏跟惜春分崩离析之后，尤氏从荣国府回到宁国府，还悄悄地隔窗窥听了贾珍、邢大舅等一群狐朋狗友的秽言丑语，对此她的反应是也只能随他们去，并没有“羞恼激射”。

因此，惜春既然说“近日我每每风闻得有人背地议论”，就必须到“近日”里去找依据，那么，“近日”究竟发生了一些什么特别的事情，招致府里上下议论纷纷呢？在紧接着的下一回即第七十五回开头，曹雪芹就交代出，政局发生了变化，江南甄家被皇帝治罪查抄，这件事已经上了“邸报”——“邸报”是一种在贵族官员中普遍散发的皇家公告，就是说这已经不是多大的秘密，这事情已经公开了——而甄家是贾家的“老亲”，属于“一荣俱荣，一枯即枯”的社会关系，宁荣两府里难免就会出现惊惊乍乍的风言风语，惜春本是一个“勘破三春景不长”的先知先觉者，她当然也就预感到“谩言不肖皆荣出，造衅开端实在宁”——也就是宁国府收养“义忠亲王老千岁”女儿秦可卿的事，别以为几年前那个“体面了结”是真了结，很快皇帝就要新账旧账一起算，藏匿“坏了事”的政治力量的遗血这件事，会成为贾氏宗族“造衅”的“首罪”，率先被皇帝重新追究，因此，听了政治性的风言风语以后，第一步，惜春就“杜绝宁国府”。荣国府虽然也风雨飘摇，绝不能久住，但尚可暂住一时，宁国府是绝对不能回去的了，“如今我也大了，连我也不便往你们那边去了。况且近日我每每风闻得有人背地议论，多少不堪的闲话！我若再去，连我也编派上了”！惜春怕编派她什么呢？仅仅是怕编派她在男女之事上“不干净”吗？荣国府难道就干净吗？杜绝宁国府，留在荣国府就能避免道德方面的流言蜚语吗？我认为，她是觉得自己已经“大了”，属于要担待法律责任的了，如果她回宁国府，会有人编派她对藏匿秦可卿的事“知情不报”，甚至编派她的真实身份也和秦可卿一样可疑，因此，她第一步就是跟宁国府彻底划清界限，脱离干系；第二步，当然就是毅然剃发出家，在贾氏宗族在皇帝来打击前就遁入空门，当皇帝的重拳打击来到时，她一来提早跟宁国府一刀两断，二来荣国府的种种“罪行”更与她了无关系，因此，就可能被皇帝放过一马，由她去“缁衣乞食”，她也就不管什么“父子兄弟”，更不管姊妹姑嫂，唯求保住自己，不被连累，不至于被“或打，或杀，或卖”——她为什么把“或杀”排在“或卖”前面，我在别的文章里有详尽解释，这里不再重复。

9

惜春杜绝宁国府没多久，“三春”就渐行渐去，进入到“昏惨惨灯将尽”的“四春”，“家亡人散各奔腾”“各自需寻各自门”，惜春寻到的就是“空门”，她的“奔腾”方式就是“顿改昔年粧”，白日“缁衣乞食”，晚上“独卧青灯古佛旁”，她的肉身苟活于世，她的心却已经死如冰块。曹雪芹通过惜春这样一个形象，提供了一个在威权政治和炎凉世道中以杜绝人际，唯求自保的生命个案。其惨痛的内涵，值得我们在体味中旋转出无尽的喟叹与警觉。

惜春的那幅《大观园行乐图》，贾母后来再无心思过问，大观园的众儿女们也再无心去观她作画，她自己更一定从懒画发展到罢画，乃至毁画弃画。

曹雪芹的后二十八回里，会怎样具体交代，乃至描写到惜春那幅画的下落呢？二百多年后，留给我们的想象空间仍是那么阔大，缥缈。

2007 年 8 月 29 日完稿于绿叶居

红楼拾珠

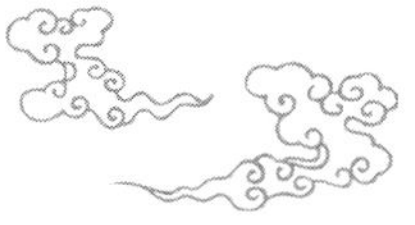

事若求全何所乐

这样的概括有一定道理：林黛玉小心眼儿，但有反封建的叛逆意识；薛宝钗豁达圆通，对封建礼教依顺维护——但请注意，这只是现代人从“一定角度”粗线条概括的“道理”，其实曹雪芹对他笔下的人物总无单线平涂的笨笔，他能写出人的复杂性，所谓“活生生”是也。林黛玉在扬州随贾雨村读书时，年龄还很小，大约才五岁吧，却能自觉地把“敏”读作“密”，以避母亲贾敏的名讳，何尝天生是个“反封建”的“新人”？薛宝钗扑蝶偶然听到小红在滴翠亭里吐露隐私，不惜嫁祸林黛玉来个“金蝉脱壳”，这即使按封建道德规范也是不雅之举。在拢翠庵品茶，林黛玉遭到妙玉尖刻的讥讽：“你这么个人，竟是个大俗人。”她也并没有小心眼儿发作，容纳了妙玉的乖僻。薛宝钗只不过听到贾宝玉一句说她像杨贵妃一般“体丰怯热”，就不由大怒，竟然“借扇机带双敲”，不仅对宝玉冷言怪语，还把无辜的小丫头靛儿呵斥了一顿，心眼儿又何尝宽宏。

在曹雪芹笔下，黛中有钗，钗中有黛，既如二水分流、双峰对峙，又似形动影随、阴晴交融。到第四十九回，宝玉发现林黛玉竟然绝不再猜忌宝钗，二人亲如同胞姊妹，“心中闷闷不乐”“只是暗暗的纳罕”，如此灵动地写出人性复杂、人际诡谲的文笔，是一般先给角色定了性，再去细描的作家决计不能有的。

如果仔细阅读《红楼梦》，就会发现曹雪芹笔下的林黛玉，她的性格虽然始终如一，其思想境界却在不断变化提升。第七十六回，她和史湘云一起在凹晶馆联诗，那时的她，已经不同于吟菊花诗时，少了些幽咽哀怨，多了些淡定禅悟，当时她们在池边两个湘妃竹墩上坐下，看到月光下的美景，史湘云就说应该到水中泛舟吃酒，林黛玉则表示，就那么坐着赏月已经很好了，“事若求全何所乐”。

在前几十回书中，林黛玉给人的印象是个“完美主义者”，她的苦恼，往往缘于“美中不足，好事多魔”（注意：曹雪芹在书里一再地写成“好事多魔”，而非“好事多磨”，有深意存焉），所谓“情重愈斟情”，泪珠也就总是涟涟不断线，但到凹晶馆这一回，她似乎通过生活的磨炼有了顿悟，不再有求全之想，眼泪也似乎所储不多，作为天上的绛珠仙草下凡历劫，她偿还神瑛侍者甘露浇灌之恩，已经所欠有限。据周汝昌先生考证，按曹雪芹的构思，林黛玉并不是死于高鹗所写的什么“调包计”，而是因为遭到赵姨娘诬陷（硬说她与宝玉有“不才之事”），以及吃了贾菖、贾菱错配的药（这从第三回脂砚斋的一条批语可知），“风刀霜剑严相逼”，便自己沉湖而殁了。史、林联句中有“寒塘渡鹤影，冷月葬花魂”的句子，就是在暗示她们二人最后的归宿，通行本《红楼梦》后一句作“冷月葬诗魂”，有的人很欣赏，但曹雪芹的原笔应该就是“葬花魂”（书中几次出现“花魂”一词，黛玉葬花时吟的就有“昨宵庭外悲歌发，知是花魂与鸟魂？花魂鸟魂总难留，鸟自无言花自羞”等句），鹤鸟喻湘，花魂喻黛，这是我们应该知道的。

“事若求全何所乐”，揭示了一条真理，就是你一定要追求美，却无论如何不必追求完美。比如有的人讲究卫生，达到怎么洗手都觉得不能达到完美境地的程度，就没完没了地洗个不停，终于洗完，一拿东西，就立刻怀疑沾染了病菌，心里总闷闷不乐；再比如有的女性其实相貌身材并不差，却为了完美去一再地整容，有的虽然没造成什么不良后果，却被亲友一句“你没原来自然”弄得气急败坏，更有的上当受骗，花费不赀却成为“丑容”，面对美容机构的推脱耍赖，踏上了漫长的投诉、诉讼之路；还有人一味追求人际上的“人见人爱”，削掉了必要的性格棱角，甚至不能坚持原则，到头来隐忍了对个别、少数腐化分子的恶感，没有去抵制抗争，弄得反而得罪了大多数，甚至在腐化分子被查处时还惹了一身骚。以上是自己对自己求全闹得痛苦焦虑，对他人如果求全责备，缺乏宽容忍耐之心，也会闹个心烦意乱，抑郁暴躁，难以与人共事。追求完美如果达于极端化，会造成病态人格，甚至精神分裂，因为觉得自己怎么都难以完美，便会自杀，而觉得人家实在是不能完美，便会产生“干脆把其灭掉”的恶念。

林黛玉最终被其所处的险恶环境所毁灭，是大悲剧的结局，但她给我们留下的“事若求全何所乐”的悟语，却值得我们细细体味，有利于我们培养健康的心理素质，提升我们的精神境界。

是真名士自风流

琉璃世界白雪红梅，大观园的冬景真是美丽动人，然而更美的是活跃其间的青春花朵，脂粉香娃割腥啖膻。史湘云带头大嚼烧烤鹿肉，今天的“布波族”不会认为吃烧烤是不雅之举了，但在曹雪芹笔下那个时代，贵族家庭的主子是绝不能吃“自助烧烤”的，来客居的李婶娘就认为那是吃生肉，对之惊诧不已。但是史湘云真如海棠怒放，娇憨潇洒，不仅自己吃得津津有味，还带动宝琴等都围上来尝鲜，林黛玉就打趣说：“今日芦雪庵遭劫，生生被云丫头作践了，我为芦雪庵一大哭！”史湘云就还击她说：“你知道什么！是真名士自风流，你们都是假清高，最可厌的！我们这会子腥膻大吃大嚼，回来却是锦心绣口！”果然，后来在芦雪庵联诗，独她和宝琴两个吃鹿肉最多的大展奇才，技压群芳。

是真名士自风流，这里的“风流”，是“数风流人物，还看今朝”的那种用法，指才能出众，光彩溢人。整句话的意思就是真正的高雅人物用不着装扮做作，其一举一动自然而然地就能显示出超俗洒脱的高品位来。

史湘云在《红楼梦》里，是最具天然健康之美的绝品女性。林黛玉是病态美,当然那也是一种独具魅惑力的美,贾宝玉就为之倾倒。薛宝钗是一种自动收敛的含蓄美，吃冷香丸以压抑内在的“热毒”，住进大观园的蘅芜苑以后，居室雪洞一般，连贾母都觉得素净到没有道理的地步，但她“任是无情也动人”，自《红楼梦》流布后，多少读者把她设定为梦中情侣。曹雪芹笔力真是令人惊佩，按说塑造出林、薛两个形象已经难能可贵了，他却又写出了一个史湘云，绝无林黛玉那样的病态，也绝无薛宝钗那样的内敛，天真烂漫，如云舒卷，她的割腥啖膻，以及醉卧芍药裀，我们从旁看去，绝对是曼妙的行为艺术，但是就她自己而言，完全是率性而为，跟她穿上宝玉男装哄得贾母以为就是宝玉，以及在大雪地里扑雪人等行为，都是她活泼泼生命力的惯常状态，不是像黛玉葬花那么精心预设、理性驾驭，也不像宝钗扑蝶那么只是偶一为之难得再现。

是真名士自风流，天性的底子固然是一个潜在的因素，但更应该说那是一种修养、一种境界。现在小资一族追求所谓品位，一般的段数，是达到使用宜家家具，喝星巴克咖啡，吃必胜客比萨饼，读昆德拉和张爱玲，看法国艺术电影，养吉娃娃狗的境界……有人指责他们“躲进小巢成一统，管他国事与民工”，其实那是不公平的。多数这样的人士是心怀世界的，网上的许多相关的帖子，是他们贴上去的，对于经济状况比自己低下的社会群体，他们中的多数也是在意，而且在力所能及的前提下，是有所捐助的。这里要提醒他们的是，学学史湘云，去除矫情做作，崇尚自然洒脱，修炼成风流倜傥的真名士。

忽然想到了陆文夫。这是一位从不张扬的杰出作家，他一生居住苏州，描写苏州，他的作品可以说是姑苏风味十足，小桥流水声潺潺，小巷深处响筝琶，极富特色。在他身上，我就体味到是真名士自风流。一次是 1978 年，他来北京领全国优秀短篇小说奖，我称他陆大哥，早就仰慕他的大名，亟欲与他交谈，以获教益。于是一天他就牵头，到招待所外面一家餐馆去聚餐，我自然紧随其后，到了餐馆坐他身边，大家随意闲谈，兴味盎然，酒尽之后，他站起来撤出，大家也都纷纷踱出餐馆，到了街上，还边走边聊，我总问他些短篇小说的技巧问题，他的回答听似漫不经心，后来细加咀嚼，却都是点铁成金之言。走出很远了，陆大哥忽然止步，微笑问我："我们付钱了吗？"啊呀，大家才想起来，我们竟忘了付账就离开餐馆了。于是我随陆大哥回餐馆，他补付餐款，我问柜台上的人："你们当时怎么不拦住我们啊？"他笑指陆大哥说："一看就不是俗人，肯定会回来补钱的，我们着什么急啊！"

陆大哥那似乎永不会发脾气，永不会高声急语，永是蔼然可亲，永能将就他人的音容笑貌，此刻宛在耳边、眼前。又想起 1983 年，我们同游洪泽湖，一行人同乘一辆面包车，雨后路滑，车行减速，中途还抛了锚，我坐在车上，望见柏油路外一片泥泞，心中颇为不快，但忽见陆大哥从容下车，姿态优雅地走向村路边的一个粥摊，要了一碗清粥，坐在那粥摊简陋的木桌旁的长条凳上，两只脚小心地踩定于泥泞中，喝起了那碗粥来。哎，他那将喝一碗乡村清粥当作审美活动的意态，真难描摹，我确实就联想到了《红楼梦》里史湘云的割腥啖膻，湘云说那之后才有锦心绣口，而也恰恰在喝那清粥后不久，陆大哥就发表了绝妙佳构《美食家》，是真名士自风流，这不是在当代的最好诠释吗？

唯大英雄能本色

因为朝廷里薨了一位老太妃，皇帝敕谕天下，凡有爵之家，一年内不得筵宴音乐，因此贾府为元妃省亲所准备的梨香院十二官，也就应该蠲免遣发，但她们原是拿银子买的，“产权”属于贾府，因此也可以留下她们当使唤丫头，最后有八个官愿意留在贾府，自愿离去的是龄官、宝官和玉官，龄官画蔷和情悟梨香院是《红楼梦》里的重场戏，但龄官和贾蔷后来究竟是终成眷属，还是劳燕分飞，因为曹雪芹的八十回后失传，我们不能得知；还有一个菂官死掉了；留下的八官分别被派往各自主子处，贾母要了文官，宝玉处是芳官，黛玉处是藕官，宝钗、湘云、探春、宝琴、尤氏处分别是蕊官、葵官、艾官、荳官和茄官。

这留下的八个女孩，十分淘气，芳官尤其活泼伶俐，宝玉十分欣赏她，把她装扮成小土番模样，还给取了个诨号“耶律雄奴”，后来因为有人咬不准音，叫成了“野驴子”，于是又改叫“温都里纳”，据说是海西福朗思牙金星玻璃石的译音。芳官自己很得意，大观园的众儿女为之雀跃，一时风气大炽，宝琴的荳官也扮成了书童，如此有趣的事，湘云岂有不参与的，她便将原来唱大花面的葵官也扮成个男子，因为葵官本姓韦，就唤作“韦大英”，暗“唯大英雄能本色”的意思。

湘云在书中，是最具本色美而且有豪气的女性。她自己也很喜欢女扮男装，有一回她穿上宝玉的衣服，站在离贾母稍远的地方，哄得贾母把她错认为宝玉，逗得人们都笑起来。黛玉很真情，不虚伪，但黛玉小心眼，疑心大，常对宝玉使小性子，未免矫情；宝钗打小就靠“冷香丸”维持生命，拼命压抑自己青春少女的情怀，用一副中规中矩的面具来取悦他人，尤其是长辈，只偶尔露出点真性情，如宝玉挨打后去探望时，总体而言，她很不本色。

第五回贾宝玉神游太虚境，看到“金陵十二钗”册页，还聆听了红楼梦十二支曲，关于湘云的《乐中悲》曲里明确地唱道：“幸生来，英豪阔大宽宏量，从未将儿女私情略萦心上。”最近周汝昌前辈在其新著里指出，贾宝玉对林黛玉是怜多于爱，他所真正钟情的，其实是史湘云，书中第三十一回回目“因麒麟伏白首双星”指的就是宝玉与湘云最后遇合，得以白首偕老。对于周老的前一判断，我目前还难以全部认同，从八十回书里看，就情爱而言，宝玉真爱、挚爱、只爱黛玉，是非常清楚的，而在他与宝钗、湘云相处时，则可以看出，他对她们非常欣赏，有深厚的感情，但只是闺友闺情。从薛宝钗方面来说，她是暗恋宝玉的，但她努力压抑自己那“越轨”的情愫，她并没有像她母亲和姨母王夫人那样，处心积虑地想让贾宝玉娶她，她的本性还是善良的，结局也是悲剧性的；从湘云方面来说，在八十回书里，她并没有情窦初开，爱上宝玉或别的男子，她是自自然然地、坦坦荡荡地跟宝玉及众姊妹相处，天真烂漫，口无遮拦，率性而为，诗意生存，有一定的中性化特色，既是巾帼英豪，也颇有男子汉气派。

湘云给葵官取“韦大英”的名字，并非只是因为葵官正好姓韦，将就而名，实在是因为她把“唯大英雄能本色”作为座右铭，我们都记得，她在芦雪广（这“广”字在繁体字系列里，与现在作为简化字的“广州”的“广”字是两回事，读作掩，意思是依山傍水修建的亭榭），曾带头烧烤，大嚼自烤的鹿肉，在黛玉讥讽时，说过“是真名士自风流”，“唯大英雄能本色”与“是真名士自风流”可以作为一副对联，倘加一横批，则“霁月光风”可矣。

就做人而言，千色万色，本色最难。所谓“大英雄”，并不一定是在政治上、经济上、学术上取得多么骄人的成绩，一个人能心无恶意，善意待人，对社会有益，对自己负责，就是无名英雄，不枉来世界一趟。

眼下我们都处在社会转型期，有人说，在如此诡谲的世道中，不得不戴上一定的人格面具，以自我保护，“不如意事常八九，可与人言无二三”，因此活得很累，并且常常是在热闹场中，在看似喧嚣嬉笑的场合里，内心依然感到非常孤独，甚至有无助的凄凉感，这样的感受，我以为属于正常。我并不主张大家都像史湘云在大观园里那般本色示人、名士风流，我们处在远比大观园复杂的人际网络里，太直率，过烂漫，确实未必受各方欢迎，也许还会吃哑巴亏；但是，在自己最亲近的家属、姻戚、朋友、同人、同好的那个小社会小环境里，放松自己，以本色示人，还是非常有必要的。说破了，我们之所以那么艰难地应付各方面的人际，为的不就是在从社会人际中得到自己那份正当的报酬报答后，能在亲情、爱情、友情的范畴里，本色一番吗？

小心没有过逾的

薛家寄居到贾家，并不是自家在京城没有现成的房子住，从薛姨妈的角度讲，住在姐姐姐夫家，有很多方便之处，何况戴金锁的女儿须许配给戴玉的，成就一段“金玉姻缘”，当然是离目标越近成功率越高；薛蟠呢，开头还怕姨父管束他，后来发现那姨父根本不理家事，宁、荣两府的表哥贾珍、贾琏又跟他臭味相投，也就“乐不思蜀”，住在荣国府里舍不得搬出去了。薛宝钗恪守孝道，母兄做主，她便依从，当然，住进贾府，而且后来更住进了仙境般的大观园蘅芜苑，使她的生活变得如诗如歌，她表面上不动声色，内心里一定觉得真是三生有幸。

林黛玉刚往荣国府时，也曾提醒自己要“步步留心，时时在意，不肯轻易多说一句话，多行一步路”，但性格支配行为，也决定命运，她后来在那府里，率性而为，多说的话何尝几句，多行的路何尝几步，爱她者固然绝不真正计较，厌她的那就都难以原谅。

薛宝钗的为人处世，有的论家，指出是顺应封建礼教规范，当然有的表现可以那样定性，有的呢，则不必都去“上纲上线”，她有其不同于林黛玉的性格，而就性格而言，其实是难以是非而论的。薛宝钗做事谨慎，这是她内敛型性格决定的，但也有超出性格层面，可以叫作修养的成分在里面，这就是她的优点了。

薛家刚到荣国府，住在梨香院，后来梨香院圈入大观园，成了戏班子居住排练的场所，薛家就另到府第东北角一处院落居住，这院落与荣国府其他建筑群之间有墙隔断，但有夹道角门可通，薛姨妈、薛宝钗，还有薛宝琴、香菱等人，都常使用这个角门。第六十二回，曹雪芹特地写下一笔，就是宝玉去她家做客回来，她跟宝玉同回大观园，一进角门，她就命婆子将门锁上，把钥匙自己拿着。宝玉见了觉得何必多此一举，宝钗就跟他说：“小心没有过逾的。你瞧你们那边，这几日七事八事，竟没有我们这边的人，可知是这门关的有效了。若是开着，保不住那起人图顺脚，抄近路从这里走，拦谁的是？不如锁了，连妈和我也禁着些，大家别走。纵有了事，就赖不着这边的人了。”后来大观园里发现了绣春囊，酿成抄检丑剧，宝钗就干脆搬出大观园，去跟母亲住在一处，更体现出她那“小心没有过逾的”处事原则。

“小心没有过逾的”，意思是就做事一定要小心谨慎这一点来说，怎么样地加小心，都不算过头。这实在是一句金玉良言。最近妻子住院，我去守护，护士跟她已经很熟了，但每次给她打点滴和发药，还是要先看病床上的患者牌证，再问一声她的名字，经确认，才挂输液瓶放小药碗，我就笑问过那护士："这些程序非那么机械地过一遍吗？"她说必须如此，不怕一万，就怕万一，他们医院里就曾有一对双胞胎同来住院，住的不是同一科的病房，一位到花园遛弯儿去了，一位来找姐姐看床上没人，就躺上去看杂志，看一会儿睡着了，护士来给安排打点滴，觉得床上就是那姐姐，就把出液口插在那妹妹手上现成的插口里了，过了半个钟头，姐姐回来才发现弄错了，造成了一次医疗事故！

一位比我还大两岁的朋友，三年前考下了驾照，买了辆桑塔纳开来开去的，刚上路的磨合时期，因为小心，跟在一辆货车后头始终不敢超车，竟跟了十几公里，曾被熟人们引为笑谈，但是现在所有认识他的都对他肃然起敬，因为他三年下来车技娴熟来往自如，却一直保持着零违章和零事故的记录，连小剐小蹭的情况也没有过，搭乘他的车，最安全，最舒适。他对我说，他的诀窍是，能精确判断前后左右的司机究竟想怎么开，"光想着自己不出错是不行的，更要提防他人以错误来妨碍，甚至伤害自己"，他可谓深得薛宝钗那"小心没有过逾的"高论精髓。

薛宝钗命运的悲惨结局，不是她小心过度所致，也不是靠着凡事小心就能加以避免的。那是时代、社会状况和不可抗拒的灾难所决定的，冷艳的牡丹的凋谢，与风露中芙蓉的陨落，同样令我们扼腕叹息，但是薛宝钗的某些想法和做法，体现出一种具有超时代的、普适性的修养，仍是今天的人们可以认同的。

到底还该归到本来面目上去

妙玉在品茶拢翠庵一回中，把那放诞诡僻的性格表露得淋漓尽致，到第七十六回，她第二次正面出场，却将其性格中那温情通达的一面展现了出来。她先在凹晶馆暗处倾听林黛玉、史湘云联诗，听到“寒塘渡鹤影，冷月葬花魂”两句，她转出明处，参与进去，将黛、湘二位引到自己庵中，趁兴将那联诗一口气续完，结果这中秋夜大观园即景联句三十五韵，她一人独占十三韵，黛、湘二位才各有十一韵，她的确是“气质美如兰，才华阜比仙”，黛、湘惊叹：“可见我们天天是舍近而求远，现有这样诗仙在此，却每天去纸上谈兵！”并非谀辞恭维，而是发自肺腑的赞许，这也可见妙玉是曹雪芹心中格外珍爱的一位女性。

妙玉所续的十三韵，依我的推敲，是把八十回后贾府的崩溃和众女子的云散陨落加以了艺术性的概括，特别有意思的两韵，其一是“石奇神鬼搏，木怪虎狼蹲”，字面上是形容大观园夜里那些太湖石和树木阴森可怖，实际上“石奇”也就是“奇石”即贾宝玉，他后来的命运是“神鬼”（主流社会和世俗恶势力）不容，都要来打击他，而“木怪”也就是“怪木”即林黛玉，她后来将被“虎狼”（封建礼教和嗜利者）吞噬，悲惨陨灭。其二是“钟鸣拢翠寺，鸡唱稻香村”，意味着八十回后贾府被抄检治罪后，大观园其他部分一时都空落荒芜了，但妙玉并不是贾府的成员，也不是贾府的奴仆（那个时代主子获罪奴才会被当作“动产”与不动产一起罚没再加分配或变卖），她暂且还可以在拢翠庵里喘息一时；而李纨，我有文章考据出，她的原型，是曹颙的未亡人，曹頫被治罪，她作为寡嫂并不连坐，因此她和她的儿子（曹颙遗腹子）尚可另寻出路，其子后来通过科举当了官，她也就成了诰命夫人，曹雪芹将此人作为原型，加以艺术处理，把她降了一辈来写，但仍留下了不少生活真实的痕迹，这也就是为什么小说里的李纨在贾府倾覆后，犹能凤冠霞帔的原因，妙玉的诗句“鸡唱稻香村”，也正是照应八十回后关于她和贾兰“独好”的情节。

妙玉在续十三韵前，强调“到底还该归到本来面目上去”，这既是美学宣言，也是人生誓言。妙玉是一个在任何情况下，都坚持自己的本来面目，也就是由着自己的性情生活的“畸零之人”，这在任何时代任何地域，都是极难做到的。社会要求个体服从群体，少数服从多数，要求个人将就他人，这是社会运作与发展的必要条件，我觉得我们每个人必须想通，但是我也一贯呼吁社会、群体尊重个体生命，我在 1978 年就发表过一个短篇小说《我爱每一片绿叶》，表达了出自内心的强烈诉求：如果一个人并没有妨碍群体和他人，而且还通过自己的劳动为社会做出了一份贡献，那么群体和他人，乃至社会的各个方面，就不但应该对他或她性格的放诞诡僻或者内敛幽深保持尊重，而且应该懂得，只有各种各样的隐私，各种各样的性格，各种各样的爱好取向，都得到宽容，社会真正实现了多元并存下的公正，才是一种理想的境界。妙玉虽然有缺点，如她嫌刘姥姥脏，不能认识到这位乡下老太婆也有心灵美，就因为贾母把她献茶的成窑五彩小盖钟递给刘姥姥，刘姥姥喝了杯里剩茶，她就连那么贵重的古瓷也不要了。但妙玉总体而言，在权势不容的情况下，仍能那样绝不害人欺人损人地过自己闲云野鹤般的生活，应该说还是很值得肯定的，也是很不容易的。更何况根据我的考证，她在八十回后还勇于牺牲自己，解救贾宝玉和史湘云，那就更令人钦敬了。

妙玉在说了“到底还该归到本来面目上去”以后，进一步说：“若只管丢了真情真事且去搜奇捡怪，一则失了咱们的闺阁面目，二则也与题目无涉了。”这一方面透露出曹雪芹所追求的艺术风格，是以真情真事为根本去生发出艺术的奇葩仙果；另外，这句话也让我们知道妙玉虽然是带发修行的尼姑，她内心里却一直把自己和黛、湘等都视为“咱们闺阁”的成员，她“云空未必空”，身在尼庵，心系闺阁，她也有自己隐秘的情爱生活，不过她所爱恋的并非贾宝玉，对她叹无缘的王孙公子，也绝不是贾宝玉，而有关的交代，可能都在曹雪芹写成又“迷失”的文稿里，我们再不得见，思之不禁长叹！

看见燕子就和燕子说话

在一套《红楼梦》烟画里，有一幅画的是傅秋芳，这是一个并未在前八十回书里正式出场的人物，估计曹雪芹会在八十回后写到她，也许在他撰成的一些文稿里已经正面写到了她，只是跟茜雪、小红狱神庙慰宝玉等五六稿一样，被“借阅者迷失”了。

傅秋芳是在第三十五回被郑重提及的，说是她哥哥傅试算贾政的门生，总想利用妹妹秋芳高攀豪门，常派人到贾府请安联络，那天就又派了两个嬷嬷来，并且还指名要见贾宝玉。那贾宝玉是最厌见愚男蠢女的，却破例地允许两个婆子进怡红院来请安。曹雪芹交代：只因那宝玉闻得傅秋芳也是个琼闺秀玉，传说才貌双全，虽自未亲睹，然遐思遥爱之心十分敬诚，故而爱屋及乌，容那两个傅家嬷嬷近前问好。书里交代，那傅秋芳已然二十三岁，比贾宝玉要大很多。脂砚斋指出，曹雪芹的文笔是“一树千枝，一泉万派，无意随手，伏脉千里”，连第十三回只不过是出现了一次名字的卫若兰，也是八十回后有重头戏的角色，何况第三十五回里对其身份有详尽交代的傅秋芳，肯定不会是一闪后绝不再现的赘物，晚清时的一些读者评家都估计到了这一点，题咏《红楼梦》人物时多有专为傅秋芳而赋的，几十年前的烟画里为她专设一幅，都不足奇。我在所撰写的探佚小说《妙玉之死》里就安排她正面出场，写她对落难的贾宝玉有所救助，这样写可能尚切合曹雪芹设置这一人物的初衷。

傅家派到贾府请安的两个婆子，本是极次要的过场人物，但曹雪芹却让她们承担了极重要的任务，那就是通过她们二人离开怡红院后，一边走一边议论，将贾宝玉的性格加以再次皴染，给读者留下了非常深刻的印象。书里是这样写的，这一个婆子笑道：“怪道有人说他家宝玉是外像好里头糊涂，中看不中吃的，果然有些呆气。他自己烫了手，倒问人疼不疼，这可不是个呆子？”那一个婆子又笑道：“我前一回来，听见他家里许多人抱怨，千真万确的有些呆气，大雨淋的水鸡似的，他反告诉别人‘下雨了，快避雨去罢’，你说可笑不可笑？时常没人在跟前，就自哭自笑的；看见燕子，就和燕子说话；河里看见了鱼，就和鱼说话；见了星星月亮，不是长吁短叹，就是咕咕哝哝的……”

据脂砚斋透露，曹雪芹实际已经大体完成了约十一回的《红楼梦》，最后一回是“情榜”，每个上榜的人物都有一个“考语”，宝玉的“考语”是“情不情”，第一个“情”字是动词，意思是他这人能将自己的感情赋予那些甚至是无情的事物，有着一种博大的泛爱情怀。傅家两个婆子的这段对话不仅是宝玉“情不情”的又一证词，而且也生动地揭示了宝玉那追求无功利的诗意生存的执拗劲头。

贾宝玉这一贵族公子的艺术形象，于我们而言当然主要是具有认识价值与审美价值，并不能作为我们的仿效模范。但他那“情不情”里所蕴含的人道主义因素，仍不失为我们置身于当下社会中，面对弱势群体中的具体成员时，值得汲取的一种情感资源，可以增进我们的同情心，促使我们伸出援手，去扶危济困。

婆子所描述的，宝玉“看见燕子就和燕子说话”等行为表现，我以为那不仅是“情不情”，更是一种让自己的生活更富诗意的人生追求。《红楼梦》里所刻画的贾宝玉，与其说是一个反封建的叛逆人物，不如说是一个总想逸出功利社会的理想主义者，他的理想其实是在任何时代、任何社会体制下都不可能彻底实现的，他要花儿开了不谢，要青春女性容颜永驻，而且永不增岁变老，永是女儿永不嫁人，永远如春花般陪伴在他身边，还要盛宴永不散，欢乐永不歇……我们看不到八十回后的《红楼梦》也许反倒是我们的幸事，说实在的，这样的一个贾宝玉，他面临狂暴的摧花风雨时那撕心裂肺的痛楚，那些文字纵使存在，我们又怎能忍心卒读！

但是，如果不去照搬贾宝玉的那些长吁短叹、咕咕哝哝，而是在时下功利主义甚嚣尘上的情势下，适度撷取他那诗意生存的态度，也能偶尔看见燕子就和燕子说话，看见河里鱼儿跟鱼儿打招呼，把早霞夕阳、月亮星星当作有性灵的朋友，对之凝视沉思，甚或低吟浅唱，肯定是有好处的。我们不能，也不必像贾宝玉那样，非把自己的生存完全地诗化不可，然而我们却真的无妨让自己的生活至少是镶嵌进诗意的片断，对不对？

大小都有个天理

一次饭局上，都是些同行，大家嘻嘻哈哈，随意闲聊，其中一位最抢话头。这本也没有什么，各人有各人的性情，话匣子型的性格，比锯嘴葫芦型的性格，原更适合于社交，本不应对之反感。但那回此公的言谈，竟全是糟改同行及相关熟人的笑话，一会儿把某人在某场合不慎说错的话一再地模仿挖苦，一会儿又把某人难看的吃相模拟得活灵活现，他真是欲罢不能，接二连三，牵四挂五，渐渐打趣到同桌的忠厚者头上，形容他当年作检讨时怎么一副“孙子样”，甚至离席站起，学起某人不雅的“蛙跳步”，连大家都认识的一位资深编辑和一位司机也不放过，讲了二位的无从对证的荤笑话……席上有人听了哈哈大笑，有人抿嘴不语，我实在听不下去，只好佯作去洗手间，避席畏听糟改语。

有人专爱从门缝或锁眼看他人，形成了一种心理定式。比如我刚到某单位时，私下向一位比我资深的人士请教，意思是有劳他把其他跟我们分在一个组学习的人士介绍一下，他就眉飞色舞地给我形容起来，一位当年如何走投无路，是他在大街上偶然遇见了，才大发善心帮助其调到我们单位，而此公普通话又如何蹩脚，以至于在文章里写出了别别扭扭的怪句子；另一位如何在家里受老婆辖制；再一位当年在大会上被当众点名时如何面如土色……就连分组学习作记录的那位女士，他也将其一桩隐私添油加醋地描绘了一番，这么听下来，除了他本人，真真是“洪洞县里无好人”了。那以后，我当然也就成了他对别人糟改的靶子，甚至于，有时在正式社交场合，他也要用一些字面上堂皇的语句，把我讽刺性地介绍给在座的客人，令我既难堪，又无奈。

我现在的怕社交，怕某些饭局，实在跟不愿再遇上这样的人，听这类的聒噪有关。经历过太多的人际摩擦，我现在懂得，尽量以善意看待别人，不吝把真诚的赞语说出口，才应该成为我们的心理定式与社交准则。

因为有了这样的感悟，所以再读《红楼梦》第三十九回的一段“过场戏”，就觉得特别有味道了。曹雪芹写到李纨偶然地从平儿身上摸到一串钥匙，引出她一番感慨：“我成日家和人说笑，有个唐僧取经，就有个白马来驮他；刘智远打天下，就有个瓜精来送盔甲；有个凤丫头，就有个你。你就是你奶奶的一把总钥匙，还要这钥匙作什么？”宝钗跟着说：“这倒是真话。我们没事评论起人来，你们这几个都是百个里头挑不出一个来，妙在各人有各人的好处。”宝钗所说的“我们”，是她们那一群主子小姐，“你们”则是指平儿等上等丫头。接着李纨又赞扬了鸳鸯，说她不仅把贾母伺候得舒舒服服，而且“心也公道”，并不仗恃着贾母的信任依赖“依势欺人”。“倒常替人说好话儿”。惜春也赞鸳鸯，又引得宝玉、探春赞彩霞，当然袭人也就被提出来大加肯定。其中李纨还把对这些人的肯定上升到理论：“大小都有个天理。”

“大小都有个天理”，意思是人无论高低贵贱，他或她的存在，总有个最基本的道理，那就是“各人有各人的好处”，一个人看待别人，应该把这一点作为前提，对家人、亲友要这样自不待言，对待同事、邻居、同行、熟人也要这样。当然，社会确有复杂一面，知人知面难知其心，所共事的也好，所遭逢的陌生人更不消说，确有缺点盖过优点，或竟隐蔽着罪恶意识，对自己可能不利、有害的，对之须加防范，不可轻率置评，但在人际交往中，尊重他人，善待他人，扬其善，赞其美，懂得人与人之间是一种互补互助的依赖关系，还是应该成为我们的主导意识。玩笑可以开，幽默应该有，但无论是背靠背地糟改，还是当面冷嘲热讽，都是不对的，说轻了是低级趣味，说重点就是为人刻薄有违厚道，再说重点，那就是自丑忘形。

李纨那样一群封建贵族家庭的主子们，对其丫头们尚且能多看优点，赞美其好，而且懂得双方的生命历程是在相互依赖中达于和谐的，我们生活在今天人文环境下的人们，互相之间已经没有了主奴关系，难道不是更应该把“大小都有个天理”这句话铭记在心，在为人处事中多些相互肯定、真诚赞语吗？

朴而不俗 直而不拙

一般读者都记得惜春会画画，天津泥人张曾创作过一座非常生动的泥塑《惜春作画》，那照片经许多报刊登载，风靡一时，电视连续剧里也有表现惜春作画的段落。但一般读者往往忽略了探春的专长，只知道她诗才逊于黛、钗、湘，似乎只有理家方面的管理才干。其实，曹雪芹也是把她作为一个书法家来塑造的，我们万不可眼错不见。

《红楼梦》里除了在表现秦可卿卧室时使用极度夸张的手法外，对其他居室的描写一律是写实的手法。他那样表现秦的卧室，是别有用意——暗示她真实的皇家血统公主身份，他是不得不用那样的“曲笔”。描写贾府空间别的部分他虽然也有艺术升华，但力求给人以真实感，比如他写林黛玉第一次进入贾政王夫人居住的荣国府正房，就见到炕上“靠东壁面西设着半旧的青缎靠背坐褥”“挨炕一溜三张椅子上，也搭着半旧的弹墨椅袱”，“半旧”二字两见，倍增可信度。

刘姥姥二进荣国府，贾母带她在大观园里溜了个够，几乎把每位小姐的闺房都逛到，其中描写最细腻的，就是探春住的秋爽斋。探春素喜阔朗，三间屋子不曾隔断，当地放着一张花梨大理石大案，案上垒着各种名人法帖，并数十方宝砚，各色笔筒，笔海内插的笔如树林一般，那一边设着斗大的一个汝窑花囊，插着满满的一囊水晶球儿的白菊；西墙上当中挂着一大幅米襄阳《烟雨图》，左右挂着一副对联，乃是颜鲁公墨迹，其词云“烟霞闲骨格，泉石野生涯”；案上设着大鼎，左边紫檀架上放着一个大观窑的大盘，盘内盛着数十个娇黄玲珑大佛手；右边洋漆架上悬着一个白玉比目磬，旁边挂着小锤……怎么样？古今书法家，几人能够拥有一个如此高雅阔朗的挥洒空间？

元春省亲后，“便命将那日所有的题咏，命探春依次抄录妥协”，之所以点名让探春抄录，就是因为元春知道这个妹妹精于书法。

光看上面对于探春居所的描写，我们难免会觉得她的审美趣味十分贵族化，她使用的陈设的那些东西，哪一样不是精妙昂贵的，有的更可以说是无价瑰宝，但曹雪芹把探春的审美品格设定在了更高的段位上，那就是超越了一般的富贵与高雅眼光，更能追求来自乡土民间的淳朴之美。在“饯花节”那一天，她把宝玉哥哥叫到一边，嘱嘱地说私房话，托付宝玉去外面给她买回些美丽的东西来，宝玉一时也想不出有什么可买的，对她说外面“左不过是那些金玉铜磁没处撂的古董”，她就点明：“谁要这些，怎么像你上回买的那柳枝儿编的小篮子，整竹子根抠的香盒儿，胶泥垛的风炉儿，这就好了，我喜欢的什么似的……你拣那朴而不俗、直而不拙者，这些东西，你多多的替我带了来！”难怪她屋里卧榻，那拔步床上，悬的是葱绿双绣花卉草虫的纱帐，从农村来的板儿立即认出上面有蝈蝈和蚂蚱。

懂得欣赏朴而不俗、直而不拙的乡土工艺品的人士，才算具有高段位的审美品位。眼下中国人真个是富起来了，这里暂且不谈财富分配不公的问题，只就小康与大富的社会阶层而论，追风雅，搞收藏，炫品位，诩内行，一时风气大炽，而各级市场也应运而生，从高级拍卖会，到大众化地摊，吸引了众多的人士，有的一脑门子心思只在低价搜奇以待升值大赚，有的一掷万金气度不凡意在炫富，有的苦心孤诣、呕心沥血誓淘传世瑰宝，有的收进售出频繁与炒股炒汇一个目的属单纯的投资行为……而在这些人士眼中，“柳枝儿编的小篮子，整竹子根抠的香盒儿，胶泥垛的风炉儿”，等等，都属于不值钱的毫无收藏价值的，甚至如果自己偶然摆弄了被人看见了还会觉得“丢份儿”。正是在这种“一颗富贵心，两只体面眼”（这是《红楼梦》里的话）的作用下，朴而不俗、直而不拙的乡土工艺品越来越难觅得，有的已经失传。鸡年庙会上，我见到了大量工业流水线上生产出的塑料鸡、棉绒鸡、铁皮鸡、石膏鸡，就是见不到手工制作的布鸡、泥鸡，好不容易见到了吹糖鸡捏面鸡的，却是围观的不多购买的更少，跟那民间小贩一聊，说是没办法，也就是自己跑来找个乐儿，靠那手艺根本无法维生。

我们这社会还需要推广探春式的审美观，懂得鉴赏朴而不俗、直而不拙的草根产品，不仅可以保存一大批民间工艺制作的文化遗产，还可以维系富裕阶层与清贫阶层的心灵沟通，有利于在审美共识中，滋润出和谐的社会气象来。

竟是拈阄公道

英国的莎士比亚生活在 16 世纪末 17 世纪初，比曹雪芹早一个多世纪，他作品里有句名言：“弱者，你的名字是女人！”曹雪芹也同情被社会所摧残所毁灭的弱女子，但他的思想境界比莎士比亚更上层楼，他宣称“女儿是水做的骨肉”，创作《红楼梦》的动机，是因为“忽念及当日所有之女子，一一细考较去，觉其行止见识，皆出于我之上，何我堂堂须眉，诚不若彼裙钗哉？……闺阁中历历有人，万不可……使其泯灭也”。他笔下的青春女儿形象，个个性格凸显，如闻其声，如见其形，又各不相同，有的豪爽，有的泼辣，有的姣俏，有的端庄，有的狡黠，有的伶俐……有王熙凤那样的“巾帼英雄”，也有迎春那样的懦弱小姐。

迎春的身份，各古本《石头记》里歧文横生，有贾赦前妻所出、贾赦妾生、贾政前妻所出、贾赦女过继给贾政等不同说法，可见曹雪芹在对这个角色定位时，颇费神思，因为全书稿未定曹雪芹就溘然而逝，所以尽管我们能大体知道迎春出嫁后被孙绍祖这匹“中山狼”蹂躏而死，但具体的情节，还是只能依靠想象。就迎春这个形象而言，以莎士比亚那句名言来对之喟叹，是恰切的。

1874 年英国出版了一本名为《龙之帝国》的书，书里写到英国商人菲力普向接待他的曹頫讲起了莎士比亚戏剧故事，忽然发现屏风后有人偷听，曹頫去从屏风后揪出一个少年，加以责备，这个少年应该就是曹雪芹。这是一段与英、中两国大文豪都相关的趣闻，足充谈资。

迎春的相貌，第三回通过林黛玉进府有所描写：合中身材，腮凝新荔，鼻腻鹅脂，温柔沉默，观之可亲。一次贾政、王夫人召见府中子女辈，宝玉到得最晚，见他进屋，唯有探春、惜春和贾环站了起来，这就点明，迎春比他们四位都大，因为是姐姐，所以见了宝玉不用起立迎接。在这样一个封建礼法森严的环境里生活，迎春因为与世无争，能忍能让，因此不像其他姐妹们那么时生焦虑，和所有的上下人等都从无龃龉冲撞。第三十八回写众女儿吃蟹之余，林黛玉倚栏杆坐着钓鱼，宝钗俯在窗槛掐桂花蕊掷向水面喂鱼，探春、惜春、李纨立在垂柳荫中看鸥鹭，而迎春呢，曹雪芹为她设计的行为是“独在花阴下拿着花针穿茉莉花”，这是多么娴雅柔媚的女儿形象。谁能将其绘成绝美的仕女图？

迎春在书中很少开口说话，即使有话，也多半是被动式，人问她答。秋爽斋偶结海棠社，迎春积极性不高，随大流而已；李纨封她为副社长之一，负责限韵，迎春难得地发表了一个看法：“依我说，也不必随一人出题限韵，竟是拈阄公道。”

后来她果然采取了类似拈阄的方式，随手翻书，翻出七言律，于是让大家作七言律，又让小丫头随便说一个字，那丫头正倚门立着，便说了个“门”字，“门”属于诗韵“十三元”，头一个韵就定了“门”，又从韵牌匣子“十三元”一屉中随机抽出“盆”“魂”“痕”“昏”四块牌子，这样就确立了吟白海棠花的全部规则。

在一个利益分割日趋细化，而游戏规则尚不健全的社会环境里，弱者常会选择或服从抓阄的方式。迎春说出“竟是拈阄公道”的话语绝非偶然，这是曹雪芹针对她的性格特点所延伸出的一个艺术细节。在写灯谜诗时，曹雪芹又特意为迎春设计了一首谜底为算盘的诗：“天运人工理不穷，有功无运也难逢；因何镇日乱纷纷？只因阴阳数不同。”这灯谜诗其实表达的是对精确算计的不信任，而宁肯将一切托付给“运气”的那么一种无奈的心情。

在我们当前所置身的社会里，一般老百姓所期盼的，是公平合理的社会分配机制的确立。像北京的经济适用房的发售，对发售对象尽管有相关的规定，但“镇日乱纷纷”，只见有住进去享受三个卫生间安了七台电视，并且楼下停着豪华轿车的；许多符合条件的市民昼夜排队等候放号，却排得死去活来后被告知“此队无效”，望穿秋水，身心憔悴；最新的消息，是采取了迎春那“竟是拈阄公道”的方案，将在电脑上摇号，这对弱势社群来说，也许真是个说不上有多好，但毕竟可以接受的消息。曹雪芹通过他的书弘扬一种“情不情”

的人道情怀，第一个“情”字是动词，就是对“不情”即不懂得感情的事物，也要主动赋予满腔的关爱，现在我们面对着那么多懂感情的普通市民，最起码，要把这“抓阄”的公道履行好，别让类似西安“宝马车彩票案”那样的事态重现吧！

状元榜眼难道就没有糊涂的

元、迎、探、惜四春，在曹雪芹笔下探春着墨最多，元春次之，迎春和惜春升为主角的“本传”只各有半回，迎春的是“懦小姐不问累金凤”，惜春的则是“矢孤介杜绝宁国府”。迎春的身份在现存古抄本《红楼梦》里异文极多，究竟把她设置为贾赦前妻所出，或妾所出，或贾政前妻所出，曹雪芹似乎犹豫过，最后也没有敲定，但惜春设定为贾珍胞妹，这在各古本和通行本上都是一致的。

因为贾氏两府辈分最高的是贾母，她又特别喜欢女孩儿，所以她把两府的小姐都集中到荣国府来抚养，后来又都安顿到大观园里，探春入住秋爽斋写得很明确，迎春和惜春开始说是分别住在缀锦楼和蓼风轩，后来又说分别住在紫菱洲和藕香榭，也许是她们在大观园里搬迁过？

在“惑奸谗抄检大观园”后，惜春因为丫头入画箱子里被翻查出男人物品和一大包金银元宝，算是违犯了府规府法，认为此事令自己丢了面子，就让人去叫来嫂子尤氏，执意要撵入画出去。入画跪求，尤氏认为入画固然不该私自传递东西进园，但那些钱财物品确实都是贾珍赏给她哥哥的，入画并不是像迎春丫头司棋那样与外面的男人私通，只不过是把“官盐”弄得成了“私盐”，罪过不算大，训斥警告一番尚可察看留用，但惜春却冷面冷心，说“快带了他去，或打，或杀，或卖，我一概不管”，尤氏进一步劝说，惜春哪里听得进去，还把双方争论的话题从入画可不可赦，引申到风闻对宁国府的很多不堪议论，因此她不仅是要杜绝入画，还要从今后跟宁国府一刀两断。尤氏在一群丫头、嬷嬷面前被小姑子如此排揎，脾气再好也难隐忍，就说“四丫头年轻糊涂”，惜春顶嘴说“你们不看书不识几个字，所以都是些呆子”，话赶话，尤氏急了，就讽刺她“你是状元榜眼探花，古今第一个才子，我们是糊涂人，不如你明白”，探春这时就说出了一句掷地有金石声的名言：“状元榜眼难道就没有糊涂的不成？可见他们也有不能了悟的！”

惜春性格的孤介乖僻，可与妙玉媲美。她的诗才虽然平庸，却比擅诗的黛、钗、湘等多一方面才能——能画。她的悲惨命运，在第五回里透露得很清楚：“可怜绣户侯门女，独卧青灯古佛旁”。有清代人在笔记里记载，曾见到八十回后古本，惜春最后是“缁衣乞食”。高鹗续书胡写什么“沐皇恩贾家延世泽”，说惜春后来在妙玉被劫后的拢翠庵中安顿下来，那是不符合曹雪芹原意的。拢翠庵是元春省亲时建的，到贾府败落时才三年多的时间，哪是什么“古庙”（第五回太虚幻境册页里画的是古庙），里面又哪儿来的古佛？

状元榜眼探花相当于现代竞赛中的冠亚季军，对这些“蟾宫折桂”“出人头地”者的迷信，不仅过去存在，到如今也还存在于一般俗众之中，但曹雪芹早在二百多年前，就通过笔下惜春这个人物，发出了“状元榜眼难道就没有糊涂的不成？”这样的呼声。抛开惜春这个人物那不近人情，过分地冷面冷心，陷入悲观主义的这一点不论，就她对状元榜眼那具有穿透力的觑破揭露而言，确实是振聋发聩的。当然，惜春对他们的评判另有标准，那就是能否“了悟”，也就是《红楼梦》十二支曲里关涉惜春的那首《虚花悟》里点出的，人需要懂得“将那三春看破，桃红柳绿待如何？……说什么，天上夭桃盛，云中杏蕊多，到头来，谁把秋挨过？……生关死劫谁能躲？”这样的标准太虚无，太消极，我们难以认同，但往昔那些状元榜眼探花大多热衷名利，欲望烧心，有几个真能挣脱名缰利锁，而且能拿出真本事造福社会的？把他们当成“纸老虎”觑破，很有必要。

不仅过去封建社会科举制度下的状元榜眼探花不值得崇拜追逐，就是一再地进行了改革的现代考试、评奖机制下的冠军亚军季军，及什么前多少名，也不能盲目地推崇效仿。遗憾的是，直到今天，把高学历、高名次、高职称、高位置、高头衔、高座次看得过死过重，而忽视了人的实际素质、实践能力、可开掘潜力与可持续前景的庸俗眼光，仍流行于社会，遮蔽、阻挡、妨碍、毁灭有真才实学、实践能力的“无名次”俊杰的现象，仍非个别存在，在这种情势下，我们跟着惜春喊一句“状元榜眼难道就没有糊涂的不成？”，还是有清心醒脑作用的。

水晶心肝玻璃人

王熙凤只约略识得几个字，是贾府年轻一辈里肚中最缺乏墨水的一位，她平时记账、精算、开单、查书等与文字相关的事宜，都支使一个未弱冠小童彩明办理，那其实也就是她的文案秘书。但忽然有一天李纨、探春等找到她，说是要请她当大观园诗社的“监察御史”，她立刻明白，“御使”的高帽子戴到她头上，绝非什么妙事，她戳破探春等人的诡计：“我猜着了，那里是请我作监察御史，分明是叫我作个进钱的铜商，你们弄什么社，必是要轮流作东道的，你们月钱不够花了，想出这个法子来拘了我去，好和我要钱，可是这个主意？”一席话说得众人都笑起来了，李纨就说她：“真真你是个水晶心肝玻璃人！”

李纨说王熙凤是个“水晶心肝玻璃人”，明褒实贬，听话听声，锣鼓听音，王熙凤是个任何方面都要拔尖占强的人，受此讥讽，岂能甘休，就说了“两车无赖的泥腿市俗家常打算盘分金拨两的话”出来，惹得一贯寡言少语、笨嘴夯腮的李纨，也就一口气说出了一大篇揭她短处的话来，甚至说王熙凤跟平儿“只该换一个个儿才是”——这段文字不仅把李纨性格塑造得更其丰满，也是“草蛇灰线，伏延千里”，逗漏出八十回后，确有王熙凤被贾琏休掉，平儿被扶了正的情节。

所谓“水晶心肝玻璃人”，并不是说此人单纯，对他人的透明度高，无城府，忒直率，而是指其聪明过人，机关算尽，对他人的意图，哪怕是非常含蓄地表达出来，甚至还不及将整个意思表达完毕，就已经心知肚明，并立即有了应付的词语与策略。王熙凤正是这样，她点破探春、李纨等人的诡计，遭逢李纨一番超常发挥的抨击后，飞快地适应形势，转攻为守，甚至不惜营造出一种“缴械投降”的氛围，谋求“哀兵必胜”的效果，当李纨最后问她：“这诗社你到底管不管？”她的回答真是非常漂亮：“这是什么话，我若不入社花几个钱，大观园里我不成了反叛了，还想在这里吃饭不成？明日一早就到任，下马拜了印，先放下五十两银子，给你们慢慢地做会社东道，过后几天，我又不作诗作文，只不过作个俗人罢了，监察也罢，不监察也罢，有了钱了，你们还撵出我来也使得！”一番话化干戈为玉帛，皆大欢喜。

“水晶心肝玻璃人”，更多地意味着对他人有超常的洞察力，《红楼梦》里非常生动地写出，王熙凤如何总能效戏彩斑衣，哄贾母开心，并从贾母因开心而施予的恩宠里，获得实际的好处；她又能将贾琏的心思一眼看破，或以言语点破，或以颜色示之，在前八十回里，基本上将贾琏辖制得无可奈何。王熙凤的这种对他人的洞察力，是她行事胆大妄为的心理前提。虽然我们现在看不到曹雪芹笔下的八十回后文字了，但在前面曹雪芹已经非常明确地告诉了读者，这个“水晶心肝玻璃人”并没有什么好结果，她的生命结局是非常凄惨的:“机关算尽太聪明，反误了卿卿性命，生前心已碎，死后性空灵……呀！一场欢喜忽悲辛……”水晶心一旦破碎，该割出怎样喷涌的鲜血;玻璃人一旦成为碎片，该是怎样一种不堪回首的惨景！

与“水晶心肝玻璃人”对应的，在《红楼梦》语汇里，有一句“痰迷了心，脂油蒙了窍”。“酸凤姐大闹宁国府”时，王熙凤见了尤氏劈头便骂，就骂出了这句话。一个人“痰迷了心，脂油蒙了窍”，当然是完全昏聩，毫无优点可言了。其实对比于王熙凤，尤氏理事的能力未必逊色多少，像贾母让她为王熙凤操办生日，她就处理得非常好，退回几个“苦瓠子”和几名丫头的“份子钱”，收买了人心，却又并不克扣留给自己，用那些银子把那场生日活动办得丰丰富富，多姿多彩。丈夫贾珍儿子贾蓉都不在家，忽然公公贾敬吞丹而亡，面对这突发事件，尤氏的应变能力也不算弱，体现出一定的理事水平。尤氏这方面的能力受到抑制，主要是因为她丈夫贾珍爵位在身，又是一族之长，非常强悍，况且她是填房，跟王熙凤带着堂皇的嫁妆被贾琏娶为头房正妻，有所不同。在《红楼梦》里，尤氏戏份不少，细心的读者，应该从那些情节里发现不少她优于王熙凤的地方，但尤氏在八十回后的结局也很悲惨。曹雪芹写出了社会大环境、大事态对个人命运的无情控制，“个人是历史的人质”，不管是“水晶心肝玻璃人”，还是“痰迷了心，脂油蒙了窍”，到头来决定人命运的往往并非其品质，而是大势。

但我们不应因此陷入宿命论中。就个人而言，无论面对怎样的命运，都应努力提升自己的心灵品质，不要做一个“水晶心肝玻璃人”，太累，也太难与人为善，当然也不要“痰迷了心，脂油蒙了窍”，活得懵懵然昏昏然。郑板桥的那“难得糊涂”意蕴还是值得我们体味的，在大事情上要清醒，大原则上要坚守，在小事情，甚至某些中等事情上，对他人无妨“没心没肺”一点，对自己则无妨“得过且过”一点，这样的人生，应该才是朴素自然、问心无愧的。

太满了就泼出来了

贾母发起，“闲取乐偶攒金庆寿”，为凤姐过生日，派尤氏张罗此事，尤氏只能从命。尤氏领命后，来到凤姐房里，商议如何行事，不禁微嗔：“你这阿物儿，也忒行了大运了，我当有什么事叫我们去，原来单为这个。出了钱不算，还要我来操心，你怎么谢我？”凤姐笑道：“你别扯臊，我又没叫你来，谢你什么！你怕操心？你这会子就回老太太去，再派一个就是了！”尤氏于是回击：“你瞧他兴的这样儿！我劝你收着些儿好，太满了就泼出来了！”

《红楼梦》开篇不久，有秦可卿给凤姐托梦的情节，里面就有“月满则亏，水满则溢”的警告，又一连说出“登高必跌重”“树倒猢狲散”“盛筵必散”等含义相通的俗语，不过，那个语境里的“水满则溢”，主要是预示一种物极必反的状态，而尤氏所说的“太满了就泼出来了”，则是抨击一种恶劣的心态，对于读者的启示，侧重面有所不同。

王熙凤那样跟尤氏说话，所仗恃的，就是贾母这座靠山。王熙凤以效戏彩斑衣、噱头不断的手法，哄得贾母开怀大笑，于是她的劣迹丑行，就都瞒蔽过了贾母，以及王夫人等。

读《红楼梦》读得细的人，都会发现书里不时出现“官中的钱”这样一个概念，就是说贾府经济上的开支，是由一个总账房来管理的，凤姐的权限，是向总账房领取了月银月钱后，再按分例往各处发放，从贾母、王夫人起，李纨、宝玉、众小姐，当然还有她自己，一直到大小丫头，都从她手里往下发，按说这些银钱是“官中”的，绝非她的私房钱，但她却总是预支来了以后，便让旺儿拿到外头去放贷取利，利银归己，数年如一日地如此敛财，经常是因为本利没有及时收回，而耽搁了月例银钱的发放，这事后来连袭人都知道了，贾母、王夫人却一直被蒙在鼓中。宝玉挨了父亲暴打后，养伤时说想喝莲叶羹，贾母一迭声地让赶快去做，这事当然由凤姐来操办，她就传话给厨房，让做出十来碗，解释说这东西平时难得做，既然给宝玉做，也就顺便多做些，请贾母、王夫人、薛姨妈等都尝尝，贾母就指责她是拿着官中的钱做人情，贾母的指责当然只是口头上的，心里是觉得这个孙儿媳妇着实是办起事来面面俱到；凤姐也就表示多做的汤，不必由官中开支，这个东道她还做得起。

贾府有府规，有总账房，府里人称之为“官中”，从贾母到凤姐，府里的家下人等，嘴里都承认，甚至敬畏这个“官中”，但实际的情况是，从上到下，许多人心里另有一杆秤，把一己私利奉为准星，损“官中”而肥自身，蔚成风气。曹雪芹写得非常细致，比如关于玫瑰露和茯苓霜的官司，就牵扯面极广，谁真正按规矩行事？凤姐作为内当家，胆子就更大，瞒天过海，贪得无厌，她又不信什么阴司报应，百无顾忌，反正有贾母这位老祖宗的宠信，她的心态岂止是“自我感觉良好”，简直是“自我感觉优秀”，尤氏说她“太满了就泼出来了”，指的就是她那有恃无恐的狂劲。

我认为，“太满了就泼出来了”这句话，作为劝诫一般人要谦虚谨慎，固然也适用，但就其出现的语境，以及其词语的意象而论，应该还是更针对凤姐那样的大狂妄者。

曹雪芹的本意，未必是把凤姐当贪官来写，他笔下的凤姐是个复杂的人物，对于凤姐后来的悲惨命运，他也惋惜悲叹。但是我们今天读《红楼梦》，也无妨把凤姐身上那负面的东西，比如“太满了就泼出来了”的狂妄心态，作为一种借鉴。我们置身的现实里，有的公务员之所以成为毫无顾忌的贪官，也跟凤姐一样，那心态膨胀得太厉害了，觉得自己“朝中有人”，谁能把自己怎么样？“你反映去呀，换个人来呀”！恣行无忌，横行无度，你认为他“太满了就泼出来了”，一时间他却偏泼出些来也还盘踞不移。时下有的贪官连凤姐也不如，凤姐至少还能拿出些银子来请人喝莲叶羹，至少还以公然用“官中的钱”做人情为耻，至少总还能把放出的贷款连本带利收回来，把各处的月银月钱发放下去，拖欠的时间也还有限，现在有的贪官连家里的卫生纸也公费报销，用公费宴私客成为习惯，而违规放出的贷款，根本就无从收回，搞得下面连工资也发不出。

但是，从根本上说，“太满了就泼出来了”，这种心态必然导致行为的严重失范，最后君临其身的并非什么阴司报应，而是现世报，凤姐她“机关算尽太聪明，反误了卿卿性命”“呀！一场欢喜忽悲辛！”就这一点而言，还是足令我们今天的某些人惊悚的吧？

推倒油瓶不扶

王熙凤一张嘴，赛过三千毛瑟枪。她自己巧舌如簧、满嘴滚珠，也喜欢所使唤的人能跟她一样，舌尖生花、口齿脆朗。她宣称最恨那起“必定把一句话拉长了作两三截儿，咬文嚼字，拿着腔儿，哼哼唧唧”的奴仆，“急得我冒火，他们那里知道！先时我们平儿也是这么着，我就问着他，难道必定装蚊子哼哼就是美人了？说了几遍才好些儿”。所以她偶然发现怡红院的杂勤丫头小红，居然说话“口声简断”，立刻召到麾下，加以任用。

大凡读过《红楼梦》的人，都难忘王熙凤的生动言辞。她那“从来不信什么是阴司报应的”“拼着一身剐，敢把皇帝拉下马”的泼辣话，以及形容宝玉和黛玉口角后握手言和“到像黄鹰抓住了鹞子的脚，两个都扣了环了！”等等软幽默，许多读者都能随口道出。

王熙凤一向打心眼里看不起宁国府的尤氏，在贾琏偷娶尤二姐事发，她去大闹宁国府撒泼时，就高声呼出了这样的话:“你又没才干，又没口齿，锯了嘴子的葫芦，就会一味小心图贤良的名儿，总是他们也不怕你，也不听你！”“他们”指贾珍和贾蓉，这二位确实是贾琏偷娶尤二姐的“大媒”。前八十回里，王熙凤在家里对贾琏可是处处要占上风，贾琏在她面前倒仿佛是个“锯了嘴的葫芦”，凡跟她过话总是遭噎，所谓“一从二令三人木”，就是指贾琏在第一阶段总是不得不服从王熙凤，到八十回后，才因她诸恶逐步曝光，进入第二阶段，就是贾琏可以命令她了，最后一个阶段，她被贾琏休掉（“人木”就是“休”，《红楼梦》中经常用“拆字法”暗示人物命运）。

秦可卿丧事过后，贾琏和林黛玉从扬州也料理完了林如海的丧事，回到荣国府，王熙凤设酒宴给贾琏接风，说起协理宁国府，王熙凤一番话亏曹雪芹怎么模拟得来:“我那里照管得这些事！见识又浅，口角又笨，心肠又直率，人家给个棒槌，我就认作针；脸又软，搁不住人家给两句好话，心里就慈悲了……一句也不敢多说，一步也不敢多走。”这是听来令人起鸡皮疙瘩的“谦辞”。说到她所面对的那些仆妇，则这样形容:“咱们家所有的这些管家奶奶们，那一位是好缠的？错一点儿他们就笑话打趣，偏一点儿他们就指桑说槐的抱怨。坐山观虎斗，借剑杀人，引风吹火，站干岸儿，推倒油瓶不扶，都是全挂子的武艺……”则听来足令人倒抽凉气。

且不管那王熙凤如何把自己形容为柔弱善良的憨妇，又如何把别人形容为一群奸狡刁钻的丑类，来达到夸赞自己、堵塞问责的目的，现在我们单把她嘴里所说的那些反面的“全挂子武艺”拎出来探讨探讨，也还是挺有意思的。

如今的某些公仆，似乎有着贾府里那些“管家奶奶”的“遗风”，对上“错一点儿就笑话打趣”“偏一点儿就指桑说槐的抱怨”，在公私宴席上，除了说“荤笑话”，就是此种“打趣”与“抱怨”。对自己所负的那一摊责任，不仅谈不到对人民负责，就是对上司同僚，也无团结奋进、和衷共济之心，“坐山观虎斗”“借剑杀人”是把为人民服务的岗位当成了争名夺利的权力网络，“引风吹火”地制造内部矛盾，所管辖的领域内出了问题不去认真解决，对应予协调解决的兄弟部门的事情更是“站干岸儿”，任凭人家在“险浪”中挣扎也不伸出援手，你说恶劣不恶劣，该不该曝光揭露、批判罢免？

“推倒油瓶不扶”，我曾听胡同杂院的一位大妈告诉我，又可以说成是“带倒油瓶不去扶”，所形容的是极端的不负责任的态度。大妈说，“推倒”不一定是故意要做坏事，但因为一贯马虎，所以会“一不留神”连带着把“油瓶”弄倒，这本来并不难挽救，只要及时地扶起来，问题也就解决了，即便漏出一点油，损失也有限，但就有那么一些人，身负某方面责任，却吊儿郎当，在其责任范围内“油瓶”不慎被带倒后，居然不去扶正，任那油咕嘟咕嘟地流到地上，他心里想的只是“反正这油瓶又不是我故意推倒的”“反正这油又不是我家的”“反正这瓶油流空了，还会再给这块儿补上一瓶来”，这样的家伙，有时就居然以一纸检查混过事故责任之后依然盘踞其位，会上照瞌睡，宴后照剔牙，你说可气不可气？该不该想个彻底杜绝这类“公仆”的法子？

看着多多的人吃饭最有趣的

贾母是个享乐主义者，在吃上严格履行孔老夫子的“八字方针”，即“食不厌精，脍不厌细”，在艺术欣赏上能“破陈腐旧套”，布置房屋，用今天的话来说也就是搞装潢设计，她的趣味既高贵也高雅，这些，读《红楼梦》的人都会留下很深刻的印象。

但是，有一个细节，往往被许多读者忽略，那就是第七十五回，贾母说了句发自肺腑的话，她表达了她的一个最强烈的人生享受，那就是看着多多的人吃饭最有趣的。

贾母是宁、荣两府尊崇的老祖宗。她是女性，地位虽尊，族长还是让贾珍去当。荣国府值班守夜的婆子，吃醉了酒，忙着分主子筵席剩下的果品，当尤氏丫头去支派她们的时候，两个婆子很不耐烦，借着酒劲儿，说出了“各家门，另家户”的话，惹出一场风波。其实我们仔细阅读《红楼梦》的文本，就会感觉那两个婆子说的并不错，宁国府跟荣国府尽管都认贾母这个老祖宗，但是经济上是分开核算的，贾珍过年时会跪在贾母榻前敬酒，但是敬完酒退出去就只顾追欢买笑，何尝真对贾母所在的荣国府这边的得失挂在心上。

贾母是荣国府的顶梁柱。她有很雄厚的私房。人们都知道，她也含蓄地表达过，宝玉、黛玉两个人的一娶一嫁，用不着“官中的钱”，她是全包的。贾琏、凤姐作为荣国府的管家，在开支上掰不开镊子时，跟鸳鸯开口，让鸳鸯协助他们，暗中把属于贾母自己的几大箱金银器皿拿去当了，来应付窘局。鸳鸯为什么那么胆大妄为？其实，鸳鸯做这件事，私下里还是跟贾母汇报了的，贾母只当不知道，鸳鸯只当没跟贾母说，贾琏、凤姐也就只当没做这件事。曹雪芹写得真妙。他写出了封建大家庭“内囊尽上来了”的景象，也写出了家族内部几种人物之间微妙的心照不宣。

贾母刚见刘姥姥就跟她说:“我老了，不中用了，眼也花，耳也聋，亲戚们来了，我怕人笑我，我都不会，不过嚼的动的吃两口，睡一觉，闷了时和这些孙子孙女儿顽笑一回就完了。”这些话，刘姥姥在大观园里那么一逛，心里就明白全是谦辞，你看贾母带着刘姥姥和一群人到了林黛玉的潇湘馆，是怎么对凤姐谆谆教诲，让凤姐和大家懂得蝉翼纱和软烟罗的区别的，再后来到了薛宝钗的蘅芜苑，又是怎么教训薛宝钗不可以那么样地简朴到没道理的地步，立即命令鸳鸯“你把那石头盆景儿和那架纱桌屏，还有个墨烟冻石鼎……再把那水墨字画白绫帐子拿来”，贾母处理这些事情，是非常睿智，也非常麻利的。

第七十三回，一连串的偶然事件，引发出贾母亲自查赌，老祖宗一怒，谁敢徇私？“虽不免大家赖一回，终不免水落石出”，贾母的威严、杀伐，跃然纸上。

所以，把贾母简单化地定位于封建大家族宝塔尖上“福深还祷福”的“享福人”，是不对的。这是一个既放权享受，又时时处处统领家族全局，必要时甚至亲自干预局部，乃至细节的家族领袖。

到第七十五回，跟贾家休戚与共的江南甄家已经被皇帝查抄治罪，而且荣国府已经违反王法替甄家藏匿了转移来的家产，荣国府收取的租米已经不能达到原来的水平，整个儿是个捉襟见肘、风雨飘摇的局面了，但就在这一回，曹雪芹特意写到，贾母自己吃完饭，在地下走来走去“行食”，先叫薛宝琴和探春坐在她吃饭的桌子两边吃，又叫尤氏坐下吃，更叫丫头鸳鸯、琥珀和银蝶都坐在一处吃，这在那样的贵族家庭里，是很出格的。按规矩，不仅奴才没资格坐在那样的地方，当着贾母面吃饭，就是那些媳妇、小姐也不能那样，但是贾母不仅又一次“破陈腐旧套”，而且还跟大家笑道：“看着多多的人吃饭，最有趣的。”

把“看着多多的人吃饭”当作人生的一大乐趣，这说明贾母有一种“全族富足我快乐”的情怀。贾母是一位封建大家庭的总主子，尚且懂得只有“多多的人”，包括她那个空间里的丫头下人全有充足的饭吃，才能称其为繁荣，才能有家族的稳定与和谐，她自己也才能获得坚实的快感，这对今天的某些辖管一大空间或领域的“父母官”来说，应该仍是有借鉴启发意义的吧？

从小儿世人都打这么过的

王熙凤因为贾琏酒后跟下人鲍二家的老婆乱搞，大泼老醋，最后两口子一直闹到老祖宗贾母面前，谁知贾母虽也呵斥贾琏，却当着众人跟凤姐儿说了这么一番话："什么要紧的事！小孩子们年轻，馋嘴猫儿似的，那里保得住不这么着，从小儿世人都打这么过的……"这话凤姐儿听到耳中，落入心底，居然也就不再撒泼打滚，一场闹剧，最后竟以喜剧收场。

过去的评家和读者，有把贾母定位于封建家族宝塔尖上大罪人的，说她不劳而获，穷奢极欲，维护封建正统，而又以虚伪的开明言行迷惑人们，像她在"变生不测凤姐泼醋"后所说的这些话，就凸显出她的腐朽本质：为了维护贾府的正统秩序，不惜撕下封建道德的虚伪面纱，赤裸裸地为封建贵族的糜烂生活辩护，宣扬建筑在对劳动人民敲骨吸髓基础上的享乐主义。

曹雪芹写贾母，却并没有也不可能从阶级分析的角度出发，他忠于自己的人生体验，忠于客观真实，忠于把生活原型刻画到纸上使其获得艺术生命的追求，我们如果摆脱了“以阶级斗争为纲”的视角，冷静地阅读其笔下的文字，就会觉得贾母确实也是一个无法用简单标签来定位的形象。她对孙辈的慈蔼和对贾政贾赦的冷漠，对刘姥姥的惜怜和对府中设赌局的婆子的严厉，对贵族礼数的因循执着和对曲艺表演的破陈腐旧套，对福寿的一再昏祈与对人生艰辛的清醒认知，对生活享受的精致敏感与能糊涂时且糊涂，种种似乎相悖的特性却都很协调地融汇在她的精神世界与行为语言中，对这一艺术形象我们似乎不必去加以褒贬，而应该将其作为认知那一时代的一种生命存在的宝贵标本。

把贾母那一番话，用今天的语言加以详解，应包括以下丰富的层次。第一层，食色，性也，个体生命的性存在，是毋庸大惊小怪的。第二层，在主观上并不真正想改变婚姻状况的前提下，偶尔的性出轨属于“什么要紧的事”！（贾琏和那淫妇虽有些怨嫌凤姐的浪语，但那都不过是趁兴说说罢了。）第三层，在双方都属自愿的前提下，婚外通奸并非什么大罪大恶，“那里保得住不这么着”，夫妻间没必要非闹个鸡飞蛋打。第四层，“小孩子们年轻”，允许年轻人犯错误，人都有一个从荒唐到庄重的成长过程。第五层，不要以为只有自己遇到了这样的窝心事，配偶花心闹出些风流韵事，或者只不过是因为“馋嘴猫儿似的”，不管脏的臭的，都临时拉来泄欲，这类的事情其实可以说是一种普世的规律性存在，“从小儿世人都打这么过的”，只不过很少被人看破说透而已。第六层，看破说透了，配偶双方应该恢复到平日基本上是恩爱和谐的生活常态中来。

一位常跟我讨论《红楼梦》的年轻朋友说，他以为贾母的言论即使搁在今天，也是振聋发聩的。如今关于婚外性行为方面的讨论，能用寥寥几句把观点亮明而且富于雄辩力，超越贾母之上的论家，似还不多见。我向他指出，贾母的论点，朝男性一方倾斜，庇护丈夫一方有余而要求妻子一方容忍则又过苛，不知当年她对贾代善的性出轨是否真能一笑了之。年轻朋友说，去除掉贾母言论中的这一会令女权主义者不满的因素，对夫妻双方“一碗水端平”地要求他们懂得“从小儿世人都打这么过的”，在今天的社会情势下，应该说至少还是很有启发性的。不知读者诸君是怎样的一种看法？

卖油的娘子水梳头

这句话里的“油”不是指食用油，而是史湘云那句“这鸭头不是那丫头，头上那讨桂花油”趣话里的那种女用梳妆油。

这话是王夫人说的。凤姐因病需配调经养荣丸，要使上等人参二两。王夫人先让丫头在自己屋里找，找出来的只有几枝簪挺般细的，剩下全是些须末。去问邢夫人那边，更没有。只好求救于贾母，贾母那边倒有一大包，都有手指头那么粗，但送去给医生看，医生说这东西不能久放，凭是怎么好的，过一百年全变成灰，贾母那里的人参虽未成灰，也都是朽糟烂木，早无性力，根本不能使用了。王夫人于是叹道：“卖油的娘子水梳头，自来家里有好的，不知给了人多少，这会子轮到自己用，反倒各处求人去了。”第七十七回的这段情节，清楚地印证了脂砚斋一再告诉我们的，曹雪芹所写的是贵族家庭的“末世”，八十回后，肯定会一步紧逼一步地写到贾府以及整个贾、史、王、薛“四大家族”的“忽喇喇似大厦倾，昏惨惨似灯将尽”“好一似食尽鸟投林，落了片白茫茫大地真干净”，绝对不会像高鹗那样，还要去写什么“占旺相四美钓游鱼 奉严词两番入家塾”，以及“沐皇恩贾家延世泽”。

“卖油的娘子水梳头”是一句俗语。按说卖头油的老板娘应该最不缺头油使，但是她却偏用刨花水，甚至清水来代替桂花油等化妆品，凑合着把头发勉强梳顺，使其有一点亮光。

现在像《红楼梦》里写到的那种头油，已经近乎绝迹，现在发廊里使用的焗油用料，还有摩丝、发胶什么的，大多含有多种化工原料。当年的头油可都是纯植物制品。我童年时代每天上下学要穿过北京隆福寺庙会四次，尽管关注的主要是零食摊和玩具摊，但逛得久了，也难免会偶尔注意一下别的货摊，记得那庙会上就有老远能闻见气息的头油摊，光顾的主要是妇女，那摊上摆放着大大小小的玻璃瓶子，瓶子贴着花花绿绿的标签，标签上还往往有仕女画，或花卉蝴蝶的图案，那些瓶子里装的就是头油，有桂花油、茉莉油、玫瑰油等不同的品种，看摊的有老板也有老板娘，只记得那老板娘镶着银牙，头上老插着艳丽的绢花，描着弯弯的细眉，脸颊上抹着胭脂，只是不知道她头上是否擦有头油，或者竟是“水梳头”？

后来也曾跟同住一个胡同杂院的大妈，聊闲天时扯到《红楼梦》，涉及“卖油的娘子水梳头”这句话，那大妈却说，她老早听到过这句话，但其意思是形容人“抠门儿”（吝啬）、“善敛财”。一句俗话在流传的过程里，意义不断地丰富，而且在不同的语境里分流转化为不同的含义，是很正常的语言现象。

这话搁到今天，其实还可以引申出更丰富的意思。现在有的经营者，不在提升产品质量、加强管理和科学营销等方面下功夫，单以自己“水梳头”的“苦肉计”方式去谋求成本的降低，甚至压低员工工资，不按规定为全体员工投入医疗保险和养老保险，这种克扣式“水梳头”，必将导致“枯发”“掉发”形成“秃顶”的后果。起先这“水梳头”还只是主观上的收敛，到后来，想拿些油来“梳头”也力不从心了，“水梳头”成了无奈之计。再往后，则意味着企业连头油也没有了，实际上已经停止正常运转，“水梳头”说明还在强撑着脸面而已。当然，也有那样的情况：开头，猛地享受自己的“桂花油”，即从无节制地“增加福利”，发展到无利也“分红”，最后成了“破馅饺子”，甚至是号称“饺子”而无馅，竟是满锅的浑汤烂皮儿，根本就没了“桂花油”，焉能不“水梳头”？某些国企，不就在上演这样的闹剧，最后使绝大多数职工处在悲剧的境遇中吗？

无论是哪种原因导致“卖油的娘子水梳头”，都不是什么好事情。但愿人们在用这话解嘲之后，能将事态调整、纠正到一个正常的、可持续发展的局面。

读书人总以事理为要

《红楼梦》字字玑珠，人物语言尤其精彩，而且十分感性，很少在写人物说话时故意制造哲理警句，真是一个角色有一个角色的独特话语。比如史湘云，这是一个多么具有魅力的艺术形象，但你细检她的语言，都从她活泼的天性自然流出，其中几乎没有什么抽象的理性。“这鸭头不是那丫头，头上那讨桂花油”，谐谑而富有情趣；就是跟丫头翠缕论阴阳，也是一派天真，毫无学问气，像是说绕口令。

但第一回就出场的贾雨村，却是个爱说哲理性语言的角色，第二回他对冷子兴长篇大套地讲述了一番“阴阳二气掀发搏击论”，这里且不去管他，单说第一回得甄士隐资助赴京赶考，他留下的那句话，就值得品味一番。甄士隐头晚才给他银子、衣服，他第二天五鼓竟已启程，留下的话是："读书人不在黄道黑道，总以事理为要，不及面辞了。"

贾雨村是书中除了贾宝玉外，有具体外貌描写的男性，他生得腰圆背厚，面阔口方，剑眉星眼，直鼻权腮，非常雄壮。由于此人后来与贾政过从甚密，双方在仕途经济的价值观上一致，被贾宝玉视为国贼禄蠹，深为厌恶，又由平儿嘴里揭露出他陷害石呆子，将石呆子珍藏的古扇掠给贾赦，还招致贾琏被贾赦痛打，平儿因此咬牙骂他是"半路途中那里来的饿不死的野杂种"。根据前八十回的脂砚斋批语透露，八十回后还会写到贾家败落过程里他恩将仇报，狠踹了贾府几脚，当然最后自己也还是没能逃脱"因嫌纱帽小，致使枷锁扛"的命运，许多评家都指出这个人物是典型的"奸雄"。

但我以为曹雪芹刻画他笔下的人物，虽然有爱憎臧否蕴含其中，但总是还原于鲜活，写出了性格的复杂与人性的诡谲，正如我们不能对历史中的真正存在以人废言一样，对于贾雨村这个艺术角色也不能以其劣行而废其睿智之言。

从《红楼梦》中撷拾人物珠玑般的语言，也就可以将贾雨村的"读书人不在黄道黑道，总以事理为要"作为一例，将这句话从书里剥离出来，搁到今天的社会环境中，对我们仍具有启发性。

中国的阴阳八卦、黄道黑道，西洋的星座运程、扑克占卜，这类玩意不能说完全没有它一定的道理，大体而言是一种概率推测，或模糊数学，更多的因素则是非科学的随心所欲，直到今天，迷信这些而疏远精密科学的人还非常多，包括不少的读书人，比如按属相、血型、星座来判断一个人的气质命运，将其奉为谶言，因吉语少而生焦虑的就大有其例，其实仔细想想，全世界那么多人，若按属相等分类也不过就那么多种，难道各种属相的人真的就同命运共遭遇？就在你身边，也可以找出归于一类但境况大相径庭的例子啊，被那么粗糙含糊的说词搞得神魂颠倒、忧心忡忡，不是太可笑了吗？再比如近期太阳黑子活动频繁，在这种情况下乘坐飞机是否安全？单就这一个因素而言当然安全性是降低了，“不宜出行”，但现在的科学技术足以在飞机导航方面使其影响化解到最微小的程度，而在一个“万年历”上标明是黄道吉日最宜出行的日子和时辰，却又偏偏发生了空难与车祸，这就说明决定事物状态的应该是诸多因素的集合，而精密科学就是认知与把握这些合力的“事理”，读书人实在是应该带头摆脱迷信，“总以事理为要”。

黄柏木作磬槌子

这是歇后语的前半句，后半句是“—— 外头体面里头苦”，这话是宁国府贾珍说的。一些读《红楼梦》的人总没弄清，贾珍虽然比贾母辈分低两辈，比他父亲贾敬和荣国府的贾赦、贾政低一辈，但书里故事开始时，他却已经是贾氏家族的族长，这在那个时代可是个非同小可的身份，贾珍在族务上不仅统管宁、荣两府，他的管理面还包括两府以外的所有贾氏族谱上挂号的人士，建造大观园他是总监工，贾母带领府中女眷和贾宝玉到清虚观打醮，他充当总指挥，大展族长威严，让仆人往躲懒的贾蓉脸上啐口水，把其他族中子弟都震慑住了。书中还有不少细节刻画他作为族长的善于周旋和应对，在家族败像频现的中秋节，开夜宴时大家忽然听到那边墙下有长叹之声，祠堂槅扇有开阖怪响，别人全慌了，他还能厉声叱咤，显示出体现在他身上的阳刚之气。

过去的许多《红楼梦》评论都把贾珍当成个简单的反面人物来分析，特别是他与秦可卿的乱伦关系，老仆焦大之骂，似乎把他钉牢在了耻辱柱上。我却认为曹雪芹并没有把他当作“反面教员”的意思，是力图把一个真实的封建贵族家庭的壮年族长的形象血肉鲜活地呈现在我们面前，他有罪愆，也有光彩，有荒唐，也有魄力，种种因素汇聚在他身上，对这一角色我们不应该粗率地贴标签，而应该细致地分析他的存在方式与审美价值。我在自己开创的“秦学”中，考证出秦可卿的原型是康熙朝废太子胤礽的一个女儿，胤礽在小说中则以“义忠亲王老千岁”的符码隐现，按曹雪芹原来的写法，是因为宁国府冒极大风险收养了“坏了事”的“义忠亲王老千岁”的女儿，所以才终于招致抄家陨灭，“家事消亡首罪宁”正是这个意思，在收养的过程里，秦可卿名义上是贾蓉的媳妇，其实是贾珍的情妇，他们之间的爱情是真挚而深切的。在反复整理书稿的过程中，为了避文字狱，曹雪芹后来听取了脂砚斋的忠告，把已写好的文字删去了很多，又打了补丁，将秦可卿的出身说成是一个从养生堂里抱来的野种。

书里写到贾珍的话语，总是非常贴切于他的身份，性格鲜明，别具韵味。“黄柏木作磬槌子——外头体面里头苦”这个歇后语，是他在接收府里庄田之一的黑山村乌庄头送年租来时，因为乌庄头误以为贾府有宫里娘娘支撑，就一定富贵无忧，说出的带有自嘲意味的一句话。

人最难得的是有自知之明，知己的同时当然还应该知彼，双知的情况下，对自己的劣势一面，应该有自嘲的能力。自嘲能化解焦虑、浮躁、恐惧与慌张；自嘲是软幽默，能在困境中令人软着陆。缺乏自嘲能力的人，即使在优势胜过劣势的情况下，也可能因为心理上的僵硬，而经不起变故，甚至经不起仅仅不过是谣言的冲击。贾珍能当着边远地方来的佃户头子说出这种“露家底”的话，显示出他在家族颓败情势下，还具有相当健康的心理状态，这也是他尚能在颓势中拼力一搏的本钱。

抛开《红楼梦》，撇开贾珍，“黄柏木作磬槌子——外头体面里头苦”这个歇后语，也可以令我们生出许多的联想。世上的人和事，多有与这种磬槌子类似的，但能对此有清醒认知的，不多，能以此自嘲，坦率地面对命运，去努力改变、抗争的，那就更少了。

牛不吃水强按头？

这是一句带强烈反抗情绪的话，所以必须加上一个问号，念出时需在句末将声调往上硬挑。

这是鸳鸯说的。作为老祖宗贾母的宠侍，鸳鸯平时出语总是不急不躁，显得温柔敦厚而又诙谐可人，但没想到老色鬼贾赦竟打上了她的主意，意欲向贾母讨去做妾，邢夫人不仅不阻拦，还亲自去动员鸳鸯，鸳鸯性格中桀骜泼辣的一面于是破茧而出，曹雪芹写了她一系列激越铿锵的话语，读来令人不禁拍案叫绝。

贾府的丫头，有的是家生家养的，有的是中途来的，家生家养的属于“世奴”，是最不能自己把握自己命运的，主子可以任意摆弄她们，反抗往往是徒劳的。鸳鸯偏就属于这一类的家奴，她父母在南京贾府老宅看守空房，兄嫂在荣府当差。非家养世奴的平儿、袭人很为她担心，因为其兄嫂势必会来帮主子逼婚，鸳鸯就说："家生女儿怎么样？牛不吃水强按头？我不愿意，难道杀我的老子娘不成？"

后来鸳鸯那嫂子果然跑进大观园来，企图说服鸳鸯就范，鸳鸯对其心肠一眼洞穿，对平儿、袭人说："这个娼妇专管是个'六国贩骆驼的'，听了这话，他有个不奉承的！"那嫂子刚说有"好话"有"天大的喜事"要告诉鸳鸯，鸳鸯就指着她骂道："你快夹着屄嘴离了这里，好多着呢！什么'好话'？宋徽宗的鹰，赵子昂的马，都是好画儿！什么'喜事'？状元豆儿灌的浆儿又满是喜事！怪道成日家羡慕人家女儿做了小老婆，一家子都仗着他横行霸道的，一家子都成了小老婆了！看的眼热了，也把我送在火坑里去！我若得脸呢，你们在外头横行霸道，自己就封自己是舅爷了，我若不得脸，败了时，你们把忘八脖子一缩，生死由我！"一番痛骂真是酣畅淋漓、血泪交喷。其中"好话（画）""喜事"两句，是以谐音来讥讽其嫂，因为侍奉的是贾府上层，耳渲目染，所以鸳鸯知道宋徽宗画的鹰、赵子昂画的马是好画；清朝时人们最害怕的是出天花，那时往往一蔓延开就会死很多人，特别是婴儿，倘若出的"状元豆"能灌满浆，那么尽管可能会留下麻坑，却标志着生命可保无虞了，所以俗称是"喜事"，急切中鸳鸯说出这么两句，十分符合她的身份见识，也显示出她对其嫂是既气愤更蔑视。

鸳鸯抗婚，是《红楼梦》中最精彩的篇章之一，也为八十回后埋下了伏笔。高鹗的续书，把鸳鸯之死锁定在"殉主"上，这是违背曹雪芹本意的。鸳鸯作为贾母的忠仆，如用今天的眼光看，类似机要秘书的角色，她与贾母在长期相处的磨合中，除了主觉奴顺奴感主恩外，也确实会派生出超越阶级地位的真实感情。贾母如死在她之前，她大为悲痛是必然的，而且她上述激烈抗婚的言行之所以能一时得逞，也确实是因为有贾母这么一个大庇护伞，贾母一死，那就谁也保护不了她，只能落在贾赦手心里了。按曹雪芹八十回后的构思，鸳鸯之死虽会借“殉主”的形式，但实质应该仍是对贾赦的反抗，而且意义还不仅是对一个恶人的反抗，须知像她那样的“世代家奴”是主子以“口”计算的财产，生死都是不能由自己来支配的，你自己去死了那是破主子家的“活财”，会被视为针对整个主子集团的大罪。可惜我们今天已经无缘得见曹雪芹笔下的鸳鸯之死。

时代已经转换，社会已经进步，我们所处的人际间现在已经没有了《红楼梦》里的那种主奴关系，但个人有时还会遭遇不良势力，甚至是恶势力的胁迫，在这种情况下，从鸳鸯身上汲取有益的营养，发出“牛不吃水强按头？”的抗争之声，求助于法制、法律和社会道德舆论，包括公序良俗，摆脱胁迫，使公民权益不受侵犯，仍是保持生命尊严的必要手段。

前人撒土迷了后人的眼

贾琏偷娶尤二姐，王熙凤设计迫害尤二姐，导致尤二姐把已成形的男婴流掉，在悲伤绝望中吞金自尽，被草草火化埋葬，这段故事在《红楼梦》读者中，对尤二姐的同情是一致的，对王熙凤的评价，却产生出分歧，有的觉得王熙凤实在阴狠歹毒，是她人性中黑暗面的一次大暴露；有的却觉得她在那种一夫多妻制的处境里，所作所为，也不失为一种妇女对夫权的反抗，还是有其可以理解与谅解的一面。

清朝入主中原以后，允许满汉通婚，《红楼梦》里出现的女性，实际上是满汉混杂的。曹雪芹所写下的故事，虽然具有明显的自叙性、自传性，但他不愿意把朝代、地域过分坐实。林黛玉进荣国府以后，故事基本上发生在北京，多次写到炕：上炕，下炕，炕桌，一条腿跪在炕上一条腿立在地下吃饭，等等，这都是江南金陵地区不可能有的情况；写书中人物的服饰装扮，男人避免写到辫子，所有的男性角色只写到贾宝玉梳辫子，但又不是清朝法定的那种剃光前半个脑袋上头发的那种辫子；写女性角色的服装基本上全是汉族式样（清代入关后对男子发型服装有严格规定，对汉族女子的服装却基本上维持明代风格），没有旗袍、两把头、花盆底鞋等典型满族女装的描写；至于女性脚的样式，也绝少涉及，以至有的读者一直在问，林黛玉、薛宝钗她们究竟是三寸金莲，还是天足啊。

要说《红楼梦》里完全没有写到女性的脚，那也不对。写"红楼二尤"的故事时，就直接写到尤三姐是小脚，她在对贾珍、贾琏的调戏实行反抗，嬉笑怒骂时，"底下绿裤红鞋，一对金莲或翘或并，没半刻斯文"，这说明尤氏父亲续弦所娶的尤老娘，是汉族妇女，她带来的两个"拖油瓶"女儿，从小就是裹脚的。尤二姐被王熙凤"赚入大观园"，带去见贾母，贾母戴上眼镜看完了她的手，"鸳鸯又揭起裙子来"，这是暗写请贾母检查她的脚裹得好不好，贾母看毕摘下眼镜笑赞道"更是个齐全孩子"，所谓"齐全"就是从头到脚都中规中矩，尤二姐的"金莲"按当时标准来说，是令府里的老祖宗满意的。

但是根据我们对《红楼梦》里诸多人物的原型研究，大体可以确定，属于"四大家族"的女性，应该都是随满俗，脚是天足，不裹脚的，这是因为"四大家族"祖上应该都是早年在关外就被满族俘虏，编入正白旗，成为包衣奴才，他们后来生下的女性，基本上是在满族文化风俗中长大成人的。林黛玉呢，比较费猜测，她母亲是"四大家族"中的女性，但父亲林如海很可能又是汉族，父母是否能形成统一意见，或让她缠足或任其天足，曹雪芹没有写，读者也就只能各随其想。

《红楼梦》里的丫头，傻大姐是特意写到她“两只大脚”，以为鲜明特征，可见府里丫头并非都是大脚，而且丫头们互骂“小蹄子”，又讽刺不愿跑腿是“怕把脚走大了”，可见属于小脚的不少，贾宝玉在《芙蓉诔》里有“捉迷屏后，莲瓣无声”的句子，可见晴雯是小脚，但像鸳鸯那样的府中家生家养的世仆的后代，我们判断她是天足，应该是八九不离十的。

“齐全孩子”尤二姐，死得很惨。一年以后，王熙凤忽然假惺惺地对贾琏说：“我因为我想着后日是尤二姐的周年，我们好了一场，虽不能别的，到底给他上个坟烧张纸，也是姊妹一场，他虽没留下个男女，也不要‘前人撒土迷了后人的眼’才是。”

“前人撒土迷了后人的眼”究竟是什么意思？有解释为“稀里马虎含混了事”的。但古本《石头记》里，写王熙凤说这句话，有的本子在前头是“也要”，有的却是“也不要”。如果选择“也要”——红楼梦研究所校注的现在十分流行的本子，选择的就是“也要”——那么，整句话就不通了，王熙凤是故意说这个话来欺骗人，她不可能直接表明她主张对尤二姐的周年祭“含混了事”。

我曾请教过北京什刹海边的老大妈，她说那是句早年常听见她上两辈说到的俗话，应该是“前人撒土别迷了后人的眼”，意思是做事情要尽量周到，不要前人所做的事情对后人不利。录此以为红学研究者和红迷朋友们参考。

我个人比较倾向于这句俗语的正确说法是“前人撒土别迷了后人眼”，抛开王熙凤什么的不论，就是在今天，这话对我们不也仍有一定的警示作用吗？

清水下杂面你吃我看见

“红楼二尤”的故事是令人难忘的，尤二姐善良软弱，尤三姐泼辣刚烈，贾琏在小花枝巷“包二奶”，不仅包了二姐，把尤老娘和三姐也养起来，贾珍本是色迷，乘虚而入，有一回跑到小花枝巷去，正鬼混间，贾琏回来，贾琏采取了同意“共享”的态度，于是居然兄弟二人与尤三姐同桌共饮，谈笑取乐，这时尤三姐站在炕上，指着贾琏嬉笑怒骂道：“你不用和我花马吊嘴的，清水下杂面你吃我看见，见提着影戏人子上场，好歹别戳破这层纸儿。你别油蒙了心，打谅我们不知道你府上的事，这会子花了几个臭铜，你们哥儿俩拿着我们姐儿两个权当粉头来取乐儿，你们就打错了算盘了！……”她以拿两个贵族男子开涮的方式进行反抗，自己高谈阔论，任意挥洒一阵，弄得那二人连口中一句响亮话都没了，那局面竟仿佛她嫖了男人，并非男人淫了她。一时她酒足尽兴，也不容那兄弟二人多坐，撵了出去，自己关门睡去了。

“清水下杂面你吃我看见”，在这里的意思是“你的意图瞒得了谁，我可是一清二楚”，有一种揭露对方，不屈服于对方而控诉、斥责的力度在里面，因此声调必是拔高的，与“见提着影戏人子（就是皮影戏的角色造型）上场，好歹别戳破这层纸儿（就是放映皮影纸的那个纸幕）”连说，更具冲击力。

这句话在《红楼梦》的另一段故事里又出现了一次。那是宁、荣两府为贾母贺八十大寿，尤氏作为孙媳，必须体现孝道，于是一连几日都不回宁府，白日间迎送宾客，晚间就到大观园稻香村李纨那里歇息。且说那日尤氏晚间一径来至园中，只见正门与各处角门仍未关，犹吊着各色彩灯，就命小丫头叫该班的女仆。没找到一个女仆，只好到二门外去找管事的女人，见到两个婆子正在那里分主子席上撤下的菜果，就让她们去唤管事的女人来，那两个婆子听到并不是凤姐的命令而是尤氏的命令，就不放在心上，还只顾分菜果，说了句“管家奶奶们才散了”，以为就对付过去了，谁知那宁府来的小丫头不是好糊弄的，点破她们如果是荣国府的主子下命令，早就“狗颠儿似的传去的”，那两个婆子一则吃了酒，二则被这丫头揭挑着弊病，恼羞成怒，回口道：“扯你的臊！……什么‘清水下杂面你吃我也见’的事，各家门，另家户，你有本事，排场你们那边的人去！”小丫头便赶到大观园里，当着荣国府的人，把两个婆子的话告诉给尤氏。

这段情节虽然不如二尤故事那么吸引人，但曹雪芹写它的用意很值得我们重视，他是以此来表现贵族大家族各支派间的矛盾。从表面上论，宁国府和荣国府如唇齿相依，荣国府里有两府辈分最高的老祖宗贾母，宁国府里则有整个贾氏宗族的族长贾珍，两府肯定是一荣俱荣、一枯俱枯，利益既然相连难分，两府的主子不分彼此，应该都可以随意地支使另一府里的仆役，但实际情况上，却是不同的宗族支派间貌合神离，表面礼让，而各怀异心，曹雪芹把这一段情节还衍生为邢夫人趁机挤对王熙凤，所谓“嫌隙人有心生嫌隙”，从一桩小事，揭破封建大家族人际间“乌眼鸡”般的明争暗斗，为我们提供了丰富的认识价值与审美乐趣。

两个分菜果的老婆子嘴里讷出的“清水下杂面你吃我也见”（用字与尤三姐略有不同），是反讽的口气，意思是“你别把事情分得那么清楚，不存在什么清清楚楚的可能性”，她们借着酒劲儿居然就紧接着喊出了“各家门，另家户”的话来，把宁、荣两府利益分流、彼此敷衍，甚至龃龉冲突的隐秘一面公开出来，小丫头自然将这话当作把柄，气急败坏地找到尤氏告状，结果一浪推一浪地掀起了轩然大波。

在今天的社会语境下，“清水下杂面你吃我看见”这句俗语，也仍可在特指的前提下，激活为一种对“公开透明度”的朴素诉求。“别以为能瞎糊弄过去，清水下杂面你吃我看见，咱们走着瞧！”还是掷地有声，具有威慑力的。

提防着怕走了大褶儿

寿怡红群芳开夜宴，从贾宝玉和众女儿来说，是一次畅怀惬意的集体行为艺术，但若从贾府的规矩礼数角度上看，则是一次骇人听闻的集体越轨活动。好在袭人、晴雯等很聪明，她们特意把代理王熙凤管理府务的探春、李纨和宝钗都强拉了来，这样，就使这样一次夜聚饮唱的行为，获得了合法性。

贾府里的规矩是很多的，大观园每天早晚，管家娘子林之孝家的都要领着手下几个管事的女人各处检查，这天晚上也不例外，到了掌灯时分，前头一位打着灯笼，林之孝她们来了，先把迎出来的上夜人清点了一下，看了不少，又嘱咐她们别耍钱吃酒，醉后闷睡误事，上夜的都忙说“那里有那样大胆子的人”；林之孝家的又问宝玉睡了没有，宝玉忙出去礼貌招呼，还请她进屋，林之孝家的也就进去，以有脸面的老仆的口吻，对贾宝玉进行了虽很柔和，却又表述得很清晰的劝诫，宝玉只能乖乖听着，丫头们也都只能帮着贾宝玉唯唯称是。后来林之孝家的一行终于离开怡红院，晴雯等忙关了院门，进来笑说：“这位奶奶那里吃了一杯来了，唠三叨四的，又排场了我们一顿去了！”这时麝月就说：“他也不是好意的，少不得也要常提着些儿，也提防着怕走了大褶儿的意思。”

曹雪芹写这一笔，是为了把贵族大家庭的生存方式，展示得更加立体，更加精微。在那样的百年簪缨之族的府第里，服侍过两三代主子的老仆，不仅在诸多年轻奴仆面前威严有加，就是年轻的主子，也须谦恭以待。封建礼法的“大褶子”，在那样的时空里，是不许“走样”的。

麝月是贾宝玉身边的大丫头之一，身份比袭人略低而与晴雯、秋纹平肩，她性格沉稳，不像袭人那样心怀“争荣夸耀”的“大志”，也不像晴雯那么风流灵巧具有个性棱角，比起秋纹来，却又颇显大气洒脱。曹雪芹把她设计成诸芳水流云散的最后见证人，那天夜宴她擎中的签上写着“开到酴醿花事了”的诗句，据脂砚斋批语透露，贾府事败，袭人不得不离开时，曾跟贾宝玉说“好歹留着麝月”，而在曹雪芹已经写成的后数十回文字中，麝月后来也确实成为留在贫困潦倒的宝玉和宝钗夫妇身边唯一的忠仆；而且在古本《石头记》的批语中还有“麝月闲闲无语令余鼻酸，正所谓对景伤情”的句子，仿佛批书人批那段文字时，麝月的生活原型就坐在其身边，足资玩味。据周汝昌先生考证，脂砚斋就是书中史湘云的原型，经过一番颠沛流离，她终于与曹雪芹遇合，联合著书，而麝月的原型，竟也还能找到他们，同度艰难岁月，正所谓“秦淮风月忆繁华”“燕市歌哭悲遇合”。

贾府的倾塌，外在因素当然是主要的，但其内在的腐朽，也是一个方面。所谓“大褶儿”，也就是“大格局”“基本规范”，表面上似乎还具备“驴粪蛋四面光”的假象，颇为堂皇气派，其实内里早已掏空，人人自欺，又各欺人。后来府里乱象迭生，贾母一怒之下亲自过问，严查夜聚赌博，林之孝家的不得不听命盘查，结果一家伙查得大头家三人、小头家八人，通共竟有二十多人卷入，这才知道，夜幕下的荣国府和大观园，表面上是个温柔富贵乡，似乎一派安详甜美，其实早已是鸡鸣狗盗、藏污纳垢，严重地走了“大褶儿”的样，那罩在外面的堂皇衣衫，已经褶乱纽落，露出不雅，而且危机重重，厄运即至。

一种制度、一套规范，一旦确立，就要认真实施，严格考核，“提防着怕走了大褶儿”，按说只能是作为一道底线，哪里能连“大褶儿”也任其走样呢，但是不仅在曹雪芹笔下那个时代，就是到了今天，也仍然存在着连“大褶儿”也不顾，破着脸逾制违规的人与事，真令人气愤扼腕。

维护“大褶儿”，求得表里如一、中规中矩的效果，应该从两个方面入手，一是必须对贪官污吏严惩不贷，提升法律规范的威严，建立健全纯净有效的监察监督机制；二是从群众中来，到群众中去，通过民主程序，剔除“大褶儿”当中的某些华而不实、无从遵循，导致“罪不罚众”或者“卡死善良人，奈何奸邪人”的那些“褶缝”，使我们的制度规范更合理，也更具可操作性。

蝎蝎蜇蜇老婆汉像

我曾写过一篇《话说赵姨娘》，探究过曹雪芹何以会那样地描写她。曹雪芹笔下的绝大多数人物，都塑造得非常立体化，写出了他或她性格的复杂，内心的丰富，人性的诡谲，换句话说，就是有优点写优点，有缺点写缺点，不因其有毛病而舍弃其好处，也不因其有好处而遮蔽其缺失。可是，他写赵姨娘，却用笔刻薄到底，给人平面化的感觉，这个妇人在他笔下只有丑恶、粗俗、愚蠢、颟顸，而无其他表现。曹雪芹的《红楼梦》是一部自叙性的小说，其中的人物都是有生活原型的，赵姨娘也不例外，大概在他以往的生活中，真有这么一位父亲的小老婆，让他想起来就难以抑制自己的厌恶，他将这一生活原型写入小说中时，也就倾注了过多的憎恨与鄙夷，形成了我们现在所看到的一副笔墨。

据周汝昌先生考证，曹雪芹原意原笔，对林黛玉之死的设计，绝非是高鹗所续的那样，是因为凤姐实施“调包计”，贾母变了脸，而“焚稿断痴情”“魂归离恨天”，造成林黛玉死亡的凶手并非贾母、王熙凤，而是赵姨娘。赵姨娘造谣生事，说林黛玉与贾宝玉之间有“不才之事”，又买通在荣国府内药房负责配药的贾菖、贾菱，在林黛玉平日所吃的药里下了慢性毒素，导致林黛玉身心憔悴，最后“冷月葬花魂”，在大观园的水域里沉湖自尽了。赵姨娘这样做的更主要的目的是搞垮贾宝玉，以便由她生的儿子贾环来继承荣国府的万贯家财。曹雪芹本人正是贾宝玉的原型，他对害死林黛玉原型的那个父亲的小老婆，恨之入骨，写入书中时，下笔难以冷静，也就可以理解了。《红楼梦》第七十八回里的《芙蓉诔》，既是悼念晴雯，也兼暗示黛玉的命运，其中“钳诐奴之口，讨岂从宽；剖悍妇之心，忿犹未释”两句，一般论者多以为是痛斥袭人和王夫人的，其实，恐怕理解成是厉骂赵姨娘，更加准确。

我在《话说赵姨娘》一文中，特别提到第六十七回前半回里的一个情节，就是薛蟠从江南带回一批土特产，薛宝钗普遍地分赠给贾府的人，也送给贾环一份，于是赵姨娘就故意拿去给王夫人看，说了些不伦不类的话，本以为夸赞一下王夫人的亲戚薛宝钗能讨个便宜的彩头，没想到王夫人正眼也不看她，让她碰了一鼻子灰，她只好悻悻地走开去。在这段描写里，用了“蝎蝎蜇蜇”这么个形容词，我以为非常生动，把赵姨娘那副丑态概括得十分准确。但后来仔细研究《红楼梦》的文本，我就接受了一些专家早已提出的见解，那就是认为现存的第六十四回和六十七回，特别是这两回的前半回，很可能并非曹雪芹的原笔，而是另外的人补缀上去的。

蝎蝎蜇蜇，形容的是一种仿佛被蝎子蜇了似的，失去了正形的一副猥琐做派，第五十一回里已经出现过这个词儿，写的是在怡红院，夜里麝月出屋方便，晴雯也没披厚衣服，就跟了出去，想吓唬麝月一下，“忽然一阵微风，只觉侵肌透骨，不禁毛骨森然”，宝玉在屋里高声告诉麝月“晴雯出去了！”一来为麝月免受惊吓，二来也为了让晴雯赶紧回屋。这个情节又引出了下面晴雯受寒得病，但为了把宝玉不小心给烧出一个洞的雀金裘修理好，“勇晴雯病补雀金裘”的重头戏。这可都是曹雪芹的原笔。就在这个情节里，曹雪芹写到晴雯回屋后埋怨宝玉：“那里就唬死了他？偏你惯会这么蝎蝎蜇蜇老婆汉像！”

“蝎蝎蜇蜇老婆汉像”，是针对男子汉的讥讽语，意思是你本应是副男子汉的气派，怎么却仿佛被蝎子蜇了似的，失了正形，变得像娘儿们那样婆婆妈妈的，让人看着别扭！在这个具体的情景里，贾宝玉的表现从客观上说是否一定属于“蝎蝎蜇蜇老婆汉像”，容当另议，但这句俗语直到今天，应该说仍有一定的警示作用，那就是提醒诸位男子汉，无论在何时何地，都应该有与自己性别身份相配的做派，千万别遇见某些情况，就变得“蝎蝎蜇蜇老婆汉像”，婆婆妈妈、絮絮叨叨，要么委委琐琐，要么惊惊乍乍，惹人厌烦，尤其是令女性嗤鼻齿冷。

摇车里的爷爷

“摇车里的爷爷，拄拐的孙孙”，这是贾芸说的一句话。

《红楼梦》里写了多组爱情故事：贾宝玉和林黛玉的挚爱，薛宝钗对贾宝玉的冷恋，秦钟和智能儿的热恋，龄官对贾蔷的痴情，尤三姐对柳湘莲的单恋，司棋与潘又安的密恋，贾芸与小红的大胆之恋……其中贾芸与小红的恋爱故事着墨相当浓酽，“痴女儿遗帕惹相思”“蜂腰桥设言传心事”，光是单为他们列出的回目就有这么两条，可见这是两个非常重要的、贯穿始终的角色，他们的爱情故事一波几折，而且像滴翠亭小红与坠儿私语被宝钗无意中听见，宝钗为摆脱自身尴尬处境，竟不惜以金蝉脱壳法，将小红的怀疑转嫁到黛玉身上，这样的情节真是极富戏剧性，对刻画人物起到一石数鸟的作用，也为八十回后铺垫下“草蛇灰线，伏脉千里”的伏笔，真是花团锦簇、灵动飘逸的妙文。

可恨高鹗续书时，把小红写丢了，又胡乱地把贾芸写成一个奸邪的坏蛋，使一些读者至今不能好好地欣赏曹雪芹笔下这两个乖巧而善良的活泼形象。

曹雪芹笔下的贾芸和小红，都是有缺点的人物，贾芸用尽心计以冰片、麝香巴结凤姐以谋美差，小红以伶牙俐齿博得凤姐青睐达到了“学些眉眼高低，出入上下，大小的事也得见识见识”的攀高枝的目的，但这都是些利己而不损人的行为，是由他们的具体的生存环境所决定的，无可苛责。据脂砚斋批语透露，八十回后将写到，已结为夫妇的贾芸和小红甘冒风险，到狱神庙去看望被系缧绁的宝玉，给予他安慰与救助的情节，他们对凤姐也不因其落难而忘恩负义，在那样的篇章里，这两个很世俗的人物将展现出他们人格中颇光彩的一面。可惜曹雪芹已经写好的这些文字，被“借阅者”所“迷失”，我们今天已无缘得见。

贾芸虽是贾氏宗族中的一员，但他家那一支已经非常衰微，他为生存和发展，不得不绞尽脑汁到荣国府里去钻营，一次有幸见到年纪比他小四五岁的宝玉，宝玉随口说了句“你倒比先越发出挑了，倒像我的儿子”，贾芸就趁机而入，笑道:“俗语说的，‘摇车里的爷爷，拄拐的孙孙’，虽然岁数大，山高高不过太阳，只从我父亲没了，这几年也无人照管教导，如若宝叔不嫌侄儿蠢笨，认作儿子，就是我的造化了。”后来他也真以这样的身份混进怡红院直至宝玉榻前，又送白海棠花给宝玉，成为大观园青春儿女结社吟诗的由头。

贾芸所引的俗语，不是汉族的而是满族的，这也是《红楼梦》

将满汉文化融为一体的一例。摇车是满族特有的一种育儿工具，男婴与女婴各有入摇车的时间规定，上摇车是很重要的一个日子，家庭会有一系列特殊的安排，只是摇车的形制今已失传，不知尚有复原的可能否。

贾芸引此满族俗语，有阿谀之态，但也反映出他为人处世有圆通的一面。抛开书中的人物和情节，单就这俗语而言，不仅道出了年龄与辈分不必相谐的生命存在的现实，也蕴含着破除论资排辈定规的活泼思维，这种通达宽容的心理状态，在今天的世道中，也不失为我们现代人可以参照的一种健康标准。时下颇有一些年轻生命似乎“越位存在”，小小年纪就成为畅销书作家，版税收入可以名列于富豪榜中，到学校里去搞抽样调查，从初中生到高中生，以至大学一、二年级学生，会在他们的答卷里将这样的年轻作家与鲁迅并列在“最熟悉”或“最喜欢”的提问后，有的爷爷辈的人就对此义愤填膺，简直不能容忍，但又无法禁绝其存在，弄得自己损元伤身，我建议他们无妨笑道：“摇车里的爷爷，拄拐的孙孙。”不必那么大惊小怪，更不必那么气急败坏，天道、世道往往就会那么“不按次序”，对自己觉得实在是“乱序有害”的事物，可以批评，可以指正，但应该出之理性，心怀开阔，花开花落任由之，由他后浪推前浪。

扬铃打鼓的乱折腾

因为宫里面薨了个老太妃，贾母、王夫人等都必须按皇家制度去参与丧礼，凤姐小产后身体一直难以复原，荣国府里一时颇有权力真空的态势，加上小戏班解散后“十二官”多半都分进了大观园，女孩子们更成了扎堆儿之势，各种矛盾暴露出来，怪事迭出，大哭小叫，官司不断，难解难判，在这纷乱的局势下，连聪明过人、处事果断的探春，也往往没了主意，大有“按下葫芦起了瓢”的狼狈感。

诸种矛盾交织纠结，“茉莉粉替去蔷薇硝 玫瑰露引来茯苓霜”，闹到最后，连宝玉都卷了进去，面对如此情势，大观园该怎么治理？平儿经过一番调查，认定了柳五儿确实是蒙冤，通过宝玉包揽责任，可以解脱彩云，并且保住探春的面子，也不必将柳家的那厨头职务撤销，改换秦显家的，多余地进行一次伤筋动骨的权力改组，于是，她就去向凤姐汇报，说服凤姐采纳她的怀柔政策。

谁知凤姐是个地道的“法家”，她的治理方略是：“依我的主意，把太太屋里的丫头都拿来，虽不便擅加拷打，只叫他们垫着磁瓦子跪在太阳地下，茶饭也别给吃，一日不说跪一日，便是铁打的，一日也管招了。又道是‘苍蝇不抱无缝的蛋’，虽然这柳家的没偷，到底有些影儿，人才说他，虽不加贼刑，也革出不用，朝廷原有挂误的，倒也不算委屈了他。”“文革”当中“四人帮”把“法家”捧上天，乍一听，似乎他们是主张“依法治国”，但实质上他们并不是要建立以民为本的法制体系，而是想实行“朕即法”的苛酷压制。王熙凤真可谓“四人帮”的“好前辈”，其“法制观”完全剥夺了被告的辩护权，搞的是“逼、供、信”，主张捕风捉影，拒绝调查研究，一个人说了算，认为冤假错案也没什么了不起，真是种下蒺藜不计后果，更没有什么历史眼光，她在铁槛寺受贿三千两银子害死两条人命，就宣称过“从不信什么阴司地狱报应的，凭是什么事，我说要行就行”，不迷信鬼神本来并不错，但不懂得善必将战胜恶，“不是不报，时候未到”，一意孤行而毫无顾忌，这就大错特错了。

曹雪芹通过平儿，肯定了另一种治国齐家的思路。在怡红院的一场风波过后，平儿被请去处理，袭人告诉她：“已经完了，不必再提。”她就笑道：“得饶人处且饶人，得省的将就省些事也罢了。”面对固执己见的凤姐，她知道推行自己的治理方略很难，于是耐心地以迂回的逻辑劝说：“何苦来操这心！得放手时需放手，什么大不了的事，乐得不施恩呢……没的结些小人仇恨，使人含怨。好容易怀了一个哥儿，到了六七个月还掉了，焉知不是素日操劳太过，气恼伤着的？

如今乘早儿见一半不见一半的，也倒罢了。”没想到平儿一席话，竟把凤姐说服了。平儿意思总起来说就是应该“抓大放小”，在那个时代对于凤姐那样的角色来说，生下一个儿子是泼天大事，平儿就在这一点上做文章，软化了凤姐。

取得了凤姐的首肯，于是“判冤决狱平儿行权”，她出来对管家婆林之孝家的宣谕：“大事化为小事，小事化为没事，方是兴旺之家。若得不了一点子小事，便扬铃打鼓的乱折腾起来，不成道理。”

后来邢夫人从傻大姐那里得到绣春囊，将其交到王夫人手中，被激怒的王夫人找到凤姐，轰走平儿，竟听取了王善保家的馊主意，扬铃打鼓的乱折腾起来，抄检大观园，闹了个沸反盈天，正如探春所说：“可知这样的大族人家，若从外头杀来，一时是杀不死的，这是古人曾说的‘百足之虫，死而不僵’，必须先从家里自杀自灭起来，才能一败涂地！”果然，经过这么扬铃打鼓一顿乱折腾，且不说死晴雯，逐司棋，芳官等被迫出家，惜春杜绝宁国府……就是贾母、王夫人等主子，也元气大伤，整个家族迅速呈现败像，八十回后，曹雪芹会加快节奏地写到“忽喇喇似大厦倾、昏惨惨似灯将尽”的陨灭局面。

我们所处的时代跟曹雪芹笔下的时代已有质的区别，何况《红楼梦》是小说，而不是治国齐家平天下的论文，不能把上述故事情节和人物话语生搬硬套于今天，但避免“扬铃打鼓的乱折腾”这一提法，对于我们今天构建和谐社会，应该说还是有参考价值的。

管谁筋疼

一位年轻的红迷朋友跟我说，跟许多人相反，他很不喜欢晴雯。尤其是晴雯病中责骂小丫头，她看见坠儿后冷不防欠身一把将坠儿的手抓住，向枕边取了具有尖锐细头的金属簪子一丈青，朝坠儿手上乱戳，疼得她乱哭乱喊，晴雯还借势自作主张，当即把坠儿撵了出去，这些描写，使他对晴雯产生厌恶，并且非常同情坠儿。

另一位红迷跟我说，曹雪芹何必要在“勇晴雯病补雀金裘”这回里写这么一笔呢？写比如说周瑞家的那样的妇人去处治坠儿不就行了吗？

曹雪芹那个时代，还没有诸如典型性、人民性等文艺理论概念，他就是写活鲜鲜的生命存在，他笔下的晴雯就是那么一个既能让人爱得颤抖，又能让人气得牙痒的生命，“撕扇子作千金一笑”那回里，贾宝玉就让她先气黄了脸，后来又被她逗得开怀大笑。过去有的论家，按晴雯的地位，将她说成是“具有反抗精神的女奴”，她的性格里确实有叛逆的因素，但她何尝想“挣脱奴隶地位”，她和大观园里一大批头等、二等丫头一样，非常珍惜自己已经获得的地位，满足自己所过上的“二主子”生活，她们所害怕的，恰恰是被撵出去，失去了“女奴”的地位。晴雯呵斥比她地位低的小丫头，张口就是“撵出去”，对坠儿，她何尝有“同为女奴应相怜”的“阶级感情”，尽管坠儿偷了平儿的虾须镯，其行为确实欠妥，但我们细想想，那戴在“准主子”平儿手腕上的金镯，本是许多底层百姓血汗的结晶，作为身处相对底层的坠儿来说，她把平儿为了跟着湘云、宝琴等吃烧烤而暂时捋下的金镯藏起，不过是以非规范方式，将含有自己血汗的一件物品，从剥削者那里收回而已，怎么晴雯就那么不能容忍，必欲撵之而后快？

大观园里的丫头里，也有清醒者，小红就是其中一位先知先觉者，她说出了“千里搭长棚，没有个不散的筵席”的箴言，当然她也绝不希望被作为“罪儿”给撵出去，但她一点没有长久留在府里，去争荣夸耀，谋个副主子、小老婆的想法，她一方面大胆追求府外当时还相当寒酸的西廊下的贾芸，一方面不靠背景关系，而完全靠自己的能力，先在府里拣高枝儿飞——她获得了王熙凤青睐，学得眉眼高低，出入上下，大小的事也就见识多多，这样，她就真正把握了自己的命运。根据脂砚斋批语，我们知道，在八十回后，当王熙凤、贾宝玉被命运捉弄，狼狈不堪时，在社会上获得自立地位的贾芸、小红夫妇，挺身而出，去救助他们。

值得注意的是，曹雪芹有意把小红和坠儿设计成一对密友，在滴翠亭里，是坠儿把贾芸拾到的帕子送还给了小红，而且，那交给小红的帕子，很可能是贾芸自己的，小红又把自己的一块帕子，托坠儿带给贾芸。这在那个时代，那种社会环境里，特别是在赫赫森严的贵族府第里，她们的作为、她们的话语，才是真正具有叛逆性的，是晴雯等望尘莫及的，放射出真正的人性光辉。由此可以推想，坠儿其实也早看破，大观园并非久留之地，被撵固然不好，但自己对出去一定要有所准备，而平儿那虾须镯，取来恰好作为将来出去后的谋生之资，坠儿的这一行为，并非一般的贪小，而是有长远考虑的一次冒险行动。晴雯那样的完全倚赖宝玉宠爱的生命，是非常脆弱的，平日张口要把这个那个撵出去，一旦轮到自己被撵出，那就无法再生存，只能夭亡。不知八十回后还有没有坠儿出现，但我们可以想见，这位早打着出去自己过算盘的女性，被撵出去以后，一定会撑得住，顽强地生存下去。

小红和坠儿那高度机密的谈话，不曾想被人偷听去了，从她们的角度，真是不知道究竟被薛宝钗，还是林黛玉哪位窃听了去，小红的反应，是怕林甚于怕薛，八十回后是否会有小红戒惕甚至误会，不利林黛玉的情节？很难说。坠儿的反应却是:“便是听了，管谁筋疼，各人干各人的就完了。”前面说了坠儿一些好话，现在却必须批判一下她的这一意识，“管谁筋疼”，只为自己个人谋利益谋前程，这是一种狭隘自私的想法。正是在这种意识支配下，坠儿以偷窃为改变自己人生状况的手段，尽管上面我分析了其中的某些可理解可谅解因素，但这种手段毕竟是有违各个时代的普遍被认同的道德准则的。我们当然不能要求坠儿具有现代社会的那种群体意识，但也在曹雪芹笔下，就写到芳官她们那一群小戏子，能够团结起来，同仇敌忾，让来兴师问罪的赵姨娘和辖制她们的婆子们，大受挫折，争了一口群体的气。

坠儿是个值得一再琢磨的艺术形象。她究竟何罪？要摆脱“罪人儿”的命运，她那样的生命，究竟该往一条什么样的路上走？

花儿落了结个大倭瓜

一位朋友跟我说，他读《红楼梦》，最耐不下性子的就是“金鸳鸯三宣牙牌令”那一段，他不明白曹雪芹为什么要用那么多篇幅来写贾府的女眷们聚在一起玩牙牌。

曹雪芹撰《红楼梦》，绝无冗文闲笔。“金鸳鸯三宣牙牌令”这一段描写，首先是通过那样一些文字，进一步刻画各个人物的不同性格，其次是为下面的情节留下伏笔——林黛玉毫无顾忌地把《牡丹亭》《西厢记》里的词句当众吟出，这在那个时代那样的家庭里，是“出轨”的行为，因为《牡丹亭》《西厢记》被认为是大家闺秀绝不可接触的有害“闲书”，即使背着封建家长偷偷读了，焉能如此放肆暴露？亏得当时贾母等没注意，可是这“小辫子”却被薛宝钗牢牢抓住，她当时倒也不露声色，但后来就把林黛玉单独找去，好一顿“审问”，把林黛玉狠狠教训了一番。不过曹雪芹写这一段文字还有更深的用意，他总是“一声也而两歌，一手也而二牍”，善于“一石三鸟”“一树千枝，一泉万脉”地铺陈花团锦簇的文字。这一段，他更深的用意是，用牌令词暗示贾家的政治处境已经十分尴尬，烘托出“山雨欲来风满楼”的情势，为后面贾府的陨灭预设大伏笔。

据考证，《红楼梦》是具有自叙性的小说，曹雪芹是把自己家族在康、雍、乾三朝的兴衰荣辱，投射到这部作品中，以血泪升华为艺术真实的。这一节写众人说牌令，贾母说“头上有青天”“一轮红日出云霄”，暗指雍正暴薨乾隆登基后，实行大赦天下的怀柔政策，书中贾府的原型曹家也因此从被雍正惩治的危局中摆脱出来，恢复到一个小康的状态，但她摸的三张牌凑成的却是个“蓬头鬼”，并不吉利，难道贾府仍有危难？所以她最后说“这鬼抱住钟馗腿”，内心里在希冀能有“钟馗”那样的打鬼神来保佑自家。史湘云的牌令则明言“双悬日月照乾坤”，这是暗指乾隆朝初年，其政治对立面，康熙朝废太子的儿子弘皙已经私立地下小朝廷，出现了“双悬日月”即“两个司令部”的凶险态势，弘皙打算跟乾隆进行夺权大较量，而书中“四大家族”的原型在现实生活里，由于历史渊源，都不得不在政治上站到弘皙一边，因此乾隆将“弘皙逆案”扑灭后，曹家等“百年望族”必受株连，最后都“家亡人散各奔腾”。如果把这些意蕴都弄明白了，那么，读“三宣牙牌令”这一回就不会觉得枯燥难解，细细检索推敲去，必会兴味盎然的。

当然，这牙牌令里，最有趣的还是刘姥姥所说的。她那句“大火烧了毛毛虫”，也是贾家的不祥之兆，但结尾那句“花儿落了结个大倭瓜”，却是句带有戏剧色彩的“谐语”，不但引得书中的人大笑，也足令读者莞尔。

曹雪芹的文笔特点之一，就是会使用反衬的手法，书里不知写了多少种花，而且屡屡以花喻人，但绝大多数花，都是悲剧的归宿，“花落水流红”“冷月葬花魂”“开到酴醿花事了”，那些如同青春女性的花朵，或者反过来说，那些如花美眷，到头来最好的结局也不过是“一抔净土掩风流”，但在一派衰败的景象里，他却用刘姥姥这样的庄稼人，来形成“跳色”，在“三宣牙牌令”的情节里，他有意用“花儿落了结个大倭瓜”的“村妇”之言，来调剂那“处处风波处处愁”的悲剧氛围。

即使在今天，以花喻人，将其作为青春年华的代码，“祖国的花朵”“花样年华”，也还十分流行，几乎所有的家长、老师、长辈，都把孩子视为娇美的花蕾，恨不得天天蹲在旁边，瞪眼盼着其开放。但过分的关爱往往变成了溺爱，揠苗助长，强掰花蕾，花未开而株萎，这类现象时有发生，更有一心让自己孩子成为牡丹、君子兰之类的富贵花、发财花的，看看北京几所艺术类院校招生现场的“超级盛况”，真是惊心动魄。面对今天的现实，琢磨琢磨刘姥姥那朴实的话语，还是很有教益的——干什么都去争当“观赏花”呢，我们让自己的后代扎扎实实地根植于沃土，“花儿落了结个大倭瓜”，岂不是最可喜的收获，最大的福气吗！

可着头做帽子

那已经是荣国府抄检大观园之后了，没等外面的杀进来，自己先自杀自灭起来，整个府第已然是一派衰败景象。但荣国府老祖宗贾母仍固执地跟以往一样过一个热闹喜兴的中秋节，尤氏从宁国府那边过来，给她请安，贾母图热闹，留她一起吃饭，当天贾母吃的是一种红稻米粥，那是产量很少的，很特别的一种"胭脂米"熬的粥，贾母自己已经吃完，在地下走动"行食"，负手看着尤氏等吃饭取乐，因见伺候添饭的人手内捧着一碗下人的米饭，尤氏吃的仍是白粳米饭，就责问道："你怎么昏了，盛这个饭来给你的奶奶？"那人道："老太太的饭吃完了，今日添了一位姑娘，所以短了些。"鸳鸯忙解释："如今都是可着头做帽子了，要一点富裕不能的。"王夫人跟上去说："这一二年旱涝不定，田上的米都不能按数交的，这几样细米更艰难了，所以都可着吃的多少关去，生恐一时短了，买的不顺口。”贾母这才明白原来是“巧媳妇做不出没米的粥”。

贾府的衰败，外因是一个方面，内因则是更主要的方面。第六回写刘姥姥一进荣国府，特意写到她目睹众仆妇伺候王熙凤进午膳的情况，那些川流不息送进去的美味佳肴，再端出来搁到另一房间炕桌上，都只不过是略动了几筷子罢了。后来写刘姥姥二进荣国府，贾母带她两宴大观园，也是一派只讲排场毫无节约暴殄天物的情景。虽然第十三回秦可卿上吊前给王熙凤托梦，已经提出“若目今以为荣华不绝，不思后日，终非常策”的警告，但贾府哪里真能勤俭节约，从贾母起，就只知一味高乐。

大观园原来不设厨房，住在里面的贾宝玉和众小姐，每顿饭都要到园子外面，跟贾母等长辈一起进餐，后来王熙凤大发善心，说宁愿多费些事，也别让小姑娘们冷风朔气的，顿顿从园子里跑到贾母那边吃饭，于是在大观园里设立了专门的厨房，由柳家的主管，一次迎春房里大丫头司棋支使小丫头莲花儿跑到厨房，命令柳家的炖碗嫩嫩的鸡蛋羹，以为那不过是很平常的东西，没有炖不成的道理，但柳家的当即大发牢骚：“就是这样尊贵，不知怎的，今年这鸡蛋短的很，十个钱一个还找不出来，昨儿上头给亲戚家送粥米去，四五个买办出去，好容易才凑了两千个来，我那里找去？你说给他，改日吃罢。”结果酿成一场大风波，司棋亲自上阵，带领其麾下的小丫头们跑进厨房，把里面的东西砸了个稀巴烂，还往外一顿乱扔。

柳家的不情愿给司棋炖鸡蛋羹，有人际方面的原因。在大观园里，他们属于利益冲突的两个派别，但她所说的那种情况，也应该是真实的，就是纵使荣国府当时还有大把的银子，但社会的资源已经开始匮乏，出现了有钱也买不到东西的情况。

曹雪芹笔下的贾府，开始内囊却也尽上来了，外边看上去似乎还架子魁伟，但到后来，内外交困，风雨冲刷，终于露出了下世的光景，“忽喇喇大厦倾，昏惨惨油灯尽”。当然，那主要是社会政治因素使然，但书里通过种种细节所表现出来的，由于人们不知珍惜环境资源，浪费成性，而形成的生存窘境，也是足令我们今人戒惕的。

贾府的“可着头做帽子”，是被迫性的，非自觉节约，是封建贵族穷奢极欲的生活流程中无奈的“将就”。其实，“可着头做帽子”应该成为人们自觉性的生活原则，自然资源是有限的，无节制地采取享用，会导致严重的环境危机。脑袋多大，就把帽子做多大，这有什么不好呢？脑袋如此，胃袋也是如此，为什么非要把胃袋撑鼓撑胀呢？大帽子扣在头上能舒服吗？胃袋撑得要破裂的感觉能美好吗？看看我们各地餐馆里的景象吧，暴食暴饮，满桌剩菜，不以为耻，反以为荣，这类的恶习陋俗，竟总不能消除。当然，现在在饭馆餐后打包的人多起来了，略可告慰，但国人的节约意识，确实仍需努力加强，饮食方面的浪费只是一个方面，在水资源、树资源、草资源、石油资源等方面，浪费现象都是触目惊心的，实在到了不能不猛敲警钟的地步。

我们现在应该把“可着头做帽子”当作一个正面语汇，加以弘扬。最近有朋友让我写一句提倡节约的话，我就是这样写的：“可着脑袋做帽子，头也舒服，帽子也舒服——何必图那个虚‘富裕’呢！”

仓老鼠和老鸹去借粮

柳家的和周瑞家的、王善保家的……一样，都是贾府里的女仆，曹雪芹所描写的那个时代，女仆的地位很低，嫁了人的女仆地位更低，她们自己的名字等于消失，上下人等称呼她们，就用她们丈夫的姓氏或名字再缀个“家的”。当然地位低是相对而言，她们里面也还分三六九等，像荣国府的赖大家的、林之孝家的，宁国府的赖升家的，都是大主管的老婆，本身也执掌一定的权力，年轻的主子见到她们也得礼让三分；周瑞和周瑞家的是王夫人的陪房（王夫人嫁到贾府时，他们这对夫妻作为“动产”，和其他妆奁一样，陪随而来），王善保和王善保家的则是邢夫人的陪房；柳家的则比管家婆子和太太陪房又低了几级，她只是派到大观园内厨房的一个厨房头目而已。

虽说柳家的不过是个厨头，但这是许多人眼红争夺的一个肥差。曹雪芹写《红楼梦》，绝不是只写贵族家庭老爷、太太、公子、小姐，也不是只写丫头，他把笔触延伸到府内外的各个角落，刻画出三教九流各色人物。从第五十八回到六十一回，他把关于大观园的故事，从茜纱窗放射到厨房灶台，从大丫头、小丫头一直写到想进园里当丫头而不得的厨头闺女，甚至还写到单管开关角门的，头上留着“杩子盖”的小幺儿，而且把各色人等的欲望，之间的冲突，涟漪般展开，每个人物都活跳如见，其话语都生动如闻，真是一支妙笔，写尽人间哀乐。

第六十一回开头写到柳家的和留杩子盖（就是四周剃去，使发型圆得像马桶盖一样）的小幺儿拌嘴，真是声声如炒豆，句句爆口彩，令人忍俊不禁，掩卷难忘。

小幺儿想让柳家的从园子里给他摘些杏子吃，那时候大观园里的花果树连同菱藕香草等，都按探春、宝钗的规划实现了“责任承包制”，杏子等果品都有专人分管，哪儿能随便去偷来带出，而且那小幺儿的舅母、姨娘两三个亲戚都是分管果木的，因此柳家的听了那小厮的请求气不打一处来，就说了句:“这可是仓老鼠和老鸹去借粮——守着的没有，飞着的有？”

我研究《红楼梦》，有时也到书房外的村野里，跟村友讨教。他们不一定读过《红楼梦》，多半只对电视连续剧有些印象，但问到书里刘姥姥等角色的村语村言，却会积极响应。村友三儿说，“仓老鼠和老鸹去借粮——守着的没有，飞着的有？”这话他听去世的老人说起过。他告诉我，仓老鼠不同于家鼠，我以为仓老鼠是“仓库里的老鼠”的意思，他说不是，仓老鼠一般在大田里安窝，这种老鼠比家鼠体大，尾短，最大的特点是两个腮帮子能鼓起老高，成为两个储物袋，能把玉米粒、豆子什么的先含在腮帮子里，然后再运回洞穴里去储藏建仓（这也是其得名的缘由）。他当过农机手，看到过被掘开的鼠洞，那里面储藏的粮食最多能达到二三十公斤！而鸟类一般都是现找食物现吃进肚，“鸽子不吃带气的，小燕不吃落地的”，老鸹（就是乌鸦）虽然吃得杂，荤素不论，但是只会飞着觅食，觅见了落下啄进嘴，并没有储藏粮食的能力。仓老鼠竟然和老鸹去借粮，这违背逻辑，而且说明其虚伪、奸诈、贪婪、丑恶。这句歇后语的后半句必须把声调挑上去，形成质问、抗议的气势，意思是你守着财的装穷相告诉没吃的，难道飞着艰苦觅食的倒会有多余的吃的东西？

仓老鼠和老鸹去借粮，是典型的“以有余损不足”的行为。沧海桑田，日新月异，但人性相贯通，到如今也还有将其人性中的恶劣面泛滥出来的例子，隐瞒自己的“仓储”，而向穷“老鸹”伸手言“借”，这所谓的“借”，其实就是“骗”，一旦到手，是决计不会归还的。贪官污吏、奸商劣绅，多有此种伎俩，或巧立名目征收款项，或摇唇鼓舌诱人投资，在让艰辛一族“无私奉献”的同时，他们却化公为私，甚至将自己的鼠仓偷移到境外去了。善良的人们，必须警惕啊！

黑母鸡一窝儿

邢夫人跟王熙凤之间的矛盾，不是一般的婆媳矛盾。一般的婆媳，是生活在同一空间中，互相合不来，或者婆婆专挑媳妇毛病，形成一组矛盾，酿成纠纷，甚至造成悲剧。邢夫人和王熙凤的婆媳矛盾，是非常个案的，在封建社会里，也是很特殊的。

读《红楼梦》，一定要注意到，虽然书里设定荣国府老祖宗贾母的大儿子是贾赦，贾母丈夫贾代善死后，由贾赦接续着袭爵，爵位递降，不再是公侯级，是一等将军，但这爵位也很不错，按道理，这个袭了爵位的大儿子，应该住在荣国府里，跟贾母生活在一起，恪守孝道，以尽人子之责，但是，书里写得很奇怪，就是这个接替父亲袭了爵位的长子贾赦，他却并不住在荣国府里，不是跟贾母生活在一个院宇里，他另住在一个跟荣国府隔开的黑油大门的院落里，双方来往，要先出各自院门，坐车走一段路，再进另一院门，实在出人意料。更出人意料的是，贾母的二儿子贾政，他并无爵位，只不过由皇帝恩赐了一个不算很高的官职，夫妻二人却住进了荣国府大宅门中轴线上的正房里，俨然成了荣国府的一号主人。

更有意思的是，按那个时代的伦常秩序，贾赦的儿子贾琏和他的媳妇王熙凤，应该是跟父母住在那个黑油门宅院里，尽孝道照顾父母的，但是，书里写的却是一种很特殊的情况：贾赦、邢夫人住的那个黑油门大院里，并没有成年的儿子及其儿媳妇跟他们一起生活，书里称贾琏是二爷，但书里并没有一个比贾琏大的儿子守在贾赦夫妇身边，倒是出现过贾赦另一儿子贾琮，但那贾琮被描写成黑眉乌嘴，年纪和荣国府的贾环差不多大，显然还不足以在那黑油门宅院里当家理事、服侍父母。

书里写到，王熙凤是荣国府一号夫人王夫人的内侄女儿，名义上，是贾政请贾琏到荣国府来理事，实质上，是王夫人把王熙凤叫来到荣国府拿权。贾琏和王熙凤两口子，平时就住在荣国府的一所“院中院”里。曹雪芹为什么要这样写？如果他是完全虚构，为什么要作这样的虚构？我的看法是，他写这部小说，当然有虚构成分，但跟那种完全虚构的作品不同，他是有生活原型的，他的这部作品是有自传性、自叙性和家族史特点的。

在真实的生活里，贾母的原型是江宁织造曹寅的夫人、苏州织造李煦的妹妹，她的丈夫曹寅和儿子曹颙相继病死后，康熙皇帝做主，由李煦挑选出曹寅的侄子曹頫，过继到曹寅名下，成为她的儿子，贾政的原型，就是曹頫，而贾赦的原型呢，应该是曹頫的一个哥哥，他并没有一起过继给贾母，这生活里的特殊情况折射到小说里，就形成了我们现在看到的文本现象。

把这些情况弄清楚了，就不难理解书里所写到的，邢夫人跟王熙凤之间的婆媳矛盾了。按书里设定的人物关系，王熙凤应该把贾赦、邢夫人的利益放在第一位，但是，情节中的具体表现却是，王熙凤和王夫人、薛姨妈组成了一个利益集团，完全把黑油大门里的贾赦、邢夫人等人视为可有可无的存在，这当然就首先引出了邢夫人的强烈不满。

邢夫人虽说是贾赦的填房夫人，贾琏、贾迎春、贾琮都非她所生，但既然贾赦娶她为正妻了，子女们就该把她当母亲孝顺，可是，王熙凤对她怎么样呢，表面敷衍，实际上根本不放在眼里。书里几次写邢夫人对王熙凤的不满，还写到她们的正面冲突。其中有一次是通过贾琏的仆人兴儿，跟尤二姐、尤三姐说出来的："如今连他正经婆婆太太都嫌了他，说他'雀儿拣着旺处飞，黑母鸡一窝儿，自家的事不管，倒替人家去瞎张罗。'""雀儿拣着旺处飞"好懂，因为贾氏家族的老祖宗贾母在荣国府里，人虽老了，威严还在，家底儿十分雄厚，王熙凤笼络住了贾母，自然会得到好处。"黑母鸡一窝儿"是什么意思呢？现代人理解起来，就费思量了。

"黑母鸡一窝儿"，是与"雀儿拣着旺处飞"相对应的一句话。雀儿忘本求旺，被认为是一种恶习；黑母鸡呢，比之于白母鸡、芦花鸡，形象不雅，遭人歧视，但是，黑母鸡却抱团儿，互相不离不弃，这被认为是一种美德。邢夫人的意思就是，你王熙凤不该去讨老祖宗的好，以谋取你娘家那个利益集团的利益，你本是我们黑油大门这个宅院里的媳妇，即使如今我们这一房的局面比不了荣国府那一房的局面，没那么红火，你也应该跟自己婆家这边抱团儿，为这边谋利益啊，现在倒去为你娘家算计去了，你这不是瞎张罗、胡乱闹吗？

现代人说话，即使农村里的老年妇女们，也很少有使用“黑母鸡一窝儿”的语汇了。现在更讲究吃乌鸡，乌鸡从里到外全黑，市场价格比一般鸡贵，而且现在养鸡的方式也改进了，“黑母鸡一窝儿”的景象越来越少，社会风貌、价值观念都变了，人们说话的语境今非昔比了，“雀儿拣着旺处飞”的俚语还时常出之人口，但往往已经不是一句贬语，而是可以“励志”的“座右铭”了，“黑母鸡一窝儿”则几乎绝迹于人口，渐成一句莫名其妙的话语了。

不过，当我们今天从《红楼梦》里读到“雀儿拣着旺处飞”和“黑母鸡一窝儿”两句“对比式”俚语时，还是无妨在默默地体味中，微微一笑。

抓着理扎个筏子

有红学家认为，曹雪芹笔下的大观园，是个清净美丽的理想世界，是写来跟园外污浊的俗世社会作对比的，这话有一定的道理，相对而言，大观园里生活着诸多花朵般的姑娘，氤氲出玉精神、兰气息，她们又有“绛洞花王”贾宝玉欣赏呵护，的确比那须眉浊物和“死鱼眼睛”般的太太们横行的园外社会清爽多了，但如果把大观园生硬地判断为无污染的理想世界，则我不敢苟同。

《红楼梦》从第五十五回到第六十一回，整整用了七回来写大观园里的“乱象”，把笔触从主子层延伸到奴婢的最下层，从公子、小姐的院落闺房延伸到厨房角门，是全书中情节最紧凑、节奏最急促、波澜最交错、声音最喧哗的一大段落。最难能可贵的是，曹雪芹在这一大段落里，挖掘了贾府上中下几种人物的人性，而且非常深入，可以说是力透纸背，令人读来既眼花缭乱，又心多憬悟。

大观园里何尝是一味地清净爽洁？首先，像赵姨娘那样的蝎蝎螫螫的猥琐角色会跑进来滋事聒噪；其次，住在园里和每日要进园来做事的丫头、婆子，哪一位真是“省油的灯”，尤其是那一群小戏子被分配到园里各房后，更是把园里平日就未必平静的生活，搅和得更加喧嚣繁杂。曹雪芹把各种人物，各个大大小小的利益集团，他们之间的利益冲撞，写得细致鲜活，如闻其声，如见其形，而且七穿八达，一石数鸟，看得我们一会儿忍俊不禁，一会儿拍案叫绝，虽只是文字的铺排，读来竟有如今影视那样的声光色电，实实过瘾！

芳官、藕官等被分配到园里的戏子，她们多是率性而为，都想摆脱所谓干娘的辖制，而夏婆子等所谓干娘，则力图保持住她们克扣其例银的既得利益；管理园里花木的婆子们要防止丫头们掐花摘果，以保证承包项目的收益不受损失，而看园子角门的小幺儿则有吃些园里熟李子的诉求；从门房到各处的仆人，总是要从经手的客人馈赠品中，贪污一些以供自己享用，还取出一些作为礼物分赠亲友；管园里厨房的柳家的，总想把女儿柳五儿送进怡红院，谋一份肥差，因此对晴雯、芳官等百般奉承，而司棋却想将厨房的运作掌握到自己手中，先让莲花儿打头阵，再自己御驾亲征，以打、砸、抢的手段来争夺“唤菜权”，后来更借柳五儿犯事被拘，设法让自己一头的秦显家的夺了柳家的权，但到头来柳五儿却被无罪释放，柳家的官复原职，秦显家的只当了半天政，就偃旗息鼓而去，还白赔了许多……

在这犬牙交错的利益之争里，赵姨娘表现得最为颟顸，她因“茉莉粉替去蔷薇硝”欲去找芳官问罪，自己本已焦虑失态，又让夏婆子这样的人撺掇着当枪使，夏婆子煽动她进一步把事情闹大：“你老想一想，这屋里除了太太，谁还大似你？你老自己撑不起来，但凡撑起来的，谁还不怕你老人家？如今我想，乘着这几个小粉头儿恰不是正头货，得罪了他们也有限的，快把这两件事抓着理扎个筏子，我在旁作证据，你老把威风抖一抖，以后也好争别的理……”

夏婆子所说的“抓着理扎个筏子”，不但意味着“得理就不必让人”，而且也意味着除了占住理以外，还应该“扎个筏子”，“筏子”是用来渡河的，渡什么河呢？当然是渡“法律”之河，希图能找到公正的执法者，据“道理”和“证据”做出有利于控方的裁决。

平心而论，去除掉“借刀伤人”的恶劣动机，夏婆子那“抓着理扎个筏子”的理论，并没有什么不对。当然，在曹雪芹笔下，赵姨娘跑进怡红院见到芳官，理也讲不顺，筏子也没扎成，当闹得沸反盈天以后，把尤氏、李纨、探春三位管家的也惊动得亲来现场了，她也并不会理智诉讼，“气的瞪着眼粗了筋，一五一十说个不清”，这样子怎么能求得一个公正裁决呢？到头来她是怒冲冲而来，悻悻然而去，连探春也跟着丢了脸面，哪里有半点收获？

曹雪芹写夏婆子撺掇赵姨娘，他当然是否定的态度，描写中透着讥讽不屑。但我以为，单拎出“抓着理扎个筏子”这句话，搁到今天，还是有参考价值的。在今天的现实生活里，当自己与他人的利益发生冲撞时，一是可以采取法律外的私下了结的方式处理（如机动车行驶中与其他车的小剐蹭小追尾一类纠纷），一是可以“抓着理扎个筏子”，将过硬的证据搁在“筏子”上，执拗地去寻求法律的公正裁决。

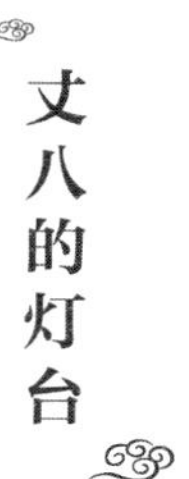

丈八的灯台

嬷嬷，又可写成嫫嫫，读音同妈妈[1]，《红楼梦》里写到若干嬷嬷，其中给人印象深的有宝玉的奶母李嬷嬷和贾琏的奶母赵嬷嬷。《红楼梦》开篇后所写到的贾府虽然已经处于“末世”，是在走下坡路了，但排场还是非同小可。林黛玉从扬州到京城投奔荣国府，贾母见她只带来两个仆人——奶母王嬷嬷和小丫头雪雁，嫌少，立刻把身边一个二等丫头鹦哥（后改名紫鹃）派给了她，另外又按迎春等小姐的惯例，派四个教养嬷嬷、贴身掌管钗钏盥沐的两个丫鬟，再安排

① 《现代汉语词典》（第七版）已收录嬷（mó）嬷（mo）。——编注

五六个洒扫房屋来往使役的小丫鬟，你算算一个小主子就要多少个下人伺候！

李嬷嬷这个角色，在书里戏份不少。宝玉到梨香院薛姨妈住处找薛宝钗玩耍，后来林黛玉也去了，薛姨妈留下他们喝酒吃饭，李嬷嬷絮絮叨叨地阻拦宝玉吃酒，令宝玉十分不快，这倒还罢了，宝玉喝得醉醺醺地回到绛芸轩，也就是他自己的住处，问丫头要枫露茶喝，谁知丫头茜雪告诉他早起沏的那碗枫露茶被李嬷嬷喝了，宝玉一听大怒，摔了不是盛枫露茶的茶盅，溅了茜雪一裙子的茶水，宝玉本是为李嬷嬷发怒，没曾想事后李嬷嬷倒没事，茜雪竟无辜地被撵了出去。前八十回里，茜雪就此消失，高鹗续书，也再不见此人踪影，其实，根据脂砚斋批语透露，曹雪芹在八十回后写出了关于茜雪的大段文字，这个人物是故意埋伏那么久的。贾府被抄家后，贾宝玉锒铛入狱，茜雪不念当年的冤屈，到狱神庙去安慰救助宝玉，这是非常重要的篇章，但这部分已经写成的书稿，竟被“借阅者迷失”！李嬷嬷后来又在宝玉住处出现，她不仅继续擅自吃宝玉特意留下来的食物，还对袭人等宝玉房里的丫头吆三喝四，说些不伦不类的话语，其中一句，就是“那宝玉是个丈八的灯台——照见人家，照不见自家的”。再后来宝玉搬进大观园怡红院住，她还在“蜂腰桥设言传心事”的情节里出现，估计八十回后，也还会有关于这个嬷嬷的一个最后交代。

李嬷嬷说的这句歇后语，相当生动，别书未见，很是独特。在李嬷嬷嘴里，这是一句抱怨贾宝玉的牢骚话。李嬷嬷的意思是说，你宝玉总嫌我们老太婆脏，可是你自己住的绛芸轩里，丫头们嬉闹，嗑了一地瓜子皮，你却一点也不嫌厌她们！可见你是丈八高的灯台，只照出远处的毛病，却照不见自己脚下地面的问题。曹雪芹笔下的贾宝玉确实是个“行为偏僻性乖张”的人物，他珍爱青春女性，对妇女的看法有个古怪的“三段论”：“女孩儿未出嫁，是颗无价之宝珠；出了嫁，不知怎么就变出许多不好的毛病来，虽是颗珠子，却没有光彩宝色，是颗死珠了；再老了，更变的不是珠子，竟是鱼眼睛了。”过去有的论家认为贾宝玉的这一观点具有反封建的意义，表达的是对封建社会压抑妇女，通过包办婚姻埋葬了青春女性的美好一面这种现象的揭露与批判，这样的分析有一定道理，却未必准确。贾宝玉对青春女性的珍惜，达到恨不能让她们永远停止增岁、无限期驻颜、始终跟他厮混在一起赏花吟诗的地步，这是一种在任何时代也不可能实现的理想，是一种超现实的诗意追求，但这里面有着非常值得挖掘探讨的人类生存的终极性问题。

“丈八的灯台——照见人家，照不见自家”这句古代俗语，抛开书中李嬷嬷的具体针对性，拿到今天来琢磨，能获得什么样的启发呢？跟一位朋友闲聊，他说可以当作一种提醒：不要只看到别人的缺点，看不到自己的错失。我却觉得也可以这样来理解：宁愿自己这里留下阴影有些损失，也要将光明的火把高高举起，去给别人照亮一片天地。据脂砚斋透露，曹雪芹在《红楼梦》最后一回里会排出“情榜”，“绛洞花王”贾宝玉作为护花者排在众芳之前，他的考语是“情不情”，第一个“情”字是动词，意思是他能把感情贡献给甚至是“不情”的事物，这是一种博大的人文情怀，非常高尚而且难得，值得我们反复推敲体味。

浮萍尚有相逢日

我在《刘心武揭秘〈红楼梦〉》第二部里，探讨了书中林之孝的名字问题，在有的古本《石头记》里，林之孝分明写成了秦之孝。秦可卿、秦之孝、秦显这些角色的名字，是随便命名的吗？分析曹雪芹对全书角色取名的规律，我发觉，他给角色取名字是很费心思的。我认为，曹雪芹本来的构思，是不仅设置出秦可卿，通过她的命运暗示书中“月”派政治力量的存在，还把“月”派转移到贾家的仆人，从比较拿事的大管家，到只分配在府里一角上夜的底层杂役，都设计出几个姓秦的，以加重小说潜台词里“虎兕相争”的政治斗争气氛。但是，在写作的过程里，曹雪芹不断调整自己的思路，也不断修订写出的部分，或删或改，在这个过程中，他后来就决定减弱情节里的“双悬日月照乾坤”的成分，不让原来设定为“月”派成员的秦之孝，再承担那么沉重的任务，就只把秦之孝两口子，写成贾府里的身份单纯的大管家，于是就把秦之孝的名字改成了林之孝。

秦之孝虽然改称林之孝，但是，这个角色以及他老婆的生活原型，因为是来自废太子，以及废太子之子弘皙为原型的“月”派那边的，属于从“坏了事”的政治力量里分流出来的人物（尽管可能是太子还没“坏事”就被赠予贾家的原型曹家的），因此，对他们的描写里，就还带出了一些蛛丝马迹。比如写到林之孝两口子低调为人，虽然在府里拿事，却一个天聋，一个地哑，林之孝家的应该已经是人过中年，却还要认刚二十出头的王熙凤为干妈，以遮人耳目；但是回到他们自己家中，在私密空间里，他们却可能又常喁喁交谈，怀旧感叹，他们的女儿林红玉听多了，耳濡目染，也就懂得“千里搭长棚，没有个不散的筵席，谁守谁一辈子呢？不过三年五载，各人干各人的去了，那时谁还管谁呢？”

其实，仔细读《红楼梦》，就会发现书中还有另一个角色，也说过“千里搭长棚，没有不散的筵席”的话。说这话的不姓秦，跟林之孝家的和林红玉关系也很淡，但是，她却跟府里另一个姓秦的关系密切、利益相连，那个姓秦的，是秦显家的，长相很有特点，颧骨凸出，大大的眼睛。

也说出“千里搭长棚，没有不散的筵席”这话的角色，就是迎春房里的首席大丫头司棋。司棋大胆与青梅竹马的表哥潘又安相爱，还买通看园门的婆子，让潘又安偷跑到大观园里来和自己幽会，这是人们都很熟悉的情节。

司棋自由恋爱的行为，值得肯定，但是司棋又是一个复杂的人物。

大观园设置了厨房以后，园子里的宝玉和众小姐，还有李纨、贾兰等，就不用顿顿出园子到荣国府上房吃饭去了，方便了许多，而大丫头小丫头们，也因此可以得到诸多好处。当然，谁跟管厨房的关系好，那么就能得到更多的好处，在这种情况下，有的大丫头，就开始争夺厨房的支配权。府里派来大观园管厨房的是柳嫂子，这柳嫂子偏跟司棋合不来，柳嫂子满心满意去巴结的，是怡红院里的人，她一直想把自己女儿柳五儿送到怡红院里去当差。晴雯要她为自己专门炒个芦蒿，她亲自洗了手炒，生怕晴雯不满意；当然，她最相好的是芳官，为芳官准备的饭菜，书里有细致描写，连宝玉看见闻见都馋，撇下生日筵席上的东西不吃，来吃芳官的，芳官在帮助柳五儿进怡红院这件事情上，也确实非常卖力，在宝玉面前多次推荐，不遗余力。

司棋对柳嫂子善待别人，亏待自己非常不满，她让小丫头莲花儿去下命令，让柳嫂子炖一碗嫩嫩的鸡蛋，柳嫂子就叨唠了一大篇，很不情愿，莲花儿回去一学舌，司棋大怒，伺候完迎春吃饭，就“御驾亲征”，带领小丫头们冲进厨房，实施了一次名副其实的“打、砸、抢”。光是出气，还不能解决问题，后来柳嫂子和柳五儿出了事，林之孝家的就做主，换了内厨房的负责人，就是秦显家的，这当然大合司棋心意，从此以后，她就可以操纵这厨房了！

谁知世事白云苍狗，由于代王熙凤行权的平儿实行了“大事化小，小事化了”的政策，柳家母女的冤情竟得平反，柳嫂子依然回到厨房主事，秦显家的只兴头了半天，就下台走人，还去看园子犄角，司棋闻讯，气了个倒仰。

司棋在园子里跟潘又安幽会，被鸳鸯无意中撞见，尽管鸳鸯当时就表示她不会告发，但司棋那夜以后一直畏惧，病倒在床。鸳鸯真是个好人，她不仅不去告发司棋，还偷偷地来看望她，立身发誓，再次表示绝不会坏司棋的事，这时候司棋就感激涕零，说了一大篇话，其中就有这样的语句："……再俗语说'千里搭长棚，没有不散的筵席'。再过三二年，咱们都是要离这里的。俗语又说'浮萍尚有相逢日，人岂全无见面时'。倘或日后咱们遇见了，那时我又怎么报你的德行。"

如果说，林红玉能说出"千里搭长棚"的俗语，是因为听见过父母关于"坏了事的义忠亲王老千岁"的议论，那么，司棋也脱口而出这句话，会不会是从秦显家的那里听来的呢？这是很值得玩味的啊。

当然，司棋在那种情况下跟鸳鸯说那样的话，她主要想表达的是，知恩必报的誓愿。"浮萍尚有相逢日，人岂全无见面时"，人世间的事情、个人的命运，实在有很难预测的一面。水中的浮萍，按说一旦长成，各在水之一隅，互不相干，但如果一阵狂风骤雨，那之后呢，很可能本来在水域中离得很远的浮萍，却会紧紧地贴靠在一起；生活中人们分离后，更难说从此不再邂逅，今天你帮助了落魄的我，明天也许我反会援手落难的你，司棋说出这样的人生感悟，鸳鸯听了感动得心酸落泪。

司棋在抄检大观园后东窗事发，被撵了出去。尽管在八十回书里没交代鸳鸯的结局，但从种种伏笔我们可以知道，八十回后，会写到贾母丧事过后，贾赦对她的残酷报复，而她也就以死抗争。

司棋和鸳鸯都是那个时代和社会的牺牲品，她们两个浮萍，估计后来并没有相逢，无法互相救助，但司棋关于"浮萍尚有相逢日"的人生期盼，却是值得我们反复吟味的。

老健春寒秋后热

“慧紫鹃情辞试忙玉”，这回目中“慧”字下得好。曹雪芹在《红楼梦》一书的回目里，常用一个字来作为人物的考语，贤袭人、俏平儿、勇晴雯、敏探春、时宝钗、憨湘云、呆香菱……无不生动恰切。紫鹃比起《西厢记》里的红娘，也确实更有智慧，在竭力促成林黛玉与贾宝玉的婚事上，她“守若处子”，在不该使劲的时候，绝不妄来，但如果看准机会，她会“动若脱兔”。“情辞试忙玉”就是一次极为大胆的进取性行为，掀起轩然大波。当年红娘因为“大胆妄为”，遭到老夫人的拷打，紫鹃付出的代价小得多，事发后贾母虽然见了她“眼内出火”，但弄清是她一句“林姑娘要回苏州”引出了宝玉的痴病，也只是流泪道：“我只当有什么要紧大事，原来是这句顽话。”对紫鹃也不过是责备道："你这孩子素日是个伶俐聪敏的，你又知道他有个呆根子，平白的哄他作什么？"究竟也没有对她怎么样，先让她照顾宝玉，宝玉好了后，依然回潇湘馆服侍黛玉。

紫鹃这一次"火力侦察"，损失不大，却收获不小，一是试出了贾宝玉对林黛玉爱情的矢志不渝，二是也探测出了贾母的基本态度——贾母当年对元春端午节将宝玉、宝钗的节礼对等颁赐所含有的指婚意向，佯装不解，根本不接那个"球"，紧接着又对清虚观张道士的提亲，以年纪小不着急等词语敷衍过去，这都说明贾母在贾宝玉的婚事上，并没有朝薛宝钗那边倾斜，但贾母是否一定中意林黛玉呢？也难揣定，因为当薛宝琴来贾府暂住时，贾母一度对她非常欣赏，甚至向薛姨妈问起了宝琴的年庚八字和家中景况，只是因为弄清宝琴已许配了梅翰林家，才没有把那心思延续下去——但通过紫鹃的这回探测，贾母对"不是冤家不聚头"的二玉的终身大事，显然并不是断然否定的，争取成功的概率还是很高。

这一回的下半回是"慈姨妈爱语慰痴颦"，老早有书评家指出，薛姨妈对黛玉无慈可言，表面上是去照顾黛玉，实际是去监视黛玉，"慈姨妈"改"奸姨妈"更为恰切。也许这样判断太武断了些，人是复杂的，人性太诡谲，薛姨妈应该是以复杂的动机与心情进驻潇湘馆的。薛姨妈还当着宝钗与黛玉说出这样的话来："你宝兄弟，老太太那样疼他，他又生的那样，若要外头说去，断不中意，不如把你林妹妹定与他，岂不四角周全？"这时候紫鹃"忙也跑来笑道"："姨太太既有这主意，为什么不和太太说去？"紫鹃之慧，就慧在她深知其实宝玉与黛玉的婚事的障碍并不在老太太那里，而恰在太太即王夫人那里。她跑出来将薛姨妈一军，虽然遭到薛姨妈打趣，却也试出了薛姨妈的真伪，战略战术上都是正确的。

书中令人动容的细节之一，是紫鹃在薛姨妈还没有住进潇湘馆前，逮紧机会向林黛玉进肺腑之言："宝玉的心倒实，听见咱们去就那样起来。"又说，"一动不如一静。我们这里就算好人家，别的都容易，最难得的从小儿一处长大，脾气、性情都彼此知道的了。""趁早儿老太太还明白硬朗的时节，作了大事要紧。俗语说，'老健春寒秋后热'，倘或老太太一时有个好歹……所以说，拿主意要紧！"这些话句句说到林黛玉心坎上，黛玉只能以假意责备她，要将她退回老太太处，来作为表面上的回应，紫鹃也知道黛玉内心里在想什么，她尽完仆人兼挚友的责任，便心安理得地睡觉了。

"老健春寒秋后热"这句俗语，意思是"老年人的健康状况是不稳定的，好比春天的寒冷，那是短暂的；又好比秋天以后忽然热起，但毕竟到头来还是会冷下去"。对于老年人来说，不能不注意到生理机能的渐次衰退，要注意保养，不能逞强。紫鹃引用的这句俗语的意蕴，也可以从形容老年人健康状况进一步推广开，其实世界上许多事物都有一个从兴旺发达到衰减低落的曲线运动过程，凡事到了旺势已过，就应该"拿主意要紧"，再别耽搁，以争取落实计划里要到手的东西。人的生命只有一次，但人生的事业却并不一定只有一次，在转型的关口上，记住"老健春寒秋后热"这句话，看破衰落中的事物那"春寒秋热"的短暂假象，不失时机地拿定主意，弃旧图新，"而今迈步从头越"，那么，新的成功，也就会像来春的花朵那般怒放开来。

隔锅饭儿香

因为宫里薨了个老太妃，贾母、王夫人等都得去参加丧葬活动，而王熙凤又因流产后体虚不能理事，荣国府里的公子、小姐们得以能更加率性地欢乐度日。春天芍药花盛开的时候，正逢贾宝玉、薛宝琴、邢岫烟、平儿等扎堆儿过生日，他们就聚在红香圃里大吃大喝大说大笑，甚是惬意。这样的场合，一等大丫头们是可以参与的，二等以下的丫头如果没有派到相关活计，那就只能望洋兴叹。

芳官本是荣国府里养的小戏子之一，宫里有丧事，元妃不能再省亲，府里一年内也不许再演戏，因此荣国府就把戏班子遣散了，芳官不愿离去，就分派到怡红院当丫头，她自然不可能成为一等丫头，勉勉强强，忝列二等吧。红香圃大开寿宴那天，她没份儿参与，一个人闷闷地留守在怡红院，好不寂寞，虽说也可以出去到园子里跟别的丫头斗草玩耍，终究还是不能到红香圃里一醉方休。

但是芳官有两个优势：一是她性格直率活泼，很得宝玉喜欢；二是她跟管内厨房的柳嫂子关系特别好。宝玉在红香圃那边热闹够了，想起芳官，就回怡红院找她，一找一个准儿，芳官正面向里睡在床上，宝玉就推她起来，芳官就发牢骚说“你们吃酒不理我”，宝玉就拿好多话安抚她，就在这个当口，柳嫂子派人把单给芳官准备的饭端来了。

柳嫂子原来跟芳官她们戏班子的人，都在梨香院里混事由，在那段岁月里，芳官和柳嫂子建立起密切的关系，柳嫂子后来被派到大观园的厨房管事儿，戏班子遣散后芳官恰又分到怡红院，二者的互助互利关系得以顺利延续。芳官答应帮助柳嫂子的女儿柳五儿到宝玉身边来当丫头；柳嫂子呢，不消说，报答芳官的第一方式，就是给她提供精致可口的专享饭菜。

那么，柳嫂子派人给芳官送来的，是怎样的一套配餐呢？书里写得很细：揭开饭盒，“里面是一碗虾丸鸡皮汤，又是一碗酒酿清蒸鸭子，一碟腌的胭脂鹅脯，还有一碟四个奶油松瓤卷酥，并一大碗热腾腾碧荧荧蒸的绿畦香稻粳米饭”。真是色、香、味俱全。芳官一直享受这种特殊待遇，见了只说“油腻腻的，谁吃这些东西！”，宝玉闻了却觉得比往常吃的饭菜还香，先吃了个卷酥，又以汤泡饭，吃了半碗，十分香甜可口。

没想到宝玉吃芳官那“二等丫头饭”的情况，被大丫头袭人、晴雯等知道了，晴雯吃醋，用手指戳在芳官额上，说她是“狐媚子”，怀疑她故意约了宝玉来共餐；袭人则平和通达，说不过是误打误撞，宝玉跟猫儿一样，闻见香就要吃一口，“隔锅饭儿香”。

“隔锅饭儿香”，道出了一个普遍规律，再好的饮食，接连着吃也会倒胃口。平常在家里烧饭吃，也总得不断地换换花样；下饭馆，也不能总去同一家。偶尔到朋友家做客，吃人家一餐饭，其实那菜肴烹制的水平一般，但仍然会觉得口味一新，赞谢之辞出自肺腑。

饮食上如此，人生途程上，适度地尝尝“隔锅饭”，也很必要。“隔锅”的概念可以外延很远，隔行隔界隔专业，都可视为“隔锅”。“隔锅饭”不能当日常饭吃，真那样吃起来，吃不顺当一定倒胃，吃顺了也就无所谓“隔锅”，成了“换锅”了。但在守着自己的锅吃本分饭的前提下，偶尔地尝尝“隔锅饭”，那就不仅是胃口大开，觉得“香甜异常”，而且，所汲取的营养，也一定格外珍贵，特别是某些微量元素的摄入，有着至关重要的养生作用。

在《红楼梦》所描写的那种社会环境里，青年男女的精神食粮，首先是强制性规定的“四书五经”，像林黛玉那样的才女，她对孔孟之道、仕途经济是厌恶鄙视的，她那文化修养的“家常饭”是唐诗宋词，如她教香菱学诗时，就特别提到王维、李白、杜甫，以及更早的陶渊明等人的诗作，这些“饭”在那个时代是允许随便“吃”的，但是像《西厢记》《牡丹亭》，戏台上的演出可以看，那书却不许读，被指认为“淫书艳词”，但是，一旦她从宝玉手里接过了《西厢记》，一口气读下来，又隔墙听到梨香院排戏的小姑娘们唱出《牡丹亭》里的句子，立刻产生出“隔锅饭儿香”的效应，心动神摇，如醉如痴。

对于我们现代人来说，不必像贾宝玉那样，只是“误打误撞”地吃几口“隔锅饭”，而应该自觉地拓宽自己物质与精神食粮的食谱，多从“隔锅饭”里获得快感，补充营养。

自为花上几个臭铜 没有不了的

写下这个题目，心里很不是滋味。

这是《红楼梦》第四回，写薛蟠的一句内心独白。作为金陵四大家族传人的薛蟠，与小乡绅冯渊争买被拐子拐去养大的甄英莲，喝令手下人，将冯公子打了个稀烂，然后若无其事地带着母亲、妹妹、家人等往京城而去。贾雨村正在金陵应天府任上，受理此案，乍一听，本能地大怒："岂有这等放屁的事！打死人命就白白的走了，再拿不来的？"但经充任门子的"葫芦僧"指点，他才知道那薛家是名列金陵"护官符"上第四位的豪门贵族，并与他所攀附的名列第一位的贾家连络有亲，是万万得罪不得，也根本无法靠民间或他个人的努力就能将其"绳之以法"的。那"葫芦僧"特别地告诉他，薛蟠根本无所谓“畏罪潜逃”，“就打了冯公子，夺了丫头，他便没事人一般，只管带了家眷走他的路，他这里自有弟兄奴仆在此料理，也并非为此些些小事值得他一逃走的”。曹雪芹写薛蟠的心理：“人命官司一事，他竟视为儿戏，自为花上几个臭铜没有不了的。”贾雨村在弄清了“护官符”后，也就“乱判葫芦案”，并且将此“巧妙”的判决，作为进一步攀附四大家族的献礼。

曹雪芹并没有把薛蟠写成一个简单化的恶棍。他后面有不少篇幅写他的荒唐无知，但也同时写出他对母亲和妹妹的真挚的亲情，他与贾宝玉、冯紫英这些同阶级的朋友交往时，也常常表露出天真恳切。有一回他把贾宝玉诓出大观园，这样说：“要不是我也不敢惊动，只因明儿五月初三是我的生日，谁知古董行的程日兴，他不知那里寻了来这么粗这么长粉脆的鲜藕，这么大的大西瓜，这么长一尾新鲜的鲟鱼，这么大的一个暹罗国进贡的灵柏香熏的暹猪……我连忙孝敬了母亲，赶着给你们老太太、姨父、姨母送了进去，如今留了些，我要自己吃，恐怕折福，左思右想，除我之外，唯有你还配吃，所以特请你来……”你看曹雪芹把薛蟠的肢体语言也连带写出来了。在这个片段里，这个生命呈现出其可爱的憨态，但这也就是喝令手下人在光天化日里将冯渊打个稀烂的同一生命啊。

马克思主义认为，人的本质是社会关系的总和，人是被制度打造成的，个人属于一定的阶级或阶层，人的思想意识的主体是阶级意识。曹雪芹写书的时候，马克思和马克思主义在世界上还不存在，但是，读《红楼梦》里关于薛蟠的文字，我们却可以用上述马克思主义的理论来理解，而且，曹雪芹还写出了复杂的人性。他使读者憬悟，像薛蟠这样的生命，人性里也还是有善的，后面写到他在母亲、妹妹前忏悔落泪，就展示出他人性中与残暴相对立的柔软的一面。这样一个生命，如果不是在那样的阶级地位和那样一种制度下生存，那么，他人性中的善良面有可能压抑住邪恶面。曹雪芹笔下的贾雨村也是如此，他乍听薛蟠打死人后大摇大摆管自进京，那“岂有这等放屁的事”的愤懑是真实的，是其人性中良知的喷发；但当他在现实的“社会关系总和”面前“冷静”下来以后，他就把良知抛到爪哇国去了。他的表现，让我们懂得，贪官污吏的出现，其实也是由一种难以逃避的“官场游戏规则”所决定的。曹雪芹后面写到“四大家族”的败落，薛蟠当然不会有什么好下场，贾雨村也“因嫌纱帽小，致使枷锁扛”，但那并不是民众的胜利，正义的伸张，而只不过是皇权下统治集团利益再分割的现象。

《红楼梦》第几回是全书的总纲？一般多认为第五回是总纲，因为里面通过“金陵十二钗”的册页以及十二支曲，全面透露了书中主要人物的命运轨迹，但毛泽东却指出，应该把第四回，即呈现“护官符”和写到薛蟠“自为花上几个臭铜没有不了的”这一回，当作全书的总纲。革命家从《红楼梦》里看到的，是“斧头砍出新世界，镰刀割断旧乾坤”的必然性。

脂砚斋在薛蟠“自为花上几个臭铜没有不了的”句下，这样批道：“人谓薛蟠为呆，余则谓是大彻悟。”这是非常沉痛的话。

离曹雪芹写下《红楼梦》的文字，已经二百五十多年了，我们现在读这部巨著，应有的收获之一，就是要为彻底消除“自为花上几个臭铜没有不了的”的旧时代、旧制度的残余，而努力，而奋斗。

千里搭长棚

有朋友问我，你的“红楼拾珠”写了不少了，为什么连一些一般读者觉得挺生僻的“珠语”都拾起来议论一番，却迟迟不见你写到“千里搭长棚，没有个不散的筵席”这颗人们耳熟能详的“珠子”呢？其实，我也一直在构思对这颗“珠子”赏析的写法，只是觉得说浅了没啥意思，往深里说呢，则牵扯的方面颇多，怕一篇短文容不下。不过，现在我还是试一试，看能否长话短说，各层意思都点到为止。

首先，要牵扯到的就是《金瓶梅》。《红楼梦》是一部与《金瓶梅》区别很大的书。《金瓶梅》文学性很强，在刻画人物、写人物对话方面，非常出色；但《金瓶梅》不仅色情描写过度，而且作者在暴露政治腐败、社会堕落、人性黑暗的时候，只有冷静，没有任何理想色彩，升华不出精神上的东西，而《红楼梦》不同，曹雪芹透过描写，通过人物塑造，有时候更直接在叙述语言里面，融注批判的锋芒，提出了尊重以未被污染的青春女性为象征的社会人生理想，升华出含有哲理内涵的诗意。但是，毋庸讳言，《红楼梦》与《金瓶梅》又有着明显的文学上的传承与突破的关系，像“拼着一身剐，敢把皇帝拉下马”“千里搭长棚，没有个不散的筵席”这两句被一些读者认为是曹雪芹笔下最精彩的谚语，其实是早在《金瓶梅》里就有的。

当然，曹雪芹使用“千里搭长棚，没有个不散的筵席”，无论在总体构思，还是表达意蕴上，都比《金瓶梅》的作者高明、深刻。曹雪芹是在第二十六回里，让小红来说这句话的。书里交代，荣国府的大管家林之孝两口子，权柄很大，却一个天聋，一个地哑，更古怪的是林之孝家的年龄比王熙凤大，却认她作干妈，而他们的女儿林红玉也就是小红，虽然相貌也还不错，又伶牙俐齿，他们却并没有依仗自己的权势，将她安排为头等、二等丫头，只悄悄地安排到怡红院里，当了个浇花、喂雀、拢茶炉子的杂使丫头，后来还是小红自己凭借真本事，才攀上了高枝，成为凤姐麾下的一员强将。这两位大管家为何如此低调？这就又牵扯到《石头记》版本问题，在有的古本里，林之孝原来写作秦之孝，据我分析，很可能其生活原型，就是秦可卿原型真实家族的仆人，后来被赠给了曹家为仆——这在那个时代是常有的事，不足为奇——曹雪芹原来打算在书里，也点明他们与秦可卿来自同一背景，后来他改了主意，想隐去这一点，才决心把角色的姓氏，由秦改为了林。姓氏虽然改了，但其原型所具有的某些特点，却没有改，依然如实地写出来。

我的“秦学”研究，揭示出秦可卿的生活原型，是康熙朝两立两废的太子胤礽的一个女儿。胤礽在书里化为了“义忠亲王老千岁”，他“坏了事”，因此他的女儿秦可卿属于藏匿性质，他“坏事”前赠予贾家的仆人，虽然不至于被穷追深究，但毕竟属于“来历不洁”，因此，林之孝家的要认王熙凤为干妈，以增加一些安全感，而他们在家里窃窃私语，也就能使早熟的小红比其他同龄人更知道世道的白云苍狗。

小红是在与一个只出场那么一次的小丫头佳蕙对话时，说出这句话来的，还接着说：“谁守谁一辈子呢？不过三年五载，各人干各人的去了，那时谁还管谁呢？”这话与第十三回秦可卿念出的偈语“三春过后诸芳尽，各自须寻各自门”是完全相通的。据佳蕙透露，故事发展到那个阶段的时候，贾宝玉等人还根本没有“盛筵必散”的憬悟，“昨儿宝玉还说，明儿怎么样收拾屋子，怎么样做衣裳，倒像有几百年的熬煎”。

“千里搭长棚”的歇后语，在《红楼梦》里与“树倒猢狲散”，《好了歌》及其甄士隐的解注等，是一以贯通的，里面有对世事绝不会凝固而一定会有所变化的规律性总结，也含有悲观主义世界观、人生观的消极情绪。

2000 年 7 月 14 日法国国庆日那天，我恰好在巴黎，目睹了法国民众自发组织的“千里长桌筵”。人们沿着法国中部穿过巴黎市中心的经线，摆出筵席，大体相连，使用同一种图案的纸桌布，各家拿出自己准备的酒菜与邻居同人们共享。在巴黎卢浮宫庭院和塞纳河艺术桥上，据说是那条经线通过的地方，我看见男女老少或倚桌或席地，边吃喝边欢唱，十分热闹；又从电视现场转播的种种情况里，看到那条经线通过的地方，真是非常有趣。到太阳落山时，这个贯穿整个法国的“千里长桌筵”在欢歌笑语中散场。我觉得法兰西人的这份浪漫情怀，真的很值得我们学习。其实《红楼梦》里就已经写到不少西洋事物，如金星玻璃鼻烟盒、治头痛的膏子药“依弗那”，等等，“洋为中用”，咱们从“千里搭长棚，没有个不散的筵席”这句话里剔除悲观的情绪，注入法兰西式的浪漫旷达，那不也就成为一句好话了吗？

柳藏鹦鹉语方知

脂砚斋是曹雪芹的合作者。当然，她主要是通过批语来揭橥《石头记》的生活依据和艺术特色，直接执笔补缀文本的地方不多。她——这里用这个女性的第三人称，是因为我基本上信服周汝昌先生的考据：脂砚斋是书中史湘云的原型，是曹雪芹的一位李姓表妹。他们在家族败落后，历尽坎坷，戏剧性地遇合，隐居乡间，呕心沥血，共同从事《石头记》的写作——在第一回的批语中，就一方面指出书中的朝代年纪、地舆邦国“大有考证”，使我们知道曹雪芹的这部书尽管将真事隐去，以假语村言来进行叙述，但确实是一部带有自叙性、自传性的作品；另一方面又指出，曹雪芹在将生活的真实化为艺术情境时，使用了许多高妙的手法。

第一回的批语里，脂砚斋就这样总括曹雪芹的写作技巧："事则实事，然亦叙得有间架，有曲折，有顺逆，有映照，有隐有见，有正有闰，以至草蛇灰线、空谷传声、一击两鸣、明修栈道、暗度陈仓、云龙雾雨、两山对峙、烘云托月、背面傅粉、千皴万染诸奇……"她的评论语汇非常丰富，能让读者产生出联翩的意象，既增进了对曹雪芹文笔的审美力度，对她那批语本身，也往往能获得阅读的快感。

在第七回，曹雪芹以相当含蓄的手法写贾琏和王熙凤中午在家里行房事，点睛的句子其实只一两句："只听那边一阵笑声，却有贾琏的声音。接着房门响处，平儿拿着大铜盆出来，叫丰儿舀水进去。"有年轻读者问我，什么叫"通房大丫头"，我就让他自己去琢磨这两句描写。脂砚斋对曹雪芹的这一写法大加赞扬，她说："妙文奇想！阿凤之为人岂有不着意于风月二字之理哉？若直以明笔写之，不但唐突阿凤身价，亦且无妙文可赏；若不写之，又万万不可，故只用'柳藏鹦鹉语方知'之法，略一皴染，不独文字有隐微，亦且不至污渎阿凤之英风俊骨。"

"柳藏鹦鹉语方知"用在这里，向读者点化曹雪芹的高妙的艺术技巧，真是恰切极了。脂砚斋很显然极有文化修养，她多次随口吟出，随手拈出诗词妙句来评点曹雪芹的文本。

第三回写到林黛玉初次"还泪"，脂砚斋批道："月上纱窗人到阶，窗上影儿先进来。笔未到而意先到矣！"第十五回有批语引昔安南国使题一丈红的诗句："五尺墙头遮不得，留将一半与人看。"第十六回写贾母心神不定，在大堂廊下伫立，她批道："与'日暮倚庐仍怅望'对景，余掩卷而泣。"第二十五回写早晨宝玉想观察头天偶然给他倒茶的小红，"却恨面前有一株海棠花遮着，看不真切"，她批道：

“余所谓此书之妙皆从诗词句中泛出者，皆系此等笔墨也。试问观者，此非‘隔花人远天涯近乎’？”第三十七回批语里道：“好极！高情巨眼能几人哉？正‘一鸟不鸣山更幽’也。”诸如此类，都是善用诗句点评小说文笔妙处的例子。

脂砚斋也很会活用俗谚俚语，来作为评点的利器。她先后运用到批语中的这类语句很多，比如：“一日卖了三千假，三日卖不出一个真！”“人若改常，非病即亡。”“不如意事常八九，可与人言无二三。”“人在气中忘气，鱼在水中忘水。”，等等。

在第二十七回的回后批中，脂砚斋总结说：“《石头记》用截法、岔法、突然法、伏线法、由近渐远法、将繁改简法、重作轻抹法、虚稿实应法，种种诸法，总在人意料之外，总不见一丝牵强，所谓‘信手拈来无不是’是也。”曹雪芹固然技巧非凡，如千手观音无所不能；脂砚斋的批评技巧亦妙笔生花，灵动自如，比如她在鸳鸯抗婚一回，感慨鸳鸯在急难中提到一起度过许多岁月的姊妹们，让人读来浮想联翩，就挥笔写道：“余按此一算，亦是十二钗，真镜中花、水中月、云中豹、林中之鸟、穴中之鼠，无数可考，无人可指，有迹可循，有形可据，九曲八折，远响近影，迷离烟灼，纵横隐现，千奇百怪，炫目移神，现千手千眼大游戏法也！”

不仅曹雪芹的小说是我们中华民族的经典，脂砚斋的批评也是我们中华文化的瑰宝。当代作家可以向曹雪芹“偷艺”，当代批评家也可以从脂砚斋那里“窃宝”啊！

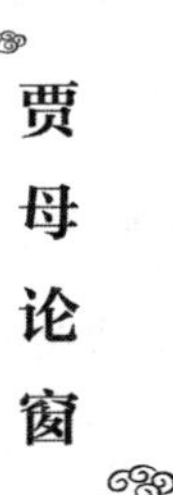

贾母论窗

通过《红楼梦》不但可以了解中国古代的历史、哲学、宗教、伦理秩序、神话传说、诗词歌赋、烹调艺术、养生方式、用具服饰、自然风光、民间风俗……还可以了解中国民族的园林艺术和建筑审美心理，而这些因素并不是生硬地杂陈出来，完全融会进了小说的人物塑造、情节流动与文字运用中。

例如，第四十回书中，贾母带着刘姥姥逛大观园，到了林黛玉住的潇湘馆，发现窗户上的窗纱不对头。

“这个纱新糊上好看，过了后来就不翠了。这个院子里头又没有个桃杏树，这竹子已是绿的，再拿这绿纱糊上反而不配。我记得咱们先有四五样颜色的纱呢，明儿给他把这些窗上的换了。”

凤姐听了，说家里还有银红的蝉翼纱，有各种折枝花样、流云卍福、百蝶穿花的。

贾母就指出，那不是蝉翼纱，而是更高级的软烟罗，有雨过天晴、秋香色、松绿、银红四种。这种织品又叫霞影纱，软厚轻密。

这个细节就让人知道，中国人对窗的认识，与西方人有所不同。西方人认为窗就是采光与透气的，尽管在窗的外部形态上也变化出许多花样。古代中国人却认为窗首先应该是一个画框，窗应该使外部的景物构成一幅优美的图画，因此在窗纱的选择上，也应该符合这一审美需求，外面既然是“凤尾森森”的竹丛，窗纱就该是银红的，与之成为一种对比，从而营造出如画如诗的效果。

后来贾母又带着刘姥姥到了探春住的秋爽斋，她再一次注意到窗户，“隔着纱窗往后院看了一回，说道：‘后廊檐下的梧桐也好了，就只细些。’正说话，忽一阵风过，隐隐听得鼓乐之声，贾母问：‘是谁家娶亲呢？这里临街到近。’王夫人等都笑回道：‘街上的那里听得见，这是咱们的那十几个女孩子们演习吹打呢。’贾母便笑道：‘既是他们演，何不叫他们进来演习……就铺排在藕香榭的水亭子上，借着水音更好听！’”贾母嫌窗外的梧桐细，就是因为她把那窗户框当作画框来看，窗户比较大，外面的“画面”上的梧桐树也要比较粗才看上去和谐悦目。中国古典窗不大隔音，并不完全是因为工艺技术上在隔音方面还比较欠缺，而是有意让窗户起到一种“筛音”的作用，即使关闭了窗扇，也能让外面的自然音响和人为乐音渗透进来，以形成窗内和窗外的心理共鸣，所以她主张到水上亭榭里面，开窗欣赏贴着水面传过来的鼓乐之声。

林黛玉受家庭熏陶，也受贾母审美趣味的影响，非常懂得窗的妙处。潇湘馆有个月洞窗，第三十五回，林黛玉从外面回来，她就让丫头把那只能吟她《葬花词》的鹦鹉连架子摘下来，另挂到月洞窗外的钩子上，自己则坐在屋子里，隔着纱窗调逗鹦鹉作戏，再教它一些自己写的诗词。那时候窗外竹影映入银红窗纱，满屋内阴阴翠润，几簟生凉，窗外彩鸟窗内玉人，相映生辉，如痴如醉。

鹦鹉毕竟还是一种人为培育的宠物。第二十七回写到，林黛玉一边往外走一边跟丫头交代："把屋子收拾了，撂下一扇纱屉，看那大燕子回来，把帘子放下来，拿狮子倚住；烧了香，就把炉罩上。"可见那些糊上软烟罗的窗户，是可以把窗屉子取下来，让窗外的自然和室内的人物完全畅通为一体的，而大燕子就是自然与人亲和的媒介，潇湘馆的屋子里，是有燕子窠的！燕子归来后，放下的窗帘并不完全闭合，说拿"狮子"倚住，那"狮子"其实是一种金属或玉石的工艺美术制品，压住窗帘一角，使窗帘构成优美的曲线，使窗内与窗外形成一种既通透又遮蔽的暧昧关系，这里面实在是蕴涵着丰富的文化元素！

林黛玉写有一首《桃花行》，几乎从头至尾是在吟唱窗户内外的人、花的交相怜惜："……帘外桃花帘内人，人与桃花隔不远。东风有意揭帘栊，花欲窥人帘不卷。桃花帘外开依旧，帘中人比黄花瘦。花解怜人花也愁，隔帘消息风吹透……一声杜宇春归尽，寂寞帘栊空月痕！"贾母也曾年轻过，曾在史家枕霞亭淘气，落进湖中险些淹死，虽然被及时救了上来，毕竟还是被竹钉碰坏了额角，留下一点疤痕，她年轻时可能没有林黛玉那么伤感，但林黛玉对外祖母的审美情趣，可以说是继承了其衣钵，并有所发扬光大，她的一系列行为和她的诗句，都是对贾母论窗的艺术化诠释。

自古嫦娥爱少年

鸳鸯抗婚，令邢夫人吃惊。邢夫人本是贾赦的填房，她回到大观园里迎春住处，数落了迎春一番，其中有“况且你又不是我养的……倒是我一生无儿无女的，一生干净”这样的话，可证她没有生育过。她觉得自己够三从四德的，贤惠得可以，贾赦想纳鸳鸯为小老婆，她非但不阻拦，还亲自去游说，依她想来，这对鸳鸯而言是一次社会地位的提升，如果答应了，到贾赦身边再生下一男半女，那就更有福享了，她作正房的又如此能容人，天上掉馅饼，鸳鸯焉有不接不吃的道理？万没想到鸳鸯发出了“牛不吃水强按头？”的呼声，此事竟难进行。

贾赦听到鸳鸯抗婚的消息，不仅吃惊，而且气愤。他有他的思路，他断定鸳鸯拒绝的原因，是遵从一条规律，那就是“自古嫦娥爱少年”，他声色俱厉地接着说：“他（刘心武按：指鸳鸯，曹雪芹时代还没有‘她’字，‘她’字是20世纪初刘半农发明后流行开的）必定是嫌我老了，大约他恋着少爷们，多半是看上了宝玉，只怕也有贾琏。若有此心，叫他早早歇了。我要他不来，以后谁还敢收她？此是第一件。第二件，想着老太太疼他，将来自然往外聘，作正头夫妻去。叫他细想，凭他嫁到谁家，也难出我的手中，除非他死了，或是终身不嫁男人，我就服了他了！”

贾赦这一番恶言，听来真是冷森森，杀气腾腾。鸳鸯知道了，却不但毫无畏惧，反而更顽强地进行了抵抗，当着众人，她袖了一把剪子，冲到贾母面前，跪下发誓，说到最后打开头发就铰，她的誓言相当决绝：“我是横了心的，当着众人在这里，我这一辈子别说是宝玉，便是宝金、宝银、宝天王、宝皇帝，横竖不嫁人就完了！”她在奋起反抗中急不择词，连“宝皇帝”这样的话也喊了出来，这在那个时代是犯大忌的，但彼时鸳鸯死都不怕，还忌什么口，避什么讳！她宣布：“就是老太太逼着我，我一刀子抹死了，也不能从命！”她说这话时，还并不知道贾母最后会是怎样的一个态度，她说倘若贾母归了西，她要么寻死，要么去当尼姑，“若说我不是真心，暂且拿话支吾，日后再图别的，天地鬼神，日头月亮照着嗓子，从嗓子里头长疔，烂了出来，烂化成酱在这里”！值得注意的是，她设誓时将“日头月亮”并列，按说一般情况下，人们会只说“日头照着”如何如何，不会同时去说“月亮照着”，这让我们想起她三宣牙牌令那一回，牌令词中出现了“双悬日月照乾坤”的句子，这就说明，曹雪芹在写这一年（据考证是乾隆元年）的故事时，当时的政治态势，就是废太子的嫡长子，也是康熙的嫡长孙弘皙，已经成为悬在天上的“明月”，“精华欲掩料应难”，企图达到“天上一轮才捧出，人间万姓仰头看”的胜境，分明是要跟“日头”即皇帝（实际上就是指乾隆）决一雌雄了。

鸳鸯在八十回后，究竟是怎样的结局？高鹗续书，写她在贾母殡天后上吊殉主，强调她的“忠心”，这当然也是一种说得过去的情节安排，但实际上曹雪芹笔下的鸳鸯不但是一个极有主见，富于反抗性，自我意识高扬的人物，而且，她绝非封建礼教的遵循者，她发现了司棋和潘又安在大观园里私通，虽然觉得有些惊讶害臊，却并不根据封建道德去评判司棋是越轨犯罪，得知司棋抱愧病倒以后，她及时去看望，支走别的人，立身发誓：“我告诉一个人，立刻现死现报！你只管放心养病，别白糟蹋了小命儿！”在那样的时代，那样的环境中，又是大宅门里老祖宗身边有脸面有权威的宠婢身份，她却能视司棋的大胆妄为是司棋的个人隐私，她尊重这一隐私，保护这一隐私，你说这个鸳鸯的观念有多么超前！当然，这实际上是曹雪芹的观念超前。

“自古嫦娥爱少年”，虽然贾赦承认这是一个客观的情爱规律，但他却力图依仗自己的权势、金钱将其颠覆。其实贾赦那时候无非是 60 岁上下，按今天的划分应该还在壮年阶段，并非什么耄耋老翁。时代在进步，但进步有时也会付出始料不及的代价，比如经济腾飞了，俗世的价值观在一些方面却失范了，“自古嫦娥爱少年”似乎并不是一个情爱定律了，贾赦如果生活在今天，他只要通过传媒征婚，说明他袭爵一等将军，拥有豪宅、名车，家财丰厚，那么，一定会有数不清的美赛鸳鸯的嫦娥争先恐后地奔向他的身边，您说是不是？

《红楼梦》里的宠物

我们首先想到的会是潇湘馆的鹦哥（有的古本写作莺哥），林黛玉和这个宠物的亲密关系，在第三十五回开头有一段非常细腻的描写：见黛玉回来，它会扑过去欢迎，并且招呼小丫头："雪雁，快掀帘子，姑娘来了。"黛玉虽然被它"嘎"的一声扑来吓了一跳，有所嗔怪，但仍以手扣架道："添了食水不曾？"那鹦哥竟长叹一声，大似黛玉素日吁嗟音韵，念起《葬花词》来。迎出的大丫头紫鹃和黛玉都笑了。黛玉又嘱咐紫鹃，把原来挂在廊子上的鹦哥架，另挂在月洞窗外的钩上，于是进了屋子，吃毕药，"只见窗外竹影映入纱来，满屋内阴阴翠润，几簟生凉……无可释闷，便隔着纱窗调逗鹦哥作戏，又将素日所喜的诗词也教与他念"。从这段描写里可以看出，黛玉的宠物鹦哥不是笼养而是架养，这一方面可能是它体形比较大，另一方面应该是黛玉希望给它以相对自由的活动空间。

第二十三回写黛玉隔墙听曲，是《牡丹亭·惊梦》一折里的词句，虽然没有引出“可知我常一生儿爱好是天然”这句，但黛玉的心，与杜丽娘的心是完全相通的，这从黛玉与宠物的关系上充分体现了出来。鹦哥毕竟是经人工驯化的商品性宠物，黛玉不仅养鹦哥，她还容纳大自然里的大燕子。第二十七回，写到黛玉边往潇湘馆外走边嘱咐紫鹃：“把屋子收拾了，撂下一扇纱屉，看那大燕子回来，把帘子放起来，拿狮子倚住；烧了香，就把炉罩上。”显然，在黛玉的居住空间里，有一个燕子窝，大燕子每天会出去觅食，衔回来喂小燕子，黛玉对燕子一家不仅不嫌不烦，还呵护备至。估计那燕子窝是在窗屉内正屋外的一个灰空间里面，正屋与那灰空间以软帘隔开。

《红楼梦》里出现得最多的宠物，是禽鸟。第三回黛玉初进贾府，先到西边贾母的院落，进入垂花门，只见“两边穿山游廊，厢房挂着各色鹦鹉、画眉等鸟雀”。后来盖起大观园，怡红院里禽鸟更多。怡红院里的特色植物是蕉棠两植，特色宠物，第二十六回通过到访的贾芸眼中看到“那边有两只仙鹤在松树下剔翎”。当然也写到“一溜回廊上吊着各色笼子，各色仙禽异鸟”，但仙鹤显然是宝玉的最爱，他迁入怡红院后便写出《四季即事诗》，里面有两句都提到爱鹤“苔锁石纹容睡鹤”“松影一庭惟见鹤”。后来第七十六回黛玉、湘云月下联诗，湘云咏出“寒塘渡鹤影”的谶语。周汝昌先生认为，鹤在书里是湘云的象征，曹雪芹《红楼梦》真本的最后情节里，有宝玉、湘云终于遇合的情节，湘云到头来是宝玉的最爱。此说可供参考。当然，从前八十回书里，读者会感觉到，宝玉对所有的青春女性都崇拜、体贴。因此，对于怡红院里象征女性的禽鸟，书里设计得也最丰富，不仅有“仙禽（或可对应于黛玉）、异鸟（或可对应于宝钗）”，更有可与一般大小丫头对应的普通品种，第三十回就写到下雨时，梨香院的小戏子宝官、玉官和袭人等玩笑，“大家把沟堵了，水积在院内，把些绿头鸭、丹顶鹤、花瀏鶒、彩鸳鸯，捉的捉，赶的赶，缝了翅膀，放在院内玩耍……”。

宝玉在“会芳园试才题对额”一回（通行本回目为“大观园试才题对额”）中，当贾政要他为后来被称作稻香村的景区题名时，他大发议论，强调“天然”。第三十六回，曹雪芹有意写下这样一幕：贾府戏班班主贾蔷为了讨好所喜欢的龄官，用一两八钱银子为她献上会串戏的雀儿“亮翅梧桐”，龄官不但不领情，还痛斥贾家花了银子买她们女孩“关在这牢坑里学这劳什子”，认为买这雀儿来在鸟笼里的戏台上乱串，衔鬼脸弄旗帜，“分明是弄他来打趣形容我们”，令贾蔷十分难堪，只好拆了笼子放了雀儿。这固然是为了写宝玉“识分定情悟梨香院”，也令我们了解到曹雪芹的宠物观，那就是要尊重任何生命，崇尚自然，呵护弱小。贾府特别是大观园里也有些较大型的动物，第五十六回宝钗与探春计议在大观园里实施“承包制”时就提到，园子里养着“大小禽鸟鹿兔”。第二十六回的一个细节也值得注意，宝玉顺着沁芳溪看了一会儿金鱼，只见那边山坡上箭似的跑来两只小鹿，正纳闷，忽见贾兰在后面拿着一张小弓追了过来，宝玉毕竟是叔辈，贾兰只好站住，解释说是在“演习骑射”。这一笔当然是暗伏后来贾兰考取了武举，但宝玉不以为然地说：“把牙栽了，那时候才不演习呢。”在宝玉眼里，小鹿是不可伤害的，动物都是人类的朋友，他的这种“呆气”甚至声播于外，第三十五回曹雪芹有意通过傅家来问安的两个婆子的对话，点明宝玉是个“看见燕子，就和燕子说话，河里看见鱼，就和鱼说话”的“情痴”“情种”。

有红迷朋友和我讨论，贾府里养不养宠物猫和宠物狗呢？答案是肯定的。第五回写宝玉到宁国府里，在秦可卿卧室午睡，安顿好了一切后，“秦氏便吩咐小丫鬟们，好生在廊檐下看着猫儿狗儿打架”。可见宁国府宠物猫狗很多，荣国府应该也是如此。虽然《红楼梦》文本里没有对荣国府宠物猫的具体描写，但在“芦雪广争联即景诗”时，湘云“就地取材”，吟出“石楼闲睡鹤”的句子后，黛玉不甘落后，“笑的握着胸口，也高声嚷道‘锦罽暖亲猫’。”可见影视剧《红楼梦》里安排王熙凤抱波斯猫，是合理的想象。

可惜曹雪芹大体写完《红楼梦》后，却因“借阅者迷失”及更神秘的原因，我们现在只能看到前八十回（其实还不足）的原本。但跟他大体同时代的一些人士，是看到过原本全稿的。有一位满洲贵族明义（字我斋），比曹雪芹小十几岁，他和曹雪芹的生命时空有所重叠，在他的《绿烟琐窗集》稿本里，有二十首《题红楼梦》诗，从组诗前小序里“曹子雪芹出所撰《红楼梦》一部……余见其钞本焉”的话推敲，他看到的应是从曹雪芹处辗转借到的一个全本。其中一首他回忆书中的情节是：“晚归薄醉帽颜欹，错认猧儿为玉狸。忽向房内闻语笑，强来灯下一回嬉。”他看到了宝玉醉归错把宠物叭儿狗当成宠物大白猫的有趣描写。可是现在无论哪种版本的《红楼梦》里都绝无这样的细节。要是能找到一本明义读过的手抄本，那该是多么惬意的事啊！

留杩子盖头的小厮

决定写一组“红楼细处”的文章，把自己细读《红楼梦》的心得与红迷朋友们分享。这些“细处”，常被囫囵吞枣地翻阅《红楼梦》的诸君忽略。比如第六十回末尾到第六十一回，写到大观园内厨房厨头柳嫂子从她哥哥家回来，到角门那里遇到了一个留杩子盖头的小厮，两个人有一番十分切合人物身份的戏谑口角，虽是回末章头似乎漫不经心的过渡性文字，这细处却大有意趣，值得玩味。

近些年多有论家热衷于分析第五十六回，认为所写的敏探春兴利除宿弊、时宝钗小惠全大体，在大观园中推行承包责任制，对今天的经济改革也颇有借鉴意义。更有论家认为这一回所写的，甚符合 19 世纪末 20 世纪初意大利经济学家帕累托所标榜的“新福利主义”。帕累托认为，如果一个高收益的社会利益集团自动让出部分利益，以补贴另一低收益集团构成一种社会福利，双方可能达到利益双保，社会状态也就趋向和谐，这种效果就叫作“帕累托最优”。曹雪芹生活在帕累托之前一百多年的封闭状态的中国，竟能在《红楼梦》第五十六回里形象地描绘出荣国府“临时内阁”推行“新福利主义”，令若干论家一唱三叹，赞颂不已。

的确，那回书里所写的是，贾府在险些面临权力真空的状况下，临时凑成的“三驾马车”竟能锐意革新的故事。荣国府府主贾政那时被皇帝派了外差，王夫人一贯依仗的“内阁总理”王熙凤又因病休假，更加上朝廷里薨了老太妃，贾母、邢夫人、王夫人连同宁国府的女主子尤氏，乃至贾蓉续娶的媳妇许氏，因为全属“诰命夫人”，按规定全得参与旷日持久的祭奠活动，先是每日早出晚归，后来更离京到远处陵寝，虽然贾氏宗族向皇家撒谎，说尤氏产育去不了，让她照管自家宁国府外，每天过来协理荣国府，但荣国府毕竟也还需要组成一个“临时内阁”，于是由王夫人指派了李纨、探春、宝钗三位出任，一个寡妇、一个庶出闺女、一个外姓亲戚，真有点“将不够，兵来凑”的架势。其实曹雪芹用笔尽量客观、周到。他固然在字里行间确实有赞扬探春之敏、宝钗之智的味道，但也写出荣国府的仆役们对这“三驾马车”和对王熙凤一样怀有无法释怀的阶级敌意：“刚刚的倒了一个‘巡海夜叉’，又添了三个‘镇山太岁’，越性连夜里吃酒顽的工夫都没了！”

大观园的管理，真是“一包就灵”吗？各个利益集团之间真是因“帕累托最优”的润滑就相安无事，趋于和谐了吗？曹雪芹在第五十八回到第六十一回里，恰恰写出了探春、宝钗她们设计推行的承包责任制所形成的人际关系紧张，与不时因小由头而发酵成的群体事件，“三驾马车”压力很大，王熙凤病休中指派平儿辅政，平儿也忙得不亦乐乎。

留杩子盖头的小厮在角门与柳家的一番斗嘴，就是在这种大背景下出现的。“杩子盖”就是“马桶盖”，这样的发型在那个时代，是未成年的男孩子常有的。这个小厮先是抓住柳家的不像是从自家回来，有可能找“野老儿”去了的把柄为要挟，让柳家的偷些园子里的杏子给他吃。柳家的就抱怨自从实行了果木责任承包制，“一个个的不像抓破了脸的”，管理上是严格了，心里头可全是钱了。柳家的点出小厮的舅母、姨娘都是揽到承包任务的，“这可是‘仓老鼠和老鸹去借粮——守着的没有，飞着的有？’”。小厮就揭其隐私——正活动着要让柳五儿分到怡红院去。柳家的奇怪他怎么“门儿清”，小厮就笑道：“单是你们有内牵，难道我们就没有内牵不成？我虽在这里听哈，里头却也有两个姊妹成个体统的，什么事瞒了我们？”

留杩子盖头的小厮最后的话特别令人深思。中国直到如今还是一个血统、裙带、老关系、熟面孔为人际重点的社会。人与人在社会游戏规则面前不能一律“陌生化”，执法办事对亲者宽疏者严，因此，再好的规则、再妙的设计，推行起来总是大打折扣。这问题怎么解决？恐怕是，经济改革政治进步，必须与心灵教化相辅相成，对此应作持久不懈的努力。

门礼茯苓霜

茯苓是跟灵芝在植物学分类上同纲同属的菌类植物，多寄生在赤松或马尾松的根部。将茯苓采下焙干，把里面的粉状物磨细，制成白霜般的补品，称茯苓霜。据说寄生于千年老松根上的茯苓最补人，用其制成的茯苓霜也最昂贵。

《红楼梦》第六十回里写到粤东官员到京城荣国府想谒见贾政，带了三篓茯苓霜，一篓明言是送给门房的门礼，以便由他们把自己的名刺和另两篓献给贾政的茯苓霜递进去。这位粤东官员来拜见时，贾政并不在京，皇帝派他外差，一直在外忙碌，并没有返京。对此这位粤东官员应该是知道的，但他既到京，荣国府府主即使不在，他也还是要来礼貌一番，可见贾政虽然并没有像他哥哥贾赦那样封到爵位，但皇帝恩赐的工部员外郎的官职，还应算作肥缺，尤其是招揽工程的地方官员，孝敬京都的工部员外郎，的确属于必修的功课。

粤东官员带三篓茯苓霜到贾府，为把自己来谒见的信息传递到里面，留待贾政知悉，居然将三分之一，即一整篓茯苓霜作为门礼，可见荣国府的大门二门是多么森严，人轻易不能进去，就是给你传个信儿留点痕迹，也必须“水过地皮湿”。

第六回写刘姥姥从乡下来到京城荣国府门外，所见到的还不是大门的门房，不过只是看守角门的，“只见几个挺胸叠肚指手画脚的人，坐在大板凳上，说东谈西呢”，好不神气！他们对蹭上去说话的刘姥姥眼皮也不眨，视若尘土。角门的门房尚且如此，大门门房的气概又该如何？更深一层的二门门房岂不更加如狼似虎？

《红楼梦》第五十八回到第六十二回开头，用细腻的笔触描绘了大观园里底层人物的生存状态。当然这“底层”只是相对而言，他们在荣国府属于底层，就整个社会而言，他们还远不是底层。在大观园里管内厨房的厨头柳嫂子，为把自己女儿柳五儿送进怡红院当差，跟晴雯、芳官等交好。有一种名贵的贡品玫瑰露，在进贡皇家的过程里，有部分被荣国府获得。其实荣国府也是皇家的一个大门房，那玫瑰露也是一种门礼。玫瑰露原放在王夫人屋里，她当然会拿一些给宝玉享用，宝玉则又让丫头们分享，连芳官也可以向宝玉讨要，去赠给柳嫂子柳五儿服用；而柳嫂子得到小半瓶后，除了留给柳五儿吃，又倒出半盏给她正患热病的侄儿。于是，本应是皇家专享的物品，也就来到了寻常百姓家里。柳五儿劝她妈省些事不要扩散，柳嫂子宣布了自己的信条：“那里怕起这些来，还了得了。我们辛辛苦苦的，里头赚些东西，也是应当的……”

到了哥哥家，侄儿用现汲的井水沏了一碗喝，顿时心头一畅，头目清凉。妹妹投桃，哥嫂报李，曹雪芹写得很有意思，原来柳嫂子哥哥恰是荣国府门上该班的，那粤东官员的门礼茯苓霜，他分到一大包，于是他媳妇匀出一小包，给了柳家的。那茯苓霜第一种吃法是用人奶和了吃，第二种吃法是用牛奶送，第三种则是用滚水冲饮，据说大补，正合素有弱症的柳五儿享用。

《红楼梦》第六十回回目是《茉莉粉替去蔷薇硝 玫瑰露引来茯苓霜》，用四种物品生发出矛盾冲突，造成人物命运的跌宕歌哭，真是巧妙之极。茉莉粉和蔷薇硝都是具有药用价值的化妆品，玫瑰露和茯苓霜则是号称有医疗养生效用的高级休闲食品。柳五儿因芳官赠来玫瑰露，于是决定感恩报答，遂把从舅舅家得来的茯苓霜又匀出一小包，趁黄昏人稀，花遮柳隐地摸进大观园，来到怡红院外，遇到小丫头春燕，就托她将茯苓霜转交芳官。当时柳五儿还属于“待分配”状态，是没资格进入大观园深处的，结果，她返回厨房时恰遇上管家婆林之孝家的带人巡查，一盘问，她心慌语乱，于是被当作嫌犯监禁起来，更连累到她母亲，厨房遭到搜检，一小瓶玫瑰露、一包茯苓霜俱被发现。林之孝家的自己手里早有“人力资源”储备，就是秦显家的，于是做主罢免了柳嫂子，任命了新厨头秦显家的。

这段关于大观园厨房控制权的争夺战，写得十分精彩。在情节的流动中，涉及柳嫂子的门房哥哥，揭示出收取门礼的风俗，细细一笔，将世道人心戳破穿透，十分发人深省。如今已是《红楼梦》所描绘的时代的两百多年之后，我们扪心自问，门礼恶俗，究竟是否已经绝迹？

小吉祥儿问雪雁借衣

赵姨娘跟前大丫头之外，至少还有两个小丫头。一个叫小鹊，她在第七十三回开头正式出场，大老晚的忽然来到怡红院径直走到宝玉跟前，告诉他赵姨娘刚在贾政耳边下了蛆，“仔细明儿老爷问你话”，说完就匆匆离去。按说小喜鹊不是乌鸦，应该报喜不报忧，但“吉凶不在鸟音中”，如打比方，这位小鹊好比是蝴蝶扇了扇翅膀，却不曾想就此一环环引出风波、风潮，直至大风暴——贾母亲自查赌、抄检大观园、死晴雯、逐芳官……

赵姨娘跟前的另一个小丫头叫小吉祥儿，她只暗出。第五十五回写探春理家，遇到一个情况，就是赵姨娘的兄弟赵国基死掉了。

探春在伦常秩序上，认贾政为父，王夫人为母，赵姨娘只是一个供她父亲使用的泄欲生孩子的工具，是贾氏宗族的世奴之一。赵姨娘说赵国基是探春舅舅，探春不认，宣称自己的舅舅是王夫人兄弟王子腾，“年下才升了九省检点”，而赵国基只是跟随贾环上学的男仆。探春坚持按家生奴才的待遇只赏了赵国基二十两银子。这是《红楼梦》里令读者读了心里发冷的一段情节。

曹雪芹的文字真是细针密绣，得空便入，玲珑剔透。到第五十七回，他写了前八十回里宝、黛爱情的最后一个高潮：慧紫鹃情辞试忙玉。按说集中去写紫鹃以江南林家即将来接走林黛玉，试探宝玉有何反应，以此来绾系宝、黛二人的婚姻前景，这回书也就非常好看了，但他偏插进一笔，就是写比紫鹃矮一级的丫头雪雁，从王夫人那边取人参回到潇湘馆，说在王夫人那边下房歇息时，赵姨娘招手叫她，原来是赵姨娘兄弟赵国基死了明日发丧，赵姨娘要带小丫头小吉祥儿去伴宿坐夜，小吉祥儿要跟雪雁借月白缎子袄儿穿。

雪雁是很早就出场的人物。第二回写贾雨村到林如海家作西宾，“妙在只一个女学生，并两个伴读丫鬟”，女学生不消说就是黛玉，雪雁呢，应是两个伴读丫鬟之一。第三回写黛玉进贾府，“只带了两个人来：一个是自幼奶娘王嬷嬷，一个是十岁的小丫头，亦是自幼随身的，名唤作雪雁。贾母见雪雁甚小，一团孩气……便将自己身边的一个二等丫头，名唤鹦哥者与了黛玉”。鹦哥跟随黛玉后易名紫鹃，由二等丫头升为一等丫头。第六十回写到管内厨房的柳嫂子有个闺女柳五儿，“虽是厨役之女，却生的人物与平、袭、紫、鸳皆类”。可见到后来紫鹃是与平儿、袭人、鸳鸯三位大丫头并列的高素质人物。

平儿、袭人、紫鹃、鸳鸯在书里都有许多重头戏，雪雁虽然后来时不时地提到，却一直只是个影子似的存在。

但是到第五十七回，雪雁自己说起小吉祥儿跟她借衣的情形，这个人物形象忽然鲜明了起来，仿佛一瞬间聚光灯圈住了她，那几百字，无妨视为“雪雁正传”。

雪雁是这样向紫鹃汇报的：“……小吉祥儿没衣裳，要借我的月白缎子袄儿。我想他们一般也有两件子的，往脏地儿去恐怕弄脏了，自己的舍不得穿，故此借别人的。借我的弄脏了也是小事，只是我想，他素日有什么好处到咱们跟前，所以我说了：‘我的衣裳簪环都是姑娘叫紫鹃姐姐收着呢。如今先得去告诉他，还得回姑娘呢。姑娘身上又病着，更费了大事，误了你老出门，不如再转借罢。’”

故事发展到这一段的时候，雪雁跟随黛玉进府已经好几年了，她已经不再“一团孩气”，历练得相当世故了。替她想想，黛玉本是寄人篱下，她更处在篱下的篱下，她不但身份比紫鹃低，前途也比紫鹃堪忧。如果出现最坏的情况，比如黛玉竟不幸病亡，那么，紫鹃的退路是现成的——她本是贾母的丫头，再回到贾母身边就是了，但雪雁她怎么算呢？她并非贾家世奴，也非袭人那样是贾家花银子买来的，从理论上说，黛玉若亡，她应退回林家，可林家已经流散，她何去何从？因此，她再憨厚淳朴，也不得不时时关注他人“有什么好处到咱们跟前”，实施严格的自我保护，而且把紫鹃、林姑娘当作了两道保护墙。雪雁拒借月白缎子袄儿给小吉祥儿，不是小气，而是一个在生命之旅中漂泊的小生命，在努力维系自己的基本利益，求得安全感。

宝官和玉官

“金陵十二钗”究竟有几组？第五回宝玉在太虚幻境偷看册页，明写出至少有三组，分别载入正册、副册、又副册。周汝昌先生考证出，在八十回后曹雪芹轶稿最后一回，即一百〇八回，有一个“情榜”，宝玉作为绛洞花王单列，然后是九组十二金钗，也就是说，正册、副册、又副册后还应有三副、四副……直至八副。那么，除了曹雪芹明写出的正册十二钗外，另外各册里都是哪些女性呢？历来读者众说纷纭，但我以为其中一册是“金陵十二官”，当无疑义。

“金陵十二官”，就是贾家为了元妃省亲，除了大兴土木建造大观园这个“硬件”外，还配备了小戏子、小尼姑、小道姑等“软件”。十二官就是派贾蔷到姑苏去采买回来的一群小姑娘，带回荣国府后安置在梨香院，派教习培训，结果到元妃省亲时，她们一个个歌欺裂石之音，舞有天魔之态，虽是妆演的形容，却作尽悲欢情状，大得元妃表扬赏赐。后来她们留在府里随时应召表演。

故事发展到第五十五回后，书里交代说宫里有位太妃先是病重后来薨逝，朝廷不许官宦人家演戏了，而元妃的下次省亲又杳无盼头，于是贾府就遣散了梨香院戏班，戏子们可由其家长领走，也可自愿留下。结果留下了八官，都分配到各处去当丫头，文官归了贾母；尤氏当时协理荣国府，要了茄官；芳官去了怡红院，藕官去了潇湘馆，蕊官去了蘅芜苑，艾官去了秋爽斋；此外湘云得了葵官，宝琴得了荳官。那么，不愿留下走掉的是哪几官呢？没有明确交代，却不难推敲。首先，有个药官，她死掉了，留去都不必算她。前面书里有戏份很重的一官——龄官，她是上过回目的，而且她与戏班班主贾蔷的爱情曾使宝玉顿悟“人生情缘，各有分定”。龄官没有留下当丫头，势在必然，贾蔷一定设法把她接出妥善安排，并且，她与贾蔷在曹雪芹的八十回后书里，一定还会有戏。

书里前面出现过，却在遣散戏班后不见踪影的，还有宝官和玉官。

宝官和玉官曾出现在怡红院里。第三十回，宝玉偶遇龄官画蔷后，忽然一阵雨来，慌忙跑回怡红院，却发现大门闩住，连敲不开，不禁怒火中烧，袭人后来听见跑去开门，宝玉也不管来的是谁，踢去一记窝心脚。事态是怎样酿成的呢？书里交代：“原来明日是端阳节，那文官等十二个女子都放了学，进园来各处玩耍。可巧小生宝官、正旦玉官两个女孩子，正在怡红院和袭人顽笑，被大雨阻住。大家把沟堵了，水积在院内，把些绿头鸭、丹顶鹤、花瀏鶒、彩鸳鸯，捉的捉，赶的赶，缝了翅膀，放在院内玩耍，将院门关了。袭人等都在游廊上嬉笑……"

宝官和玉官玩耍起来很有创意。她们似乎跟宝玉和怡红院的人走得最近。那时候芳官跟宝玉和怡红院的人似乎还不大相熟。第三十六回宝玉跑到梨香院，想让龄官给他唱《牡丹亭》里的曲子，进门首先遇到的就是宝官和玉官，她们笑嘻嘻地给宝玉让座。宝玉进屋求龄官唱曲，被龄官冷冷拒绝，宝玉从未如此这般被女孩子弃厌，讪讪地红了脸退出，又是宝官、玉官迎上他，问其所以，给他解释龄官为何如此，直到贾蔷出现，宝玉目睹了龄官与贾蔷的互爱情深，才恍然大悟那回龄官为何在蔷薇花架下痴迷地一再画出蔷字……

"金陵十二官"在书里都不是影子人物，有的戏份很重，如芳官、龄官，其余的如藕官为药官亡灵烧纸，芳官遭赵姨娘荼毒时藕、蕊、葵、荳四官冲进怡红院一个顶住赵姨娘前胸，一个抵住她后腰，另两个拉住她左右手，声援芳官，大喊大闹；艾官则在探春前告发夏婆子对赵姨娘的挑唆……这十二官，官官都不是省油的灯！

据书里交代，十二官以文官为首。第五十四回荣国府大闹元宵，贾母让十二官为亲戚薛姨妈、李婶娘献唱，说她们"都是有戏的人家"，意思是什么好的全都看过听过，于是"少不得弄个新鲜样儿的，叫芳官唱一出《寻梦》，只提琴至萧管合，笙笛一概不用"。这时候文官有句很经典的话："这也是的，我们的戏自然不能入姨太太、亲家太太、姑娘们的眼，不过听我们一个发脱口齿，再听一个喉咙罢了。"

宝官和玉官当然也都是具有发脱口齿、脆甜喉咙的戏子。她们没有留在贾府，想是被其父母或兄长接走了。她们后来的命运如何呢？令人挂念。另外，总在一起活动的宝官、玉官的命名，为什么恰与宝玉犯重？这和第二十八回里的妓女偏叫云儿，与史湘云犯重一样引人思索，是否有什么影射蕴含其中？

红楼眼神

下死眼

小红是曹雪芹笔下的一个极诡谲的形象，她大名叫林红玉，是荣国府大管家林之孝的女儿。荣国府本有大管家赖大，是世代大管家，赖大的母亲赖嬷嬷在故事开始后仍健在，常到府里来给贾母请安、打牌。按说荣国府赖大、赖大家的一对世仆充当管家也就够了，却又偏还有林之孝、林之孝家的一对似乎非世仆的夫妇也来担任大管家，而且一个天聋、一个地哑，令读者多少有些奇怪。宁国府地位比荣国府高，书里只出现赖升一个大管家，难道是因为荣国府在故事开始的时候人丁比宁国府繁多，因此需要多设一对大管家？更耐人寻味的是，有的古本上，林之孝的名字本来写成秦之孝，后来又把“秦”字点改为“林”字。林红玉若姓林，与林黛玉重姓；若姓秦，则又与秦可卿有某种关联。曹雪芹写得真是扑朔迷离。“秦”在书里可不是个好字眼，贾宝玉随贾政初游大观园，有位清客在题咏时想必是忆起古诗"寻得桃园好避秦",建议用"秦人旧舍"作匾,宝玉忙道:"这越发过露了,'秦人旧舍'说避乱之意,如何使得?"这样的文句显然绝非闲文赘笔。书里姓秦的难道都有"避乱"之嫌?且不说秦可卿,在大观园西南角上守夜的秦显家的,林之孝家的把她拉来顶替柳家的充当内厨房主管,平儿没答应,理由是对这个姓秦的不熟。林之孝家的为何推荐秦显家的?莫非是林之孝本姓秦,后为更稳妥地"避乱"而改姓林?恐怕也正是为了"避秦",才天聋地哑地低调生存。林之孝家的已是一成年妇人,却偏去认年轻媳妇王熙凤为干妈;自己明明手中有权,完全可以把女儿安排得地位高些,却偏把林红玉安排在怡红院里,先是看守空屋子,后来宝玉带一群人入住,林红玉只是个管浇花、喂鸟、拢茶炉子的三等丫头,多次被头等、二等丫头,如晴雯、秋纹、碧痕挤对。总而言之,林红玉这个角色,从出身设计上来看,就谜团重重。

林红玉这名字,姓氏重了黛玉,名字更与宝玉、黛玉二位相犯,所以王熙凤初听到就皱眉撇嘴:"讨人嫌的很!得了玉的益似的,你也玉,我也玉。"这就更让人觉得林之孝夫妇不像赖大夫妇那样,属于家生家养,如果他们是家生家养,不至于给女儿取名字时,非重几位主子名字里的"玉"字,他们可能是已经为女儿取好了名字,再因某种机缘来到荣国府的。

更值得探究的是,书里用不少笔墨写林红玉和贾芸的爱情。林红玉后来简称小红,但"红"字不仅与"怡红院"重合,更与"绛芸轩"暗合("绛"就是红色)。"绛芸轩"是宝玉给自己居处取的名字,早在跟着贾母住的时候,他就把自己居住的那个空间叫作"绛芸轩",

移到怡红院后，他还那么叫。“绛”若理解成小红，那么“芸”恰好是贾芸。这是怎么一回事呢？根据古本里署名脂砚斋和畸笏叟的某些批语，可知宝玉后来被逮入狱，在狱神庙里，不仅有茜雪出现（“茜”也是红色），也有小红和贾芸出现。那么，“绛芸轩”这一轩名，是否就含有特殊的，与小红和贾芸相关的隐喻呢？

小红和贾芸的爱情故事，是《红楼梦》里的重要篇章。他们首次见面的场景，有两笔特别值得细细鉴赏。一是写贾芸的听觉享受：“只见门前娇声嫩语的叫了一声‘哥哥’。”那并不是叫他，是小红从怡红院出来传唤宝玉小厮焙茗。二是写小红的眼神：“小红从焙茗话里听清从屋里出来的贾芸是本家的爷们，‘便不似先前那等回避，下死眼把贾芸钉了两眼’。”曹雪芹笔下多次细写人物的眼神，依我之见，小红的“下死眼”对贾芸钉住端详，可评为全书“第一眼神”。

在那个时代、那个社会、那样的贵族宅第、那样的具体环境里，无论小姐，还是丫头，都必须按礼教行事，对异性，尤其是青年男子，绝不能直视、正视、久视，偷窥已属不良行为，何况下死眼去“钉”住看。但小红有种，她在怡红院悒悒不得志，她知道自己难以接近宝玉，纵使宝玉对自己产生一点兴趣，以后也绝无袭人那样的前途；她也不愿像晴雯那样，毫无忧患意识地快活一天算一天。她深知“千里搭长棚，没有个不散的筵席”，她下棋都要多看七八步，尽管她父母是府里大管家，她年龄大了拿去配小子时，或许遭遇会比那些出身背景差的略强一些，但她也不甘心任由父母包办婚姻，她要自主择婿，蹚出一条自强之路！曹雪芹用“下死眼”三个字，把一位具有自主意识的女奴的心灵眼神活画了出来！

镜内对视

那真是一幅绝妙的图画，或者说是一个生动的镜头：麝月坐在梳妆匣前，卸去钗钏，打开头发，宝玉站在她身后，拿篦子给她一一地梳篦。本是宁静的二人世界，忽然晴雯跑了进来，晴雯是跟人要钱输了，回来取钱好去捞本，晴雯见那情景，立刻尖牙利齿地讥讽：“哦，交杯盏还没吃，倒上头了。”宝玉忙表示也可为她篦头，晴雯说：“我没那么大福。”拿完钱摔帘子出屋了。于是宝玉和麝月就在镜内相视，宝玉笑对镜中的麝月说：“满屋里就只是他磨牙。”麝月忙向镜中摆手，宝玉会意。果然晴雯掀帘子进来，不满发问：“我怎么磨牙了？咱们到得说说。”麝月笑道：“你去你的吧，又来问人了。”晴雯又斗了两句嘴，才一径跑去接着玩耍。接着场面复归于宁静。

麝月在宝玉身边，“公然又是一个袭人”。书里写到，一次宝玉雨中回到怡红院，因为丫头们没有及时开门，门开后，宝玉任性地一脚踹去，万没想到踢中的是袭人，袭人“不觉将素日想着后来争荣夸耀之心尽皆灰了”，这说明袭人是有明确的人生目标的，就是当上宝玉的第一姨娘，并以此来“争荣夸耀”。麝月显然并没有这样的人生目标，她之像袭人，可以在袭人缺位的情况下替代袭人，只不过是她也能为宝玉的世俗生活提供避免微嫌小弊的技术性支撑罢了。从书里描写看，袭人尽管性格温柔和顺，气质似桂如兰，论姿色却绝非一流，麝月就更平庸一些。虽然书里也有几次写出袭人的嘴不让人，也写到麝月出面去说退芳官干娘的无理取闹，呈现出她们性格中有棱角的一面，但总体而言，她们还是属于圆润型性格，不像晴雯那么爆炭般火辣、剪锥般尖刻，也不像芳官那么浪漫任性。在晴雯被撵逐后，宝玉难以自持，袭人这样劝解：“太太只嫌他生的太好了，未免轻佻些，在太太是深知这样的美人似的人必不安静，所以恨嫌他，像我们这粗粗笨笨的到好。”袭人说自己“粗粗笨笨”，把麝月也包括进去，称“我们”，倒未必是虚伪的谦辞，从封建主子的角度看她们，“粗粗”就是姿色不那么细致嫩腻，对府第公子没有“狐媚子”的威胁；“笨笨”就是或许对比她们身份低的会显示出尊严、威力，但对主子却是跟前背后都绝不多言多语多想妄动的。

根据曹雪芹的构思，贾宝玉的丫头系列里，还有一个檀云，名字是跟麝月配对的。宝玉住进大观园后写的《夏夜即事》诗里有两句是“窗明麝月开宫镜，室霭檀云品御香”，晴雯夭折后，宝玉撰《芙蓉诔》悼她，里面又有对偶句“镜分鸾别，愁开麝月之奁；梳化龙飞，哀折檀云之齿”，正好把两个丫头的名字嵌了进去。另外他还设计了一个丫头叫绮霰，绮霰和晴雯的名字也恰好对应。可惜檀云、绮霰，还有媚人等宝玉的丫头，在前八十回里都只有其名不见其事，也许会在八十回后出现，并参与情节的推衍？

我在《红楼梦八十回后真故事》的电视讲座和同名图书里，探佚出麝月在八十回后的情节发展里，是袭人在忠顺王点名索要的情况下被迫离开荣国府，临走时告诉已经成婚的宝玉和宝钗："好歹留着麝月。"忠顺王勒令二宝减撤丫头只允许留下一名，二宝果然留下了麝月。但在皇帝通过忠顺王对荣、宁二府实施第二波毁灭性打击时，宝钗先已死去，宝玉被逮入狱，麝月则被收官发卖，不知所终，书里对麝月最后大概就是被卖的那么一个模糊的悲惨结局。但是在书中写到宝玉为麝月篦头，并镜内对视时，一条畸笏叟的批语却这样写道："麝月闲闲无一语，令余鼻酸，正所谓对景伤情。"批语的内容与书中那段情节并不对榫，因为那段情节里麝月并非"闲闲无一语"，而且那正是荣国府的全盛时期，繁华热闹，主仆同乐，人人喜笑颜开。于是我从批语推测出，麝月是有原型的，其原型经历一番惨烈遭遇后，终于与批书人遇合，批书人把书里那段关于她和宝玉镜内对视的文字读给她听，她的悲怆并不形于外，而是"闲闲无一语"，真是"此时无声胜有声"，使得批书人鼻酸，不禁把书中往昔的繁华与书外今日的萧索两景相对照，伤情感慨万端！

杀鸡抹脖使眼色儿

这是一个连带肢体语言的极其生动的眼神描写。贾琏和王熙凤的女儿染上天花，全家总动员，采取种种措施来维护大姐儿，使其逃过一劫。有的现代读者不大理解，出痘算多大的症候，怎么荣国府里紧张到如此地步？其实查查清代文献就可知道，那时候天花一旦流行，就是皇宫里也如临大敌，而且没有什么好办法来防止传染，治愈的概率很低，完全是听天由命的那么一种恐怖状态。若干皇子、公主都夭折于天花。玄烨之所以成了康熙皇帝，很重要的一个因素，就是他儿时染了天花，却只在脸上留下一些瘢痕而已，天花是一旦得过挺住，便获得自动免疫力，余生再不会有重患的疾病，顺治皇帝死后，掌握朝政大权的孝庄皇太后正是考虑到这一点，怕立了别的后代当皇帝，一旦染上天花驾崩，于朝廷不利，遂果断拥立玄烨成为康熙皇帝，当然，也是看中玄烨还有许多其他优点。清朝每当天花流行，都会造成大批幼童死亡，曹雪芹之所以四十岁就去世，也是因为他的独生子死于天花，悲伤过度。《红楼梦》里写大姐儿染上天花，立刻安排隔离治疗，贾琏和凤姐也要暂停夫妻生活，一点都不牵强，正是那个时代一般世态的真实写照。使用接种牛痘的方法获得针对天花的免疫力，是近代才有的医学进步，服用药丸免疫更是近三十年来的新医学成果。

王熙凤是真为女儿着急奔忙，贾琏却利用这个空当偷腥。当大姐儿病愈，贾琏要从外书房回归与王熙凤的共居处时，平儿收拾铺盖，发现了贾琏偷腥的证据——一绺女人的青丝，贾琏意欲抢回，平儿拼力挣扎，正在这个当口，王熙凤来了，询问平儿整理东西时，可发现少了什么，多了什么。"杀鸡抹脖使眼色儿"，便是这时候贾琏在王熙凤身后抛给平儿的一套做派。平儿不动声色，若无其事，竟替贾琏遮掩了过去，贾琏却过河拆桥，王熙凤一走，到头来还是把那绺青丝夺了过去。

这是《红楼梦》第二十一回里的情节，这一回的回目是"贤袭人娇嗔箴宝玉 俏平儿软语救贾琏"。前半回写袭人和宝玉的冲突，当中夹写了一笔宝钗对袭人的暗赏。古本里这个地方有条脂砚斋批语，意思是这一回是从两个丫头来表现两对主子的关系，到了后来——指的是八十回后——有一回回目是"薛宝钗借词含讽谏 王熙凤知命强英雄"，那回文字里，就不是通过袭人、平儿来折射二宝和贾琏、王熙凤的关系了，是直接去表现那两对人物的意识冲撞。

我在《红楼梦八十回后真故事》的电视讲座和图书里，探佚出八十回后，有王熙凤被贾琏休掉，并且与平儿换了个位置的情节。有的听众读者提出，王熙凤被休尚可信，她与平儿互换位置，则难以认同。有位读者说，王熙凤带着巧姐离开另过不就结了吗？她怎么能忍受与平儿互换位置的奇耻大辱？这是现代人的思维。现在女性与男子离异，当然可以通过法律保护带着孩子离开另过；在《红楼梦》所表现的那个时代，是个男权社会，女子被丈夫休了，只能独自离开返回娘家，一个子女也不能带走的。又有读者问，王熙凤既被休了，就该回到王家去呀，她怎么会还在贾家呀？我在讲座里和书里，对这一点的探佚心得交代得不细，借此文加以补充。故事发展到那个阶段，书里的四大家族都陆续遭受到皇帝打击，首先被打击的应该是史家，也就是贾母的娘家，史湘云的两个叔叔全被削了爵；然后遭到打击的就是王家，王家原来有个在朝廷做大官的王子腾，是王夫人、薛姨妈的哥哥，王熙凤的伯伯或叔叔，这个人被皇帝罢官治罪，牵连到王家几房，全都“忽喇喇似大厦倾”，王熙凤那一房，也整个儿破落了。她的胞兄王仁，只顾自己苟活，哪里还管她的死活，因此，贾琏休掉王熙凤的时候，她已无娘家可回，无娘家人认领，不得已接受了留在贾家，贾琏将平儿扶为正妻，自己降到往昔平儿那样的通房大丫头地位的方案。再加上，情节发展到那个阶段，贾元春已经失却皇帝宠爱，皇帝已经命令忠顺王来查封贾家，忠顺王知道王熙凤原来是荣国府大拿，为查清荣国府的财产，也绝不允许王熙凤以任何理由离开府第。王熙凤“知命”，屈辱存活，但她毕竟性格刚硬，有时候又不免梗着脖子“强英雄”。可惜我们现在只知道曹雪芹的八十回后有这样一个回目，具体是怎么行文的，竟只好意想悬悬了。

乜斜着眼

《现代汉语词典》里对“乜斜”有两解，一是眼睛因困倦眯成一条缝，一是眼睛略眯而斜着看(多表示瞧不起或不满意)。曹雪芹写《红楼梦》不止一次使用“乜斜”一词表现人物眼神，但他赋予这个词的意味却比《现代汉语词典》的解释更为丰富。

《红楼梦》第三十回写到盛暑中午，宝玉因无聊，顺脚进入王夫人上房，只见王夫人在里间凉榻上睡着，金钏儿坐在旁边捶腿，乜斜着眼乱恍——这里的“乜斜”一词，确实只是形容金钏困倦时眼神恍惚。宝玉悄悄跟她调笑，其间有动作，有玩笑话，金钏说了句最不该说的涉嫌下流的话：“我到告诉你个巧宗儿，你往东小院子里拿环哥儿和彩云去。”宝玉和金钏都万没想到，王夫人那时候并未睡沉，忽然翻身起来，照金钏脸上就打了个嘴巴子，指着金钏骂道：“下作小娼妇，好好的爷们，都叫你教坏了！”盛怒之下，立即把金钏母亲叫来，将金钏撵了出去，后果大家都清楚，是“含耻辱情烈死金钏”。金钏之死，性质是否属于奴隶主对女奴的迫害？以今天的观点来看，答案是肯定的。其实宝玉也有一定责任，金钏固然轻佻，宝玉在那短暂的时间里也只释放着贵族公子的特权意识，其人格中的优美面毫无体现。王夫人打骂金钏时他一溜烟跑了，竟没有留下，多少为金钏辩解、哀求几句。就曹雪芹下笔而言，他倒未必是要表现主子对奴才的压迫，他似乎是在书写又一个性格悲剧，因为在第二十三回，写到贾政和王夫人召见众子女时，就特意写到宝玉进门前，一群丫头在廊檐下站着，见到他都只是抿着嘴笑，唯独金钏一把拉住宝玉说：“我这嘴上是才擦的香浸胭脂，你这会子吃不吃了？”金钏仗着素日王夫人对她服务的惯性依赖，竟不知收敛自己的轻薄做派，她是迟早要出事的。而王夫人对金钏的投井自尽，在曹雪芹笔下并不是狠毒无情，而是心有悔意，也很符合王夫人的一贯性格，包括后来王夫人决定抄检大观园，撵逐晴雯等丫头，曹雪芹在叙述文字里说“王夫人原是天真烂漫之人，喜怒出于胸臆，不比那些饰词掩意之人”，我以为那并非反讽之语，而是对王夫人性格的白描。乜斜死金钏，偶然性里有必然性。

金钏的乜斜是睡眼，醉眼也可能呈乜斜状。第二十四回“醉金刚轻财尚义侠”，写贾芸在卜世仁舅舅家受了气，烦恼中低头往家走，不曾想一头撞到了一位醉汉身上，那是市井泼皮醉金刚倪二，倪二正抓住贾芸脖领骂完要打时，贾芸忙叫道：“老二住手，是我冲撞了你！”倪二听是熟人的语音，将醉眼睁开看时，见是贾芸，忙把手松了，趔趄着转怒为喜。这段描写里曹雪芹虽然没有使用“乜斜”这个字眼，但脸上醉眼，脚下趔趄，有读者产生倪二双眼乜斜的想象，也很自然。醉金刚这个角色很耐琢磨，按说他在市井中重利放贷，属于法外谋财的社会填充物，似乎没有什么正面价值可言，但曹雪芹却用十分明亮的色彩来描绘他，把他安排进回目，称道他“轻财尚义侠”，脂砚斋批语更指出，在作者和她的实际生活里，都遭遇到醉金刚这样的人物，言外之意，他们多舛命运中的若干援助者，恰恰是这种“泼皮破落户”。

醉金刚是底层的社会边缘人，书里另一位引人瞩目的社会边缘人是柳湘莲。曹雪芹对柳湘莲这样一位破落世家的飘零子弟，就给予了更多的温情与赞美。薛蟠错把会串戏的柳湘莲视为一个可以轻亵的相公，第四十七回“呆霸王调情遭苦打”那段情节里，曹雪芹从各种角度描写到薛蟠色迷颟顸的眼神，他听到柳湘莲明明是骗他的话，竟信以为真，“喜得心痒难挠，乜斜着眼忙笑道……”薛蟠的这个眼神，区别于金钏的睡眼和倪二的醉眼，是十足的色眼，这样看视柳湘莲当然更刺激出柳湘莲痛打他的决心。但是，我们要注意到，在曹雪芹笔下，柳湘莲是个由着自己性子生活的人，他常会随性而变。痛殴薛蟠之后，他避事藏匿，有的读者或许以为他的故事就此结束，没想到第六十六回，他竟忽然和薛蟠同时出现在贾琏面前，一问，竟是戏剧性地驱散了劫掠薛蟠商队的强盗，与薛蟠不仅尽弃前嫌，更结拜为兄弟了！贾琏趁便促成了他和尤三姐定亲，谁知回到京城后，听了宝玉几句话，他又坚决反悔，要收回定亲的鸳鸯剑，这就导致了尤三姐的持剑自刎。然后有一段迷离扑朔的文字，使读者觉得柳湘莲遁入空门，从此不再出现于俗世。我在《红楼梦八十回后真故事》的电视讲座和图书里，探佚出柳湘莲在八十回后复出俗世，不仅作了对抗皇帝和“日派”政治势力的“强梁”，还与没嫁成梅翰林家的薛宝琴在离乱中遇合，使得宝琴最后的归宿是“不在梅边在柳边”。根据之一，就是曹雪芹已在前面为柳湘莲的性格特征和命运轨迹定下了调子: 他是最会随性而变，也最会出人意表的一种生命存在。

贾政一举目

认为《红楼梦》一书具有反封建的思想内涵，是非常值得尊重的论断。但有的持这种观点的人士，把贾政设定为一个代表封建正统的载体，从书里截取出若干贾政的言行，特别是训斥贾宝玉的那些话语，从而把全书的主线概括为那个时代的“新人”（新兴市民阶层的代表人物）与封建顽固势力进行斗争，我以为，这样的观点有简单化的弊病，不利于我们理解曹雪芹的苦心，参透《红楼梦》的真味。

书里写贾政，也是立体化的，对贾政须作面面观。贾政固然有忠于皇帝的一面，有父权、夫权的威严，有封建正统思想，对于贾宝玉总体而言是施以必须走仕途经济“正路”的意识形态压迫，但书里也多次写到贾政内心里的矛盾，他的灵魂由多种因素组合，而且常会发酵，生发出种种复杂的况味。

第二十二回写“制灯谜贾政悲谶语”，就多层次地展开了贾政内心涌动的情愫。由于其原型并非贾母原型的亲子而是过继的，虽然“真事隐”，却又“假语存”，写到贾母对他的冷淡和他内心里对母爱的需求，更写到他面对元春、迎春、探春、惜春等晚辈灯谜中透露出的不祥之兆的警觉惊悚，写出了他在家族兴隆时期内心的孤苦无告与疲惫凄清。这是一个有血有肉的形象，欣赏这个艺术形象要摆脱贴标签的模式，要从中体味出曹雪芹挖掘、探究人性的功力。

按有的人的粗糙思路，贾政一举目，定然无好事，又要宣扬什么封建正统思想。但是在第二十三回，写贾政和王夫人召集子女们公布元妃让他们住进大观园的谕旨时，晚辈到齐后，曹雪芹特意写下这样一笔：“贾政一举目，见宝玉站在眼前，神采飘逸，秀色夺人；看看贾环，人物委琐，举止荒疏；忽又想起贾珠来，再看看王夫人只有这一个亲生的儿子，喜爱如珍，自己的胡须将已苍白；因这几件上，把素日嫌恶处分宝玉之心不觉减了八九。”这个地方把贾政的眼神从外在形态直写到内在底蕴，说明他也有超越封建价值观念判断的审美亲情。

第七十八回前半回写“老学究闲征姽婳词”，更进一层写出：“近日贾政年迈，名利大灰，然起初天性也是个诗酒放诞之人，因在子侄辈中，少不得规以正路。近见宝玉虽不读书，竟颇能解此，细评起来，也还不算十分玷辱了祖宗……”读者读到这里，会感觉到贾政与宝玉并非势不两立，他们灵魂深处，都有看淡功名、诗酒放诞的因素，只不过贾政素日自己压抑，更去压抑子侄，而宝玉能挣脱压抑自觉释放罢了。

我在《红楼梦八十回后真故事》的电视讲座和图书里，告诉大家我的探佚心得，“老学究闲征姽婳词”，是贾政内心深处悼明之亡情绪的一次大宣泄。有的听众读者发问，贾政是清廷王朝的官僚，他怎么会有这样的心思？更有人指出，曹雪芹是八旗子弟，又不是明朝遗老遗少，他怎么会在书里去通过这样的情节、这样的人物来表达哀明的情绪？要弄通这个问题，就必须知道三个事实。第一，曹雪芹祖上是满洲八旗的成员，而所属于的正白旗还是八旗中的“上三旗”之一。一直有人误以为曹雪芹祖上是汉军旗的成员，非也。如果是清人入关前后所编制的汉军旗的成员，那么，在整个社会系统里面，身份就比较低下；属于正白旗成员，表面上就属于最正统的满族。第二，曹雪芹祖上是汉人，但被满人俘虏得早，那时究竟满人能否得天下，还很难说，但曹雪芹祖上与满人共同作战，立下汗马功劳，后来竟一同入关，清王朝定都北京，统一全国，跟随满族主子夺得天下的，如曹雪芹祖上的汉人纷纷分享到胜利果实，被委任为有权有势的官僚，曹雪芹家后来三代四人担任了江宁织造，在康熙一朝，无限风光。特别是曹雪芹祖父曹寅，他与康熙可谓“发小”，除了织造任内的事务，他还兼负盐政、制造铜筋、刻印典籍等重任，更担任着不为人知的单线与康熙联系的特工任务，其中一项特工任务就是与明朝遗老遗少套近乎，笼络时也就刺探到他们的内心想法与外在作为。第三，虽然被编制到了满八旗中，但曹雪芹家族毕竟血管里流淌的是汉族的血液，而他家在正白旗里，地位又比满族成员低，属于“包衣”，就是奴隶，他们分配到的衙门，是内务府，也就是为皇家服务的一个专门机构。从曹寅留下的诗文里，能找到不少在与明朝遗老遗少唱和中，自己也发哀明之幽思的蛛丝马迹，这一方面可能是为了“统战”，另一方面也不排除其内心确有那样的情愫涌动。但曹寅那样做，却又有所仗恃，康熙六次南巡四次住进曹寅接驾的江宁织造署，而且康熙为了强调清政权在中国的合法性与连续性，专门去祭奠明太祖陵，书写了“治隆唐宋”的碑文，因此，适度地表达悼明情绪，对于曹寅那样的人来说，属于“打擦边球”，并不一定是悖逆，弄巧妙了倒是对清廷“奉天承运”的一种肯定。了解这些书外的情况，有利于我们理解书里贾政“闲征姽婳词”这段情节。

相对笑看

抄检大观园的导火线，是傻大姐在大观园山石上捡到的一个绣春囊。那绣春囊究竟是谁失落在那里的？绝大多数读者都认同这样的判断：是迎春的大丫头司棋的情人不慎遗落在那里的。抄检时从迎春的箱子里抄出了司棋表兄潘又安写给她的一封密信，里面提到“所赐香袋二个，今已查收”，那么当潘又安潜入园子与司棋幽会时，很可能就至少佩戴着一个绣春囊，在隐蔽处宽衣求欢，又被鸳鸯无意中惊散，惶恐中失落在山石上，顺理成章。但是，历来《红楼梦》的读者中，对绣春囊究竟是由谁遗失在那里的，却也有另样的理解。比如一位叫徐仅叟的读者，他就认为那绣春囊非司棋、潘又安所遗，是谁的呢？薛宝钗！有人听了可能哑然失笑，会觉得这位徐姓读者是个现代小青年，也许是在网络上贴个帖子，以“语不惊人死不休”谋求高点击率罢了。但是我要告诉你，这位徐仅叟是晚清的官僚文士，跟康有为、梁启超志同道合，他对《红楼梦》里描写的人情世故，比我们不知要贴近多少倍。作为饱学之士，他这样解读书中绣春囊的遗落者，自有其逻辑。

抄检大观园丑剧发生第二天，惜春“矢孤介杜绝宁国府”，尤氏被惜春抢白了一顿，怏怏地到了抱病疗养的李纨住处，没说多少话，人报“宝姑娘来了”，果然是薛宝钗到。头晚抄检，薛宝钗住的蘅芜院秋毫未犯，理由是王善保家的提出王夫人认可的——不能抄检亲戚。但是，那又为什么不放过潇湘馆呢？难道林黛玉就不是亲戚？这些地方，曹雪芹下笔很细，虽未明点王夫人的心态，聪明的读者却可以对王夫人诛心。抄家的浩荡队伍虽然没有进入蘅芜院，但没有不透风的墙，薛宝钗探得虚实后，第二天就来到李纨这里，说母亲身上不自在，家中可靠的女人也病了，须得亲自回去照料一时。按说从大观园撤回薛家须跟老太太、太太说明，或者去跟凤姐说明，但宝钗强调“又不是什么大事，且不用提，等好了我横竖进来的”，因此只来知会李纨，托她转告。对于宝钗的这一撤离决定，曹雪芹这样来写李纨和尤氏的眼神：“李纨听说，只看着尤氏笑，尤氏也只看着李纨笑。”几个人一时间都无语，丫头递过沏好的面茶，大家且吃面茶。

李纨和尤氏的相对笑看，那笑应是无声的浅笑，心照不宣。她们都深知宝钗的心机，真个是随处装愚、自云守拙。

如果宝钗真拥有绣春囊，我们也不必拍案惊奇。书里多次写出宝钗见识丰富，高雅低俗无所不通。她如果拥有绣春囊，并不意味着她心思淫荡，她只不过是要尽可能扩大认知面罢了。她哥哥薛蟠一定是拥有许多这类淫秽物品的，她得来全不费工夫。当然，她把那东西带进大观园，并失落在山石上，可能性实在太小，徐仅叟若把这一点解释圆满，恐怕也不容易。尽管如此，我觉得徐仅叟的观点仍有参考价值。书里写宝钗是有“热毒”的，她需时时吞食“冷香丸”来平衡自己的身心状态。

我们可以把宝钗和二玉对比一下。宝玉、黛玉虽聪慧过人，却“五毒不识”，他们不懂仕途经济，宝玉不会使用称银子的工具，黛玉不识当票，他们坐在台下看《鲁智深醉闹五台山》却不会背其中的唱词，接触到《西厢记》的戏本他们欣喜若狂，而人家宝钗早在幼年时就把《元人百种》都浏览过了。宝玉不识绿玉斗的贵重，黛玉不知梅花雪烹茶才成上品，而旧年蠲的雨水“如何吃得”……宝钗之所以能成为那个时代、那个社会、那种贵族家庭里的模范闺秀，不是因为她单纯、真诚、透明，而恰恰是因为她什么都知道，却能装作什么都不知道，说出话，行出事来常常让别人心下明白，却又无法点破，这是她游弋于那个社会、那种环境的优势，但也使她即使获得了宝玉这个人，却无法获得宝玉那颗心。

宝钗来辞别，李纨、尤氏先只是相对笑看，无语应付，后来李纨才说“你好歹住一两天还进来，别叫我落不是”。这时宝钗却冒出一句很厉害的话来，叫作“落什么不是呢，这也是通共常情，你又不曾卖放了贼”。按说宝钗不该如此绵里藏针，她为什么脱口来上一句“你又不曾卖放了贼”？难道真如徐仅叟所言，她对抄检一事除了回避，还有某种微妙的心理？

以目相送

有一个被称为“靖藏本”的古本《红楼梦》，它在20世纪中叶一度浮出水面，却又神秘地消失。有阅读过这个古本的人士，抄录下其中若干独有的批语，寄送给当年的红学家们，因此，这些“靖藏本”批语也就传播开来。我对这些资料也是很重视的，纳入到自己探佚的参考范畴之内。

我的《红楼梦八十回后真故事》电视讲座和图书公开后，有观众读者指出，“靖藏本”第六十七回前，有很长的批语，涉及全书结尾，可是我的探佚心得里，却没有采纳，这是为什么？首先，古本《红楼梦》的第六十四回、六十七回，经过去不止一位红学家研究考证，基本达成共识，就是这两回文字不是曹雪芹的文笔，当然也不是高鹗弄出来的，应该是跟曹雪芹比较亲近的人士揣测曹雪芹构思补缀的。第六十四回，还有人认为前半回大体是曹雪芹留下的，第六十七回，则正文全不可靠，其批语的价值，也就格外可疑。在现存的其他古本里，第六十七回都没有任何批语，“靖藏本”的批语的确很独家。这一回回前的批语，抄录者过录下来的文字，简直无法阅读，文句错乱到不知所云的程度，这也是我不敢采纳的重要原因。勉强点读，大体而言，是说最末一回，写到宝玉“撒手”，达到“了悟”，他出家不必削发，回到青埂峰，仍应在甄士隐的梦里，而在前面引领他回归的，是尤三姐。我的探佚，最末一回，却是有二丫头出现。

我为什么看重二丫头，认为她会在最关键的时刻起到令宝玉顿悟升华的作用？是因为在第十五回里，写到宝玉随凤姐去到一处农庄，在凤姐来说，不过是找处地方暂且“更衣”，对宝玉而言，却是来到一处与平日完全不同的环境里，产生了新鲜的生命体验。在农庄里宝玉遇到了二丫头，一个淳朴的村姑，二丫头纺线给他看，使他大开眼界。本来这段文字似乎也没有什么警动读者之处，但到登车离开农庄时，曹雪芹却写出这样一些惊心动魄的文字：“出来走不多远，只见迎头二丫头怀里抱着他小兄弟，同着几个女孩子说笑而来。宝玉恨不得下车跟了他去，料是众人不依的，少不得以目相送，争奈车轻马快，一时展眼无踪。”

关于二丫头的出现，脂砚斋批语指出：“处处点情，又伏下一段后文。”在“以目相送”“车轻马快”侧旁，又批道：“四字有文章。人生离聚，亦未尝不如此也。”所指“四字”，多认为是“车轻马快”，我觉得更应指“以目相送”，宝玉的这个眼神，体现出他内心对囚禁于富贵之家的大苦闷与复归淳朴田园生活的大向往，同时也是一个大伏笔，就是到最后他会在二丫头的引领下顿悟，从而悬崖撒手，复归天界，也就是“因空见色，由色生情，传情入色，自色悟空”。请注意，“色即是空，空即是色”是佛教已成滥觞的说辞，但曹雪芹用“由色生情，传情入色”八个字作为顿悟的桥梁，就超出了传统世俗佛教的“色空”概念，强调出了“情”在宇宙人生中的重大意义。

历来多有用世界上现成的理论解读《红楼梦》的。王国维早在20世纪初就试图用叔本华的悲观哲学来阐释这部奇书；20世纪中叶运用俄国别林斯基、车尔尼雪夫斯基、杜勃罗留波夫（简称别、车、杜）的文艺观点，特别是运用恩格斯提出的“典型环境中的典型人物”的理论来分析论证《红楼梦》的主题与人物，更成为一种潮流；直到进入21世纪，也还有用康德、尼采、海德格尔的哲学来说事的，更有引进女权批评、结构主义、后现代主义、解构主义来诠释《红楼梦》的。十八般文艺批评的利器，凡有可取处的，皆可借鉴，试用。我自己的研究，也一直借鉴使用着原型研究和文本细读的方法。但曹雪芹写《红楼梦》却是超越理论的，他不是在既有理论指导启发下来写这部小说的，他自创了“真事隐”而又“假语存”的文本，书中又“处处点情”，以“情”贯串全书，他似乎在启示我们：宇宙人生中最宝贵的，不是功名利禄，不是传宗接代，不是声光色电，而是那些人与人、人与自然之间的情感享受，哪怕只是短暂的，转瞬即逝的，只要享受到了真情，人生就具有了实在的意义与价值。我曾说自己的红学研究从秦可卿入手可称“秦学”，其实，更准确的称谓，应该是“情学”。

莲花儿眼尖

迎春房里的丫头，司棋排头位，其次是绣橘，她们在书里戏份都不少，一般《红楼梦》的读者都记得她们，尤其是司棋，她大胆与潘又安恋爱，私通音信，交换信物，更干脆买通看门婆子张妈把情人引入大观园，月夜里在大桂树下山石旁同享云雨之乐，事发后，当着凤姐等的面，她居然并无畏惧、惭愧之意。高鹗续书把她的结局设计成殉情触柱而亡，应与曹雪芹原来构思相近。但是，迎春房里的小丫头莲花儿，也有戏份，却往往被一些读者忽略。

细读《红楼梦》，乐趣无穷。我少年时期就对《红楼梦》读得很细，那倒并不是受到红学家影响，那时也无“文本细读”的理论出现，我的细读，引导者是我的母亲。比如，母亲会说，哦，王善保家的跟秦显家的，是亲戚啊！我曾把这一点告诉宗璞大姐，她吃惊：“这两个人能是亲戚吗？”一般人都会记得，王善保家的是邢夫人的陪房，而秦显家的，是大观园南角子上夜的，她一度被荣国府的管家婆林之孝家的封为内厨房厨头，取代了柳嫂子，没想到才高兴了不到半天，就又被“判冤决狱”的平儿“原封退还”，得到平反的柳嫂子重回内厨房主政。平儿的“人力资源库”里没有秦显家的，林之孝告诉她已经先斩后奏委派了秦显家的，平儿表示：“秦显的女人是谁？我不大相熟。”王夫人房里的大丫头玉钏提醒她，秦显家的是司棋的婶娘，司棋父母虽然是大老爷贾赦那边的，其叔婶却在二老爷贾政这边当差——这说明秦显和他哥哥两家全是荣国府的世奴。后来抄检大观园的时候，书里又交代，王善保家的是司棋的外祖母。我们细想一下，王善保家一个女儿嫁给了一位姓秦的男仆，生下了司棋；这位男仆的弟弟叫秦显，那么，秦显的女人难道不是王善保家的一位亲戚吗？当然，她们互相怎么称呼，是个难题，按北方延续至今的习俗，或者秦显家的就随司棋唤王善保家的姥娘，王善保家的或者就称其为显子媳妇。

司棋一直想除掉柳家的，夺到内厨房的控制权，为此她一再给柳家的出难题；而柳家的仗恃跟怡红院的人交好，也并不把迎春处的人看在眼里。司棋派莲花儿去跟柳家的说，要一碗炖得嫩嫩的鸡蛋。“嫩嫩的”这标准很难把握，无论你怎么细心，炖出的鸡蛋还是会被埋怨“炖老了”。柳家的知道来者不善，就长篇大套地唠叨鸡蛋匮缺恕不伺候，莲花儿不仅动嘴更动手，从菜柜里发现了十来个鸡蛋，发出极难听的指责：“又不是你下的蛋，怕人吃了。”对吵中，莲花儿更揭发柳家的讨好怡红院晴雯的丑态，柳家的越发恼羞成怒。莲花儿回到迎春房里，把在厨房的遭遇告诉司棋，司棋怒从心头起，恶向胆边生，伺候完迎春晚饭，率领莲花儿等小丫头冲进厨房，发布了“打、砸、抢”的命令：“凡箱柜所有的菜蔬，只管丢出来喂狗，大家赚不成！”在曹雪芹笔下，司棋在情欲上的大胆与婚姻追求上的自主执着，与她在争夺内厨房控制权上的跋扈嚣张，融为一个可信的艺术形象。

脂砚斋说曹雪芹的文笔“细如牛毛”，例证太多。柳五儿被当作窃贼嫌疑犯被监禁后，林之孝家的说起王夫人屋里丢了一罐玫瑰露，围观的婆子、丫头里恰有莲花儿，她听见了忙说“今儿我倒看见一个露瓶子”——她先是在厨房里翻查有无鸡蛋，后来想必更跟随司棋成为冲进厨房打、砸、抢的急先锋，她眼尖，看见了橱柜里柳家的从芳官那里得来的小半瓶玫瑰露，当时因为兴奋点不在玫瑰露上，也没特别在意，晚上听见林之孝家的提起，便带领巡查一行到厨房里，立马取出露瓶作为贼赃，而且又进一步发现了一包茯苓霜，使柳家的和柳五儿更加有口难辩，面临各被打四十大板，母亲撵出去永不许再进二门，女儿则交到庄子上或卖或配人，那样恐怖的命运。

后来由于宝玉出面“顶缸”，掩饰了真正的窃贼；平儿判冤决狱，为柳氏母女平反，大事化小，小事化了。已经夺到手的厨房，竟又权归柳家的，司棋气了个倒仰，莲花儿想必也悻悻然。在曹雪芹笔下，迎春是最懦弱的，但偏她房里的大丫头司棋也好，小丫头莲花儿也好，强悍，甚至凶悍，这种主奴性格大反差的设计，实在有趣，也意味无穷。

推荐《红楼梦》周汝昌汇校本

人民出版社 2006 年 12 月第一版的周汝昌《红楼梦》汇校本，是一个非常珍贵的古典文学读本。

由于曹雪芹的《红楼梦》在流传的过程里，出现了多种不同的版本，18 至 19 世纪有手抄本，有木活字摆印本，到 20 世纪初有石印本，再后又有铅排本。为了便利读者阅读、研究，中华人民共和国成立以后，多次整理、出版《红楼梦》，有供一般读者阅读的“通行本”(即封面署曹雪芹、高鹗著的一百二十回本)，也有各种古本单本的排印本（有的加注释）或影印本，也出版过如俞平伯先生用几个古本互校的特色本，但一直缺少一部把现存诸多古本尽可能全部找齐，逐字逐句比较、研究、斟酌、取舍的汇校、精校的本子。人民出版社 2006 年 12 月第 1 版的这个经周汝昌先生在出版前再加精心厘定的汇校、精校本，补上了这个历史空缺，使全球的《红楼梦》阅读者和研究者，获得了一个弥足珍贵的《红楼梦》新版本。

周汝昌先生开拓这项工程，是在 1948 年，从胡适先生那里借到古本《脂砚斋重评石头记》（甲戌本）后，立即录副，与其兄周怙昌一起，迈出第一步的。其后历经半个世纪的岁月风云、人生沧桑，坎坷备至，摧毁重来，周怙昌先生去世后，周汝昌女儿周伦苓又参加进来，一家两代三人，私家修书，克尽困难，终于大功告成，因最后由周汝昌先生定稿，此书汇校者只署周汝昌一人之名。

这个汇校本，是把他们在工作期间所能搜集到的十一个古本，逐字逐句进行对比、研究，再经讨论、斟酌，选出认为是最符合或最接近曹雪芹原笔原意的一句，加以连缀，最后形成的一个善本。汇校中还加以必要的注释，向读者交代，为什么选这样的字、这样的词、这样的句子，以及为什么要保留某些篇章、段落。比如我们一般人所读到的“红学所”的校注本(人民文学出版社 1982 年第1版)，这个本子不是把现存古本逐一对照汇校，而是以一种古本“庚辰本”为底本加以修订的一个本子，它有优点，却也存在明显的缺憾——比如曹雪芹在全书第一回之前写的《凡例》，它只把其中很少的一点取用在第一回正文前面，用低两格的格式作一特殊处理，这样，就使得读这个本子的广大读者，不能读到完整的《凡例》，而周汇本《红楼梦》却完整地呈现出了曹雪芹写在第一回前面的《凡例》。类似的优点，周汇本比比皆是，不胜枚举。

初读周汇本，因为对已往印行的通行本印象已深，往往会有惊奇甚至不解的反应，这回目、句子怎么“眼生”呀？这字怎么会是“别字”“错字”呀？但细读细思，特别是看了周先生加的注释，就能理解，那“眼生”的回目或句子，更接近曹雪芹的原笔，而有些字那么样地“不规范”，正说明曹雪芹当时创作这部白话小说时，往往不得不“借音用字”“生造新字”，使我们懂得 1919 年以后的“白话文”，有一个逐步演化、规范的过程。通过读这个周汇本，也能使我们对母语文本的流变，有所憬悟，这也恰是周汇本的一个特色。

周汝昌先生的学术观点，是认为曹雪芹大体写完了《红楼梦》，全书不是一百二十回，八十回后还有二十八回，全书的规模是一百〇八回；认为高鹗的续书违背了曹雪芹的原笔原意，应在出版上与曹雪芹的《红楼梦》切割开。因此他汇校的《红楼梦》只收八十回，但为了一般读者能了解曹雪芹《红楼梦》的全貌，他将自己对曹雪芹《红楼梦》八十回后的内容，多年来进行探佚的成果，浓缩成文，附在书后，这样，就使得这个本子不仅具有最接近曹雪芹原笔原意的特色，也满足了一般读者希望了解到曹雪芹的《红楼梦》全貌的愿望。

人民出版社所出的这个周汇本《红楼梦》，编辑精心，印装雅致，为广大的《红楼梦》爱好者、研究者提供了一个难得的汇总精校本。

2007 年 8 月 6 日

周老赠诗有人和 —— 赴美讲红杂记

和 L 君同往夏威夷一游，老友梅兄送我们到机场，领登机牌前，他把一个纸袋递给我，脸上现出顽皮的微笑，嘱咐我："到了那边再看，在海滩上慢慢看。"

夏威夷跟我想象的很不一样。我以为那里很热，只带去恤衫，谁知平均气温多在二十五度上下，时有小阵雨，外套还是少不了的。我以为可以用"天然金沙滩，翻飞银海鸥"来形容那里的海滨风光，却原来那是火山岛，海滩本来全是被岩浆烧焦过的黑石头黑沙子，现在所看到的金色白色沙滩，全是从澳大利亚进口的沙子铺敷的。因为全境长期禁止捕鱼，近海生态特殊，并无海鸥飞翔，所看到的鸟类，大多是鸽子。我以为它已接近南太平洋，热带植被中必然多蛇，我最怕的就是蛇，自备了蛇药，但导游告诉我们："这些火山岛全无蛇，如果说有，那只有两条，一条在动物园里，一条就在你们眼前 —— 我，地头蛇啊！"我原以为夏威夷州花必是一种很特殊的热带花卉，没想到却是北京常见到的朱锦牡丹……

但夏威夷确有一种令人心醉神迷的风韵。那里的土著以黑为贵，以胖为美，人们见面互道"阿罗哈"，无论是柔曼的吉他旋律，还是豪放的草裙舞，都传递给你充沛的善意与天真。

我们下榻的宾馆离著名的威基基海滩很近，散步过去，租两把躺椅、一把遮阳伞，在免费的冰桶里放两瓶饮料，一身泳装，日光浴、海水浴交替进行，真是神仙般快活。我带去了梅兄给我的纸袋，靠在躺椅上，抽出了里面的东西，原来是一册纽约出版的中文《今周刊》，于是发现，有一整页刊登着与我有关的古体诗。

我赴美前，《北京晚报》已经刊载了周汝昌先生的《诗赠心武兄赴美宣演红学》："前度英伦盛讲红，又从美土畅芹风。太平洋展朱楼晓，纽约城敷绛帐崇。十四经书华夏重，三千世界性灵通。芳园本是秦人舍，真事难瞒警梦中。"《今周刊》将其刊出，重读仍很感动。但让我惊讶和更加感动的是，在周老的诗后面，《今周刊》一连刊登了四首步周韵的和诗。第一首就是梅兄振才的："百载探研似火红，喜看秦学掀旋风。轻摇扇轴千疑释，绽放百花四海崇。冷对群攻犹磊落，难为自说总圆通。问君可有三春梦，幻入金陵情榜中。"还有刘邦禄先生的："锲而不舍探芹红，当代宗师德可风。十杰文坛登榜首，一番秦论踞高崇。揭穿幻像真容貌，点破玄关障路通。三十六篇纾梦惑，薪传精髓出其中。"陈奕然先生的和诗则是："劫后文坛一炮红，长街轻拂鼓楼风。坚冰打破神碑倒，传统回归儒学崇。真事隐身凭揭秘，太虚幻境费穷通。阿瞒梦话能瞒众，还赖高人点醒中。"罗子觉先生和诗："忽闻美协艺花红，纽约重吹讲学风。芹老锦心千载耀，刘郎绣口万侨崇。红楼梦觉云烟散，碧血书成警幻通。嗟我息迟无耳福，不惭敬和佩胸中。"

除了步周老韵的和诗外，还有七首诗也是鼓励我的，其中赵振新先生《无题》："早有才名动九州，伤痕文学创潮流。红楼今又开生面，攀向层楼最上头。"

当然，我深知，这些人士，有的是老友，有的是新识，有的尚未谋面，都属于我的"粉丝"，有的更取一特称叫"柳丝"；人做事需要扶持，出成果需要鼓励，一个篱笆三个桩，一个人至少需要三个人帮，国内海外皆有我揭秘《红楼梦》的“柳丝”，是我的福分。但我也知道，恨不得把我“撕成两半”的人士，也大有人在，国内见识过，海外未遇到，却未必没有，对于他们，我要说，难为他们花那么多的时间和精力，投入那么强烈的情感来对付我，凡他们抨击里的含有学术价值的那些成分，我都会认真考虑，但凡那些属于造谣、污蔑、人身攻击的话语，我就只能是付之一笑，我祝他们健康快乐，不要因为对我生气而伤身废事。

赏完那些诗，朝海上望去，只见翻卷的海涛里，冲浪健儿正在灵活而刚强地上下旋跃，就觉得，要向他们学习，做一个永不退缩的弄潮儿！

附：诗赠心武兄赴美宣演红学

◎ ◎ 周汝昌

近悉作家刘心武先生应华美协进社之邀，将赴美在哥伦比亚大学宣讲《红楼》之《梦》，喜而赋诗送行，并以小文记此一事，或有愿闻者，故披露于报端，方家大雅，当有解味知音，亦可存也。诗云 ——

前度英伦盛讲红，又从美土畅芹风。
太平洋展朱楼晓，纽约城敷绛帐崇。
十四经书华夏重，三千世界性灵通。
芳园本是秦人舍，真事难瞒警梦中。

如今为了让年轻一代读者易于理解，于此文末附以简释，逐句而粗为解说 ——

首句是说，刘先生 2000 年曾受英中文化协会和伦敦大学之邀，专赴伦敦讲了一次“红学”，深受欢迎，影响远播。故第二句即言，今番又受邀专赴纽约去讲雪芹之书，《红楼》之学。“前度”者，暗用唐贤刘禹锡“前度刘郎今又来”之句，巧为关合。“畅芹风”，仿古人“大畅玄风”之语法（“玄”，指老庄哲理）。

第三句写飞渡大洋时，目睹云海朝霞，如红楼乍曙之气象。第四句之“绛帐”是借古代名师讲学时设绛帐，正可借为今之“讲座”

语义。绛帐与朱楼对仗，自谓异常工巧。

以上为首联、颈联四句。以下腹联为第五、六两句了：上句何谓耶？——是说中华本有《十三经》是国粹，我则提出，应将《红楼梦》列为《十三经》之后一部重要经典，称之为《十四经》——有了这一经，华夏民族文化精髓又增添了重要的分量！下句则指明“红学”的宣演推广，将为世界各民族国家的交流融会带来新的美好前景。

尾联是点睛结穴之处：讲的是大观园“试才”时，清客相公题一匾曰“秦人旧舍”四字，宝玉听了，在他的评语中首次点破了全书中的一大秘密：此园此境，乃是“避秦人”的曾居之所——建园省亲而道出此等“逆语”，可骇可愕！而宝玉也忍不住说：这越发过露了，此是“避乱”之语，如何使得？！雪芹在此，用了书中唯一的一处特笔，揭破“过露”的背后深层，正是政治局势双方较量而招致的巨变和大祸！

末句总结之意：由此可悟，雪芹原著，开头即“自云”历过“梦幻”，故将“真事”隐去，假借灵石下凡而“敷衍”成一段“悲欢离合”的传奇故事——这隐去的“真事”，就是我们致力探佚的重要目标，亦即理解作者作品动机大旨、一切价值意义的唯一一把钥匙。

丙戌仲春之月